비밀 경기자

이 치 은
장편소설

비밀 경기자

알렙

차례

진정한 몽상가란 정확하게 꿈을 꾸는 사람이다.

지오 폰티

마음속의 마을

한 사람의 꿈은 모든 사람이 가지고 있는 기억의 한 부분이다.

—호르헤 루이스 보르헤스

누구에게나 마음속의 마을이 있기 마련이다. 나는 일찍이 유년 시절부터 군인이었던 부친을 따라 여러 마을을 전전했지만, 그리고 나이가 먹어서도 한 곳에 정착하지 못하는 천성 때문에 셀 수도 없이 많은 마을을 떠돌아다녔지만, 그중에서 마음속의 마을이라고 부를 수 있는 마을은 단 한 곳뿐이다. 여기서 나는 그 마을의 이름을 밝힐 수 없다. 그저 이 나라의 한 곳으로 남쪽에 있다고만 해두자. 내가 그 이름을 댈 수 없는 까닭은, 마을이 누군가의 '마음속의 마을'이 되기 위해서는 가장 깊숙한 골짜기 속에 숨기고 있던 비밀까지 그 누군가와 공유해야 하고, 또한 그 누군가가 계속해서 그 '마음속의 마을'을 가슴속 책꽂이 한 켠에 꽂아두고 잘 보관하기 위해서는 그 비밀을 타인에게 발설해서는 안 되기 때문이다. 그래서 지구 위에는 세상에서 가장 큰 지도 위에 등재된 모든 도시들의 숫자를 훌쩍 뛰어넘는 마음속의 마을들이 존재하는 것이다.

내 마음속의 마을은 벌써 40년 전, 그러니까 내가 지구 위에 존재하고 있는 인간들보다 소행성의 비대칭적인 궤도에 더 관심이 많았던 고등학교 시절 대략 한 학기 정도 머물렀던 곳이다. 그곳의 비밀이란 마을 사람들이 모두 똑같은 꿈을 꾼다는 사실이었다. 처음 나를 포함한 우리 가족은 그 사실을 몰랐다. 아니, 그렇게 말할 수 있기라도 한 건지, 실은 모르겠다. 왜냐면 그때 나는 내가 알아낸 사실을 지금은 돌아가신 부모님들과 이야기해 본 적이 없었으니까. 과연 그 사실을 내가 누군가와, 그러니까 마을에 살던 누군가와 함께 이야기해 본 적이 있는가 하면, 너무 오래전 일이라 확실하지는 않지만 그것 역시 아닌 것 같다. 그러면 나는 마을 사람들이 모두 똑같은 꿈을 꾼다는 사실을 어떻게 알게 되었던 걸까?

이런 일이 있었다. 아주 더운 마을을 여행하다가 길가에 버려진 커다란 냉장고를 발견하고 그걸 열었더니 차가운 코카콜라 한 병이 들어 있었는데 목이 너무 말라 주인을 찾을 겨를도 없이 허겁지겁 콜라를 따 마시려 했지만 병따개가 없어서 콜라를 마실 수 없었던 꿈을 꾼 어느 일요일 아침 일찍, 나는 어머니의 지갑 속에 들어 있던 지폐 한 장을 몰래 꺼내 가까운 가겟집으로 달려갔다. 당연히 꿈속에서 마시지 못한 콜라를 사 먹기 위해서였다. 그런데 벌써 많은 사람들이 콜라를 한 병씩 손에들 들고 가겟집을 나서는 게 아닌가! 그들은 서로 민망스러운 일을 하다 들킨 사람처럼 서로 흘끔 흘끔 남의 눈치를 살피다 일요일 새벽의 차가운 공기를 가르며 휭하니 집으로 달려가 버렸다. 그 외에도 수많은 예들이 있었다. 갑자기 폭우가 쏟아지는 꿈을 꾼 다음 날 아침에는 등굣길에서 마주친 대부분의 친구들 손에 우산이 들려 있다거나, 집에 불이 활활 타는 꿈을 꾼 다음 날에는 하루 종일 복권 가게의 줄이 끊이지 않다거나, 배를 타고 먼 바다를 여행하는 꿈을 꾼 뒷날 미술 수업 시간에는 같은 반 친구들이 죄 비슷한 빛깔의 바다 위에 떠 있는 비슷한 모양의 배를 그린다거나 하는 일 따위들 말이다. 내 기억 속에서 유난히 인중이 길고 삐쩍 마른 얼굴을 하고 있던 미술 선생은 모두 똑같은 배를 그려대고 있는 우리에게 그렇게 말했던 것 같다.

"아니, 아니. 돛이 세 개였어, 네 개가 아니라."

가장 비극적인 일로 기억되는 사건은 내가 그 마음속의 마을을 떠나기 직전의 일이었다. 그러니까 그날 밤 꿈에서 나는 우리 학교에서 히에로글리프를 가르치던 여선생님이 학교 뒷산에서 커다란 붉은 말과 관계를 갖는 것을 보았다. 너무나 생생하고 기분 나쁜 꿈이었다. 나는 그 선생님이 기혼이었는지 미혼이었는지 기억하지 못한다. 그다지 젊지도 그다지 늙지도 않았다는 것만큼은 어슴푸레 기억나지만.

다음 날 그 선생은 학교에 나오지 않았다. 나는 그 선생을 보지 않아도 되어서 다행이라는 기분이었다. 애들도 나와 비슷한 심정인지 평소 같았으면 선생이 나오지 않았다고 좋아라 떠들고 법석을 부려야 할 녀석들이 온몸에 다 기운이 빠진 듯 책상에 드러누워

한숨만 쉬고 있었다. 한 놈이 칠판에 말을 그리다가 다른 놈에게
두드려 맞았던 것 같기도 하다. 그날 저녁 집 마당 평상에 누운 아
버지에게 어머니가 사과를 접시에 담아 주며 말씀하셨다.

"그 선생 자살했대요."

아버지는 그 선생이 누구인지 왜 자살했는지 묻지 않았다.

"뒷산 말오줌나무에다 목을 맸다나 봐요."

아버지는 한숨을 크게 내쉬셨고 하늘에서는 별똥별이 우르르 쏟
아졌다. 나는 그 사납던 붉은 말이 어떻게 됐는지 그게 궁금했다.

표절 Ⅰ

그건 내가 마음속의 마을을 떠난 지 몇 년 뒤의 일이다. 그때 우리 가족은 일 년 내내 햇살이 따가운 서쪽 해변에 살고 있었다. 거기서 나는 친구를 몇 사귀게 되었는데 그중에는 질이 좀 나쁜 녀석이 있었다. 꼴에 독일로 유학까지 갔다 왔다고 늘 자랑을 하고 다니는데 내가 보기에는 집에 좀 돈이 있다뿐이지 머리가 좋은 것도 아니고, 자신이 좋아하는 분야에 푹 빠져 재능을 남김없이 쏟아부을 수 있는 정열을 가진 것도 아니고, 다른 사람들을 진정으로 배려할 줄 아는 따뜻한 마음씨를 가진 것도 아니고, 그야말로 본받을 만한 점이라고는 손톱만큼도 없는 친구였다. 게다가 더욱 고약한 건 주위에 항상 친구들을 몰고 다닌다는 점이었다.

어느 봄날 그 친구를 비롯해서 여러 명의 친구들이 해변 모래밭에 누워서 웃통을 벗어젖힌 채 열역학적 시간의 화살처럼 따끔따

끔한 햇볕을 쬐고 있었다. 그 친구가 자신이 어제 꾼 꿈이라며 이야기를 시작했다. 등에 칼이 꽂힌 남자의 이야기였는데 듣다 보니 어디서 들은 얘기였다.

"야, 잠깐. 어디서 헛수작이야. 그거 카프카의 일기에 나오는 이야기 아니야, 니 꿈이 아니라."

나는 내가 이겼다고 생각했다.

"뭐, 그럴 리가. 그거 아직 우리나라에 출판되지 않았는데."

기억이 늘 정확한 건 아니지만 친구들이 하나 둘 킥킥대며 웃기 시작했고 나는 모욕을 당했다는 것을 알고는 자리에서 일어나 태연히 누워 있는 그놈의 얼굴에 모래를 집어 던졌다.

"카프카만도 못한 새끼 같으니라구."

나는 모래로 뒤덮인 놈의 얼굴에 침을 뱉었다. 하지만 뜨거운 태양 아래 그 어디에도 내 편은 없는 것 같았다.

출발하지 못한 기차들

가만 되짚어 보면 폴을 알게 된 건 내게는 퍽 독특한 행운이라 할 수 있겠다. 폴은 나보다 두 살이 어린 친구로 피차 성인이 된 후 알게 되었는데, 뭐니 뭐니 해도 그를 규정짓는 건 상상을 허락하지 않는 그의 엄청난 부(富)였다.

하지만 당신들이 추측하는 것과 달리 엄청난 부자 친구를 가진 자가 누릴 수 있는 가장 큰 혜택은 물질적인 데 있지 않았다. 그에 게는 그의 재산을 몽땅 동전으로 바꾼 것만큼이나 많은 친구들이 있었고 내게는 그의 진귀한 동전들을 감상할 수 있는 기회가 주어 졌던 것이다.

야빈도 그중 하나였다. 처음 그는 그다지 빛나지 않는, 길에 떨 어져 있어도 그닥 허리를 굽혀 줍고 싶다는 마음이 들지 않을 평범 한 동전이었다. 적어도 그의 기묘한 이야기를 듣기 전까지는 그랬다.

하지만 야빈의 그 기묘한 이야기를 옮기는 건 그리 녹녹한 일이 아니다. 어디서부터 어떻게 시작해야 할까? 꿈속의 헌책방에서부터? Y교수로부터 퇴짜를 맞았던 그의 야심만만했던 졸업논문으로부터? 소녀의 얼굴을 유지하고 있던 디자이너의 젊은 부인으로부터? 아니면 젊은 시절 그를 사로잡았던 변덕쟁이 거장 조르주 데 키리코(Giorgio de Chirico)로부터?

야빈은 대학 3학년까지 고향 근처 작은 도시에 있는 한 예술대학에서 회화를 전공하다가 뒤늦게 자신에게 대단한 재능이 없다는 걸 깨닫고 이 나라 북쪽에 있는 이름만 대면 누구나 아하, 하고 무릎을 탁 칠 만한 대학의 예술비평 쪽으로 전공을 옮겼다. 전쟁이 끝난 지 4~5년 후의 얘기니 꽤나 오래전 일인 셈이다. 하지만 지금이나 그때나 별반 다를 건 없어서 화가나 조각가들이 비평가들을 우습게 보는 건 그때도 매한가지였다. 아마도 그런 이유 때문인지 새롭게 옮긴 과의 친구들은 야빈을 그들의 일원으로 쉽게 받아들이려 하지 않았다. 그들은 야빈이 그림을 그렸다는 이유로 그를 질투했고 또 야빈이 그림을 포기했다는 이유로 그를 경멸했다. 그러면서도 그들은 그들에게는 독특할 수밖에 없는 야빈의 이력 때문인지 그의 앞에서 그림에 대해, 특히 기법이나 숙련도에 대해 이야기하길 극도로 꺼렸다.

그렇게 야빈의 새로운 미래는 출발부터 삐걱거리기 시작했다. 아마도 현대미술사를 학부생에게 가르치던 Y교수가 야빈에게 특별한 관심을 기울여주지 않았다면 야빈은 그 적대적인 환경에서 한 해를 채 버티지 못하고 두 번째의 포기를 해야만 했으리라. 두 번의 포기라면 아무리 젊은 나이일지라도 쉽게 딛고 일어나기 힘들었을지 모른다. 그리고 Y교수가 없었다면 조르주 데 키리코라는 별난 천재 화가에 대해 그토록 커다란 정열을 가질 일도 없었을 것이다.

Y교수는 정년을 코안경처럼 코에 걸고 있던 원로교수로 젊은 시절, 그때만 해도 이름을 꺼내는 것만으로도 충분히 불경스러운 일이었던 K국에서 유학을 했다는 흔치 않은 경력으로 유명했다. K국의 유일한 국립대학 졸업을 목전에 두고 K국에서 가장 큰 미술관으로부터 3년 계약을 조건으로 당시로서는 파격적인 액수와 권한을 제의받았다는 일화가 여러 사람의 입에 오르내리고는 했다. K국과의 전쟁이 승자도 패자도 없는 어중간한 상태로 국제 사회의 강압과 양국 정부의 피로에 의해 서둘러 매듭지어진 후라, K국에서의 유학이라는 그의 경력은 사람들에게 노골적인 적의와 함께 비밀스러운 동경을 불러일으켰다.

특히 우리에게, 전후(戰後)라는 과도하게 엄숙한 사회 속에서 팔자 좋게 그림이나 논하는 일로 밥벌이를 하려는 어이없는 포부를 지닌 우리에게, K국에서의 장기 체류 경험은 선망의 대상일 수밖에 없었다. 지금은 우리나라의 사정도 많이 변했지만, 우리와 북쪽 국경을 맞대고 있는 K국은 그 당시만 해도 경제 사정이 우리와는 비교도 할 수 없을 만큼 월등한 나라였고 예술에 대한 사회 전반의

17

관심 역시 큰 차이가 있었다.

　Y교수의 영향을 받아 일생을 통틀어 다채로운 장르를 넘나들었던, 한때 초현실주의의 기수라고 숭앙받았지만 반평생 이상을 라파엘로(Raffaello Sanzio)나 루벤스(Peter Paul Rubens)의 모사화 같은 그림을 태연하게 그려냈던 키리코라는 화가에게 지대한 관심을 갖게 되었지만, 그 당시 야빈은 그의 전체 작품이 들어 있는 화집 하나 없는 형편이었다. 전후라는 조건은 우리에게 어떤 곤란 앞에서도 입을 닥치도록 끊임없이 강요하고 있었다. 음식이나 기본 위생마저도 위태위태했던 그 시절, 고작 그림 몇 장 들어 있는 화집 따위가 부족하다고 누가 감히 불평불만을 늘어놓을 수 있었겠는가! 무모하게 보였던 K국과의 전쟁에서 기적적인 무승부를 이끌어낸 후 우리는 아니 우리의 정치가들은 본능적으로 전쟁이 이제 무력 대결에서 경제로, 바로 돈벌이로 넘어갔다는 걸 깨달았다. 경제지상주의가 미친 깃발처럼 나부끼던 슬픈 시절이었다. 그 시절 야빈이 단 하나 가지고 있던 키리코의 화집에는 불과 20장 정도의 흑백 그림이 들어 있을 뿐이었다. 자세히 보려고 눈에 힘을 주고 뚫어져라 쳐다보면 동그란 망점들이 눈에 띄기 일쑤인 그런 조악한 흑백 사진들 말이다. 도서관에 있던 K국의 언어로 쓰인 예술사 서적들도 이미 전쟁이 발발하기 2년 전에 모두 폐기된 상태였으니 야빈은 그저 입을 닥치고 리히텐슈타인(Roy Lichtenstein)의 그림에서나 볼 수 있는 진기한 망점이나 감상하고 있는 수밖에.

　대학교 4학년 야빈은 키리코를 비롯해 몇몇 초기 초현실주의 화가들의 도상 해석을 테마로 잡고 졸업논문을 준비하고 있었다. 키리코의 그림 중 야빈이 가장 좋아했던 건 「불가능한 출발 시간 (Tempo di Partenza Impossibile, 1916)」이라는 검은 증기기관차의 정면이 바나나 빛 하늘을 배경으로—물론 그때 야빈이 화집에서 본건 그저 명도가 조금 높은 회색 하늘일 뿐이었다. 그 책에서 야빈이 보았던 건 '바나나 빛 하늘' 그 자체가 아니라 '바나나 빛 하늘'이라는 색도 향도 입체감도 없는 검은 활자였다—막 캔버스를 뚫고 감상자 앞으로 튀어나올 것 같은 박력 넘치는 그림이었다. 키리코의 그림들 중 비교적 디테일에 충실했던 「불가능한 출발 시간」을 야빈은 이유도 모른 채 무작정 좋아하게 되었고, 하지만 그림에 대해 떠드는 것으로 밥을 벌어먹으려는 웅대한 꿈을 가지고 있던 그로서는 또 그 이유란 걸 억지로라도 만들어내지 않을 수 없었다. 그래서 그는 「20세기 초 초현실주의 화가들의 그림 속에 등장하는 기차의 이미지로부터 유추되는 출발-도착의 그 불길한 불편함」이라는 쉬지 않고 단번에 읽어 내리기도 힘든 긴 제목의 졸업논문을 준비하고 있었다.

논문 준비를 위해 Y교수와 상담을 하던 중, Y교수는 혀를 끌끌 찼다.

"백현진과 비슷한 생각을 했군, 자네도."

백현진은 K국의 유명한 미술비평가로 전쟁 당시 자국으로부터 무정부주의네 애국심이 부족하네 적국의 스파이네 하는 비판을 받았던 유명한 비평가였다. Y교수에 의하면 백현진이 10년 전쯤 기차의 도상이 포함된 초현실주의-입체주의-다다이즘 화가들의 그림을 한데 모은 '출발하지 못한 기차들'이라는 기획전을 K국에서 가졌다고 했다. 백현진 역시 어떤 이유에서인지 젊었을 때부터 기차의 도상에 광적인 집착을 보였다고 했다. 키리코의 작품들이 약 40점, 그리고 레메디오스 바로(Remedios Varo)의 「근대화(Modernización, 1962)」를 포함한 다른 초현실주의-입체주의-다다이즘 작가의 작품들이 약 50점, 해서 대략 기차가 그려진 그림들만 100여 점을 한데 모은 커다란 기획이었다고 Y교수는 덧붙였다.

그로부터 야빈은 못 견디리만치 그 화집, 정확히 얘기하자면 백현진이 K국에서 주최했다는 '출발하지 못한 기차들'의 유료 카탈로그가 갖고 싶어졌다고 했다. 100여 장이 넘는 A4 용지 크기의 올컬러 화보가 주관적인 감상을 극단적으로 배제한 백현진의 해석과 함께 들어 있다는 『출발하지 못한 기차들』은 아마도 그의 평생 가장 가지고 싶어했던, 가장 간절히 욕망했던 대상이었던 것 같다.

하지만 야빈은 K국으로 갈 수가 없었다. K국과 우리나라 사이의 국경은 말 그대로 폐쇄되어 있었다. 아무것도 지나다니지 않았다. 뿌리 모를 적의들만이 높은 바람에 실려 수차례 교환되었겠지만 그뿐이었다. 야빈의 영혼은 K국에 있다는 타마라 거리, 미술 서적만 취급한다는 그 고서점 거리를 매일같이 쏘다니고 있었다. 불우한 시절이었다. 아니, 행복한 시절들이었을 수도 있겠다. 변명이, 누구나 고개를 끄덕거리고 또 기꺼이 용서해 줄 변명들이 존재하는 시대였으니.

그러던 어느 날, 널리 유행되던 변명을 대책 없는 무모함으로 포장한 「20세기 초 초현실주의 화가들의 그림 속에 등장하는 기차의 이미지로부터 유추되는 출발-도착의 그 불길한 불편함」을 Y교수에게 제출하고 난 얼마 뒤, 야빈은 너무나 생생한 꿈을 꾸었다. 그 꿈속에서 그는 늘 꿈꾸던 K국의 타마라 거리에 있었다고 했다. 꿈속에서 그의 욕망은 전위-압축이라는 입국 절차를 훌쩍 건너뛰기라도 한 건지 꿈 바깥의 욕망과 전혀 다른 데가 없었다. 꿈속의 타마라 거리에서도 야빈은 『출발하지 못한 기차들』을 찾고 있었던 것이다. 잠깐 설명을 곁들이자면 그는 그 당시 한때 K국과 무역업을 하셨던 숙부 덕택에 K국의 언어를 떠듬떠듬이기는 했지만 대충 읽고 해석할 수 있었다. 듣는 것은 아무래도 읽기보다는 만만치 않았지만 말이다. 마침내 야빈은 굳이 우리나라 말로 해석하자면 '미래의 거짓말'쯤 될, K국어로 쓰인 자그마한 간판이 달린 헌책방으로 들어갔다.

그건 너무나 또렷한 꿈이었다. 문이 열리자 딸랑 하고 맑게 울리던 종소리, 책장에 가지런히 꽂힌 그리고 더러는 바닥에 쌓인 책들로부터 피어나던 콧속을 시큼하게 아리는 종이 냄새, 창문을 통해 비스듬히 새어들어오던 오래된 산성지 색깔의 햇빛, 그리고 K국어로 이루어지고 있던 주인과 젊은 여자 손님의 대화. 여자 손님의 목소리는 K국 특유의 빠르고 높은 톤이었고 주인 쪽은 말허리를 자꾸 웃음소리가 잘라 먹는 느긋한 말투였다. 야빈은 한 눈으로 책장에 꽂힌 수많은 책들을 빠르게 훑으면서―『출발하지 못한 기차들』을 거기 꿈속의 헌책방에서 찾으면서―또 한편으로는 그들의 대화를 엿듣고 있었다. 정확히 알아듣지는 못했지만, 여자 손님은 책을 사려 하고 있었다, 매우 이상한 방식으로.

그 여자는 몇 센티미터 곱하기 몇 센티미터의 면적을 메울 수 있는 책들을 찾고 있었다. 책 내용은 상관없는 듯했다. 여자의 관심은 책에 담긴 내용이 아니라 책이 차지할 면적 혹은 부피인 듯했다. 다만 책등의 디자인에 대해서는 자신만의 기준이 있는 듯, 어떤 특정 문고를 몇 센티미터 사는 데 얼마가 드는지 주인에게 속사포처럼 빠른 말투로 묻고는 했다. 야빈이 두꺼운 밤색 나무로 짠 너비 3미터짜리 첫 번째 책장에 『출발하지 못한 기차들』이 없다는 걸 확인했을 때쯤 그들의 기묘한 흥정이 끝난 듯했다. 그게 얼마쯤 걸렸는지 야빈은 말할 수가 없다고 했다. 누구에게나 그렇듯 꿈속에는 대체로 시계가 없었고, 야빈은 거기서 그 시간의 길이를 똑똑히 알았지만, 그 앎이라는 건 시계가 없는 곳에서나 통용될 수 있는 앎이었다. 말하자면 그 시간이 얼마나 걸렸는가 하는 질문은 보드게임에서 사용하는 가짜 지폐가 얼마나 있어야 동네 가게에서 아이스크림을 하나 살 수 있느냐는 어린아이의 질문이나 다를 바 없다는 거다.

흥정이 끝나자 여자는 현금으로 돈을 지불했고 주소를 적어준 후 주인에게 짧게 사무적인 인사를 건넸다. 책장과 책장 사이 좁은 복도에서 몸을 모로 돌리며 여자가 '미안하다'라는 뜻의 K국어를 야빈에게 역시 아주 빠른 발음으로 말하고는 닿을락 말락 그의 몸을 스치며 순식간에 밖으로 나갔다. 길쭉한 코, 선해 보이는 미소, 그리고 부드러운 피부, 야빈은 그 여자의 얼굴에서 아직 성숙하지 못한 소녀의 냄새를 맡았다고 했다.

그 소녀처럼 보이는 여자가 나간 후 '미래의 거짓말'의 주인은 여자가 골라놓은, 결국에는 어느 부잣집 서재의 일정한 공간을 메우게 될 책들을 골판지 상자 안에 조심스럽게 집어넣기 시작했다. 아무 생각 없이 주인의 바쁜 손놀림을 지켜보다가 야빈은 거기서 그『출발하지 못한 기차들』을 발견했다. 야빈은 얼른 주인에게 달려가 손가락질을 해가며 그 책, 그가 그렇게 욕망했던 그 책을 사고 싶다고, 서투른 K국어로 더듬더듬 얘기했다. 주인은 야빈이 외국인이라는 걸 알았는지, 아주 느릿느릿한 말투로 안 된다고, 벌써 팔렸다고 말했다. 확실히 해두겠다는 듯 눈을 감고 웃으며 고개를 좌우로 저어 보였다. 야빈은 이게 꼭 필요하다고, 이걸 사기 위해서 아주 먼 곳에서 어렵게 왔다고 재차 엉터리 외국어로 주인에게 말했지만, 여전히 맘씨 좋은 얼굴의 주인은 눈을 감고 좌우로 도리질을 할 뿐이었다. 야빈은 문득 그 책을 훔쳐 달아나는 게 어떨까 하는 생각을 했는데, 그의 맘을 눈치 채기라도 했는지 주인은『출발하지 못한 기차들』을 골판지 상자 속에 얼른 집어넣더니 두꺼운 테이프로 포장을 마무리 짓기 시작했다.

그게 야빈이 꾼 꿈의 전부다. 그 후에 놀랍게도 야빈은 Y교수가 그의 졸업논문에 대해 재심을 요청했다는 얘기를 들었다. 사실상 재심을 요청한다는 건 졸업을 허락하지 않겠다는 뜻이나 마찬가지

였기 때문에 야빈을 비롯한 많은 친구들이 Y교수의 결정에 퍽이나 놀랐다. 도무지 믿어지지 않는 일이었지만 야빈은 화를 내지는 않았다. 또 Y교수를 찾아가서 그의 논문에 뭐가 부족해서 그런 결정을 내렸는지 물어보거나 항의해 볼 생각도 하지 않았다. 그가 그토록 욕망하던 『출발하지 못한 기차들』을 꿈속에서도 손에 넣지 못한 그는 무언가 욕망하기를 잊어버린 것 같은 상태가 되고 말았던 거다. 그렇게 그는 어느 곳으로도 출발할 수 없는 기차가 되어 버렸다. 그러다 숙부의 친구가 세운 회사에서 새로이 디자인센터를 설립하게 되었고 숙부의 친구가 그가 그 디자인센터의 창립 멤버로 일해 주길 바라는 것 같다고 숙부가 넌지시 말했을 때 그는 졸업 논문이나 졸업장 같은 데 이미 관심을 잃은 지 오래였다. 누군가 그를 욕망해 준다는 게 더할 나위 없이 기뻤다. 스스로 욕망하지 않고 남이 욕망하는 대로 한다는 게 그에게는 매우 매력적으로 보였다.

그렇게 그는 졸업도 하기 전에 그 디자인센터에서 일하게 되었다. 회사 일은 그림을 그리거나 그림에 대해서 말하는 것보다는 확실히 재미없는 일이었지만 별로 힘은 들지 않았다. 시키는 대로만 한다면 그가 나서서 선택해야 할 일은 거의 없었다. '남이 욕망하는 대로', 그게 그가 디자인센터에서 익사하는 일 없이 살아가는 방식이었다. 그 방식에 맞춰 키리코에 대한 집착도 『출발하지 못한 기차들』에 대한 열정도 모두 잊은 채 그는 모범적인 회사원이 되었고 또 차례대로 모범적인 남편이 또 모범적인 아빠가 되었다.

자, 이제 이 이야기의 마지막 장면으로 들어갈 차례다. 디자인센터에서 일하기 시작한 지 9년 정도 되었을까, 야빈이 다니던 디자인센터는 K국에서 유명한 디자이너 한 명을 스카우트했다. 물론 그때는 K국과의 관계가 지금처럼 우호적으로 바뀐 후였다. 이제 별 제약 없이 K국의 타마라 거리로 가서 『출발하지 못한 기차들』을 찾아 하루 종일 발품을 팔 수도 있었다. 하지만 그는 이미 젊었을 때의 정열과는 몇 백 광년 떨어진 우주의 좌표 위에 서 있었다.

그 K국에서 온 디자이너를 편의상 김이라고만 부르자. 김이 디자인센터에서 일하게 된 지 한 달 정도가 지난 어느 날 그는 자신의 집으로 디자인센터의 전 직원을 초대하여 파티를 열겠다고 했다. 확실히 파티를 좋아하는 K국 사람들이 할 만한 제의였지만 야빈으로서는 그저 성가실 뿐이었다. 딱히 거절할 명분을 찾지 못해 야빈은 김이 욕망하는 대로 그의 초대를 받아들였다.

그의 집은 300m²짜리 풀밭이 있는 회사에서 제공한 최고급 단독주택으로, 이 도시 남쪽 외국 주재원들이 많이 거주하는 고급 주택가에 있었다. 넓은 거실의 여기저기 일류 호텔 요리사들이 차린 먹음직스러운 음식들이 예쁜 접시에 담긴 채 화려한 테이블 위에 차려져 있었고 야빈과 그의 동료들은, 이제 그림이든 무늬든 디자인에 대해서는 더 이상 떠들고 싶지 않았던 그들은 묵직한 접시를 들고 승냥이처럼 떠돌았다. 샴페인과 포도주가 나오기 시작하자 삼삼오오 짝을 이룬 사람들의 커다란 웃음소리로 집안이 점점 더 시끄러워지기 시작했다. 운전도 해야 하고 해서 술을 입에 대지 않던 야빈은 그들로부터 멀어지는, 아니 분리되는 느낌을 받았다. 그러다 문득 거실 벽 한쪽을 통째로 차지한 붙박이 책장을 보았다. 처음에는 책이 그다지 많이 꽂혀 있지 않아 군데군데 드러난 빈자리가 눈에 띄었고, 다음으로 부엉이 모양의 황동 서진(書鎭)이, 그리고 마지막으로 놀랍게도 10년 전에 꿈에서 보았던『출발하지 못한 기차들』이 차례로 망막에 쿵 하고 내리 찍혔다.

야빈은 관습상의 표현이 아니라 진짜로 숨이 막힐 만큼 놀랐다고 했다. 누군가 그의 얼굴을 한 번이라도 흘깃 보았다면 어쩌면 그보다 더 놀랐을지도 모른다. 꿈속에서 보았던 책을, 꿈 밖에서도 그토록 그리워하던 책을 드디어 만나게 된 것이었다, 그런 조우(遭遇)는 상상할 수도 없었던 김의 집에서 말이다. '너무 늦었잖아.' 그렇게 속으로 중얼거렸으면서도, 그 속의 무언가는 이제 욕망하는 법을 완전히 잊어버린 몸뚱아리를 책장 앞으로 끌어당겼다. 정신이 들었을 때 야빈은 김의 책장을 떨리는 손으로 마구 헤집고 있었다. 과거에 드리워진 욕망의 무게가 너무 무거워서였을까,『출발하지 못한 기차들』을 손에 쥐려는 순간 떨리는 손이 황동 부엉이 서진을 건드리고 말았다. 책들과 황동 부엉이가 바닥으로 떨어지며 요란한 소리를 냈고 일순 웃음소리가 딱 그치며 술 취한 시선들이 야빈을 향했다.

그때 2층으로 향하는 계단에서 발목까지 내려오는 진한 푸른색 치마를 입은 여자가 나타났다. 서툰 우리말로 괜찮다며 사람들을 안심시키면서 야빈에게 다가와 불편한 자세로 허리를 구부리더니 바닥에 떨어진 책들을 줍기 시작했다. "걱정하지 마세요. 남편은 이런 게 있는 줄도 모를걸요." 그러니까 그 여자는, 외국인 특유의 악센트가 섞인 우리나라 말로 야빈을 안심시키려 했던 여자는 K국에서 온 수석 디자이너 김의 부인이었던 거다. 야빈과 눈이 마주치기 전까지는 그랬다. 야빈이 그 여자를 알아보기 전까지는 그랬다.

틀림없었다. 아무리 10년이 지났다 해도 어찌 야빈이 그 여자를 알아보지 못할 수가 있겠는가? 바로 그 여자였다. K국 타마라 거리의 '미래의 거짓말'에서 보았던, 아니 10년 전 야빈이 꿈속에서 보았던, '미안하다'라는 K국의 말을 급히 건네고 코앞을 스쳐 지나갔던, 제곱센티미터 단위로 책을 사던, 야빈과는 다른 단위를 가지고 있던, 어울리지 않는 어린 소녀의 얼굴을 하고 있던, 그가 욕망했던 유일한 대상을 그 가치도 모르면서 전취(前取)했던, 바로 그 여자.

"여긴 책이 너무 없죠? K국에 있는 우리 집 서재에는 책이 꽤 많이 있었는데. 다 들고 올 수가 있어야지요…… 그런데 어떤 책을 좋아하세요?"

우리나라 말을 하는 게 즐거운 듯 쉬지 않고 조잘대던 그 여자는 도저히 믿을 수 없는 일이지만 야빈에게서『출발하지 못한 기차들』을 빼앗아 갔던 바로 그 여자였다. 바로 그 여자가, 그때 그의 눈앞에서, 바닥에 떨어진『출발하지 못한 기차들』을 다시 집어 들고 있었다. 야빈은 저도 모르게 그녀의 손에 들려 있던『출발하지 못한 기차들』을 사납게 빼앗아냈다. 꿈속 '미래의 거짓말'의 주인은 그에게 틈을 주지 않았었는데, 꿈 바깥에서 그 여자는 책을 지키는 것도 우리나라 말처럼 서툴렀다.

'이 여자가 내게 책을 빼앗겼으니 더 이상 책을 가지고 있을 자격이 없는 거야.' 그런 생각을 하며 그 여자로부터 등을 돌린 채 야빈은 심한 갈증에 시달리는 사람처럼 허겁지겁 『출발하지 못한 기차들』의 두꺼운 표지를 넘겼다. 기차들, 그토록 보고 싶어했던 기차들을 늦기는 했지만 확인하고 싶었다.

그런데 그 속에는 아무것도 없었다. 흰 종이뿐이었다. 백지로 된 책. 백지로 된 『출발하지 못한 기차들』. '이럴 수가.' 누구에게 속은 걸까, 하고 야빈은 스스로에게 묻고 있었다. 등을 돌리자 어느새 눈부시게 푸르던 여자는 없었다.

미궁 (Labyrinth)

최외곽 주회로를 타고 3시 방향을 향해 시계방향으로 걷다.

앞서도 얘기한 바 있는 내 부자 친구 폴의 이야기다.

폴이 어느 순간 최고의 수학자들과 회계사들을 동원하여 미분방정식이라도 돌리지 않는 이상 찰나의 재산이 얼마인지 도저히 계산할 수 없을 만큼 부자가 되었다는 걸 깨달았을 때, 그때부터 그는 더 많은 그리고 더 특별한 사람들을 만날 수 있게 되었다. 그 중 하나가 사진가 가브리엘이었다. 가브리엘은 주로 건물을 찍는 사진가였는데, 세계를 돌아다니며 판에 박힌 듯한 구도로 평범해 보이는 건물들을 찍었다. 폴은 가브리엘과 알게 된 후 그의 사진전에 몇 차례 초대받아 간 적이 있었는데 거기서 가끔은 더 엉뚱하고 더 유쾌한 사람들을 만날 수도 있다는 얄팍한 가능성만 빼면 실은 썩 내키는 자리는 아니었다. 나 역시 동감하는 바지만 가브리엘의 사진은 대체로 지루했다. 그 그다지 크지 않은 사진 속에 자동차나 사람을 비롯해 움직이고 있는 사물들은 통 볼 수 없다는 공통점을 알아채고 나면, 그 다음부터는 통 단조롭고 무의미해 보일 뿐이었다.

작년 가을 '부스러진 도시들'이란 그다운 이름의 전시회에는 별로 사람들이 없었다. 단풍이 한창인 주말 오후라 사람들이 전시회 같은 데서 시간 낭비하는 게 아깝다고 생각했는지도 모르겠다. 하기는 폴같이 시간이 펑펑 넘치는 사람도 그렇게 느낄 정도였으니. 하품을 참으며 따분한 사진들 앞을 어슬렁어슬렁거리고 있었는데 폴의 눈에 띈 사진 한 장이 있었다. '꿈의 정원—최외곽 주회로를 타고 3시 방향을 향해 시계방향으로 걷다'라는 기다란 제목이 붙어 있는 사진이었다. 종이 위에 그려진 그림을 다시 카메라로 찍은 것 같았다. 사다리꼴의 종이 위에는 샤르트르 대성당 미궁을 꼭 닮은 미궁이 그려져 있었고, 그 미궁 한 귀퉁이에 팔다리만 간신히 구분되는 사람이 애매하게 덧그려져 있었다. 전시된 가브리엘의 다른 사진들과 확연히 구분이 되는 좀 장난스럽고 약간은 평범한 사진이었다.

"이 사진이 맘에 드나?"

폴은 부자가 된 이후로는 거짓말을 하지 않는다고 했다. 거짓말을 하느니 침묵을 지키는 게 낫다고 했다.

"자네도 눈치 챘겠지만—물론 폴은 몰랐다. 몰랐으므로 입을 닥치고 있었다─이 미궁에는 갈림길이 전혀 없다네. 이른바 인간의 가장 큰 죄악인 초조를 물리치고 끝까지 걸어갈 수만 있다면 미궁에서 쉽게 빠져나올 수 있다네. 위와 같은 형태의 고전적인 미궁은 그게 아무리 길다고 해도 끝까지 걸어가면 막다른 끝이 나오지. 여기 꽃 모양의 중앙 부분이 바로 그 데드엔드(Dead End)라네. 그걸 확인하고는 돌아왔던 길로 다시 걸어나오면 되는 거야. 그게 다라네. 너무 간단하지. 비결치고는 너무 간단하지. 하지만 대부분의 범인(凡人)들은─폴은 그에게 자신이 어떤 범주에 속하는 인간인지 물어보지 않았다─막다른 끝까지 가지 못하고 길을 잃었다고 착각하며 중간에 돌아 나오게 되는 거야. 그리고 십중팔구 돌아 나오다가 또 그 '초조'라는 죄악 때문에 또다시 길을 잃었다고 생각하며 다시 반대로 걷게 되는 거야. 그런 거라네. 인생은 사진 속 미궁처럼 갈라지는 길도 교차점도 없는 외길인데, 그 위에서 우리들만 이 진자처럼 우왕좌왕 떠돌다 생을 낭비하게 되는 거지. 거듭 말하지만 미궁은 갈림길이 전혀 없는 길이라네. 갈림길은 사람의 마음속에 정확히 말하자면 초조 속에 있는 거라구, 미궁 속이 아니라."

폴은 뭐든지 대꾸를 하고 싶어졌다. 한 사람은 그저 말하고 한 사람은 듣기만 하는 관계란 결코 건강한 관계가 아니다, 라는 게 그의 생각이었으니.

"그게 무슨 상관이지, '꿈의 정원─최외곽 주회로를 타고 3시 방향을 향해 시계방향으로 걷다'라는 거창한 제목과는?"

폴은 제목을 끝까지 암기하여 말할 수 있었던 자신에게 상이라

꿈의 정원-최외곽 주회로를 타고 3시 방향을 향해 시계방향으로 걷다

도 주고 싶은 심정이었다.

"거기가 사람들이 초조를 이겨내는 거의 유일한 곳이라고 할 수 있다네. 나 역시 마찬가지고."

"뭘 어떻게 이긴다는 거지?"

"우리는 똑같은 구멍으로 들어가고 또 나온다네, 같은 길을 돌아 돌아서 말이지. 꿈에선 그게 돼, 실제의 삶에선 거의 불가능하지만."

폴은 꿈에 길이 있다는 말이 맘에 들지 않았다. 자신으로 말하자면 근 십 년간 꿈을 꾼 적이 없었다.

"자네의 설명이 맘에 드는구먼. 그래 이거 얼만가?"

그리하여 폴의 침실 벽에 지금 이 「꿈의 정원─최외곽 주회로를 타고 3시 방향을 향해 시계방향으로 걷다」가 붙어 있다. 예전 거기다 걸어두었던 그림에서 이상한 일이 일어난 후로 죽 비워두었던 바로 그 벽에 말이다.

폴은 언젠가 내게 이렇게 말했다.

"내 잠 속에 길도 미궁도 막다른 골목도 또 초조도 없으니 사놓고 걸어두기라도 하는 수밖에."

개인소장(個人所藏, Private Collection)

내 부자 친구 폴이 집어들었던 수많은 화가들의 화집(畫集) 속에서 그를 가장 매혹시켰던 건, 멋진 그림도 천재 화가의 별난 이력도 그들만의 암호로 축조된 평론가의 알아듣기 힘든 옹알이도 그림에 얽힌 재미난 일화들도 아니었다. 그림에 대한 설명 뒤에 간혹 맹장처럼 달라붙어 있는 바로 개인소장(個人所藏, Private Collection)이라는 짤막한 단어였다.

박물관 이름이 아니라 '개인소장'이라는 단어가 그림을 소개하는 짤막한 텍스트 끄트머리에 따라 나오는 걸 볼 때마다, 폴은 그 미지의 개인으로 향하는 오싹하게 빠르고 아찔하게 급하고 또 시간이 얼어붙은 것처럼 느껴질 만큼 기다란 상상의 미끄럼틀 위에 엉덩이를 올려놓고는 했다. 그 개인이 누구일지, 어떻게 그걸 사들였는지, 어디에다 그 그림을 걸어놓았을지, 가령 커다란 식탁이 놓여 있는 식당일지 볕이 잘 드는 침실일지 아니면 천장이 높은 거실일지, 그런 끝나지 않는 상상으로 동그랗게 말린 튜브형의 미끄럼틀 위에 말이다.

어느 날 폴은 그 미지의 개인을 자신으로 탈바꿈시키는 마법 같은 일을 저지르고 말았다. 돈이 꽤 드는 마법이었지만, 폴에게 그다지 후회스러운 일은 아니었다. 그건 충분히 멋진 일이었고 또 폴이 생각했던 만큼 큰돈도 아니었다. 그렇게 폴은 화집을 읽는 사람들에게는 여전히 미지의 '개인'으로 남아 있을 「거울 속의 고양이 I(Cat in the Mirror I)」의 그 '개인'이 되고 만 거다! 딱히 그의 취향이라고 할 수는 없었지만, 어찌어찌해서 폴은 발튀스(Balthus)의 1980년작 「거울 속의 고양이 I」의 주인이 되었다. 그 증거로 그는 그 그림을 그의 방 침실에, 정확히 말하면 침대의 발 쪽 벽에 걸어두었다.

그리하여 폴은 아침에 일어날 때마다 벌거벗은 소녀와 제일 먼저 눈을 마주치는 호사를 누리게 되었다. 매일 아침 혹은 점심, 폴은 하품을 하며 침대에서 일어나 푸른색 가운이 막 오른쪽 어깨에서 흘러내리고 있는, 아직 털도 나지 않은 성기를 부끄러운 줄 모르고 드러내놓고 있는, 왼팔을 죽 뻗어 황금색 거울을 침대 발치의 고양이에게 비추고 있는 소녀에게 인사를 하고는 했다.

"안녕."

소녀는 대답이 없었고, 거울을 바라보며 뭔가에 홀린 듯한 표정을 짓고 있던 얼룩고양이 역시 답이 없었지만, 그래도 그들이 폴의 소유라는 데는 변함이 없었다. 무방비상태의 그들은 바로 폴의 개인소장품이었다.

폴이 「거울 속의 고양이 I」의 주인이 된 지 두세 달쯤 지난 후, 그는 평소 알고 지내던 지인 한 명을 자신의 침실로 초대했다. 누군지 이름은 밝히지 않는 게 좋겠다, 그저 아마추어 미술 평론가인 왕 선생이라고만 해두자. 대머리에 고집이 세고 미술을 전공한 적은 없지만 음식과 여자 다음으로 그림을 좋아하는 남자 정도라고만 해두자.

그러니까 왕 선생은 화집 속 「거울 속의 고양이 I」의 그 '개인'이 누구인지 알게 된 다섯 명(물론 삼류 소설가인 나 역시 폴의 그 영광스러운 다섯 명 안에 끼여 있다는 것을 밝혀둔다) 중의 한 명이 된 것이다.

"놀라워, 놀라워, 이걸 여기서 보게 되다니. 놀라워."

(나 역시 많이 놀랐었다. 특히 발튀스를 그에게 소개시켜 준 장본인으로서 더더욱 그랬을 수밖에.)

왕 선생의 눈은 그림 속 고양이의 눈보다 더 동그래졌다. 그는 좀처럼 폴의 그림 앞에서 떠나려 하지 않았다. 왕 선생과 폴은 꽤 오랜 시간 동안 한 마디 말도 없이 침대의 발치에 나란히 앉아 있었다. 슬슬 폴의 눈꺼풀이 무거워지기 시작할 즈음 왕 선생이 입을 열었다.

"내가 내 나름대로 이 그림을 해석해 봐도 괜찮을까?"

"물론이지."

폴은 비싼 장난감을 친구에게 가지고 놀도록 허하는 마음씨 좋은 장난감 주인을 연기하고 있었다.

"내 생각에 이 그림은…… 아무리 봐도 꿈에 대한 그림 같아. 그래, 꿈. 밤에 꾸는 꿈 말이야. 자네도 보다시피 이 그림 속 주된 오브제는 세 가지야. 발튀스의 트레이드마크라고도 할 수 있는 미성숙한 나체의 소녀, 그녀의 왼손에 들린 밝은 색 손거울, 그리고 그 거울에 혼이라도 뺏긴 듯한 표정을 짓고 있는 고양이. 내 생각에 그 오브제들은 각각, 꿈의 신, 꿈, 그리고 그 꿈을 꾸는 사람을 의미하는 것 같아. 이 얼어붙은 것 같은 고양이의 표정을 보라구. 이 고양이는 소녀가 들고 있는 거울 속 자신의 모습을 보기 전까지는 틀림없이 이 엉망이 된 침실을 정신 없이 뛰어다니고 있었을 거야. 그런데 자신의 모습을 비추는 그 거울을 보자마자 한순간에 굳어버린 거지, 마치 꿈속에서 자신의 끔찍한 내면과 마주친 우리처럼 말이야. 그리고 보게나, 이 꿈의 신과 꿈을 꾸는 자 사이의 명백한 대조를. 꿈의 여신인 소녀의 채 발달되지 못한 성기는 섹스에 대한 무지를 의미하네. 반면, 꿈을 꾸는 자를 상징하는 고양이는 엄청난 번식력을 갖고 있지. 이 황홀한 대조라니. 신의 무지와 인간의 엄청난 지식. 신의 순진함과 인간의 탐욕스러움. 그 경계에 바로 빛나는 꿈이 있는 거지. 그 대조에, 그 균열에 인간이 넋을 잃고 마는, 인간의 모든 지식과 섹스와 정열이 무(無)로 돌아가고 마는 꿈이 있다구."

멋진 이야기였지만, 왕 선생은 그답게, 이야기를 적당한 곳에서 적당히 끝낼 줄 몰랐다. 그날 저녁 언제 어떻게 왕 선생이 그의 침

대에서 그 냄새 나던 커다란 엉덩이를 떼어놓았는지 폴은 잘 기억
하지 못했다.

그리고 얼마 후 폴은 이상한 꿈을 꾸었다. 아마도 왕 선생의 장
광설이 그의 머릿속에 그런 꿈의 씨앗을 심었는지도 모르겠다. 꿈
속에서 폴은 「거울 속의 고양이 I」의 그 벌거벗은 소녀, 왕 선생이
꿈의 신이라고 했지만 전혀 신답지 않은 깜찍한 표정을 하고 있던
노란 머리 소녀를 만났다. 진한 초록색 잔디밭 위에서였다…… 나
중에 폴은 그곳이 자기가 어렸을 때 아빠의 손을 잡고 딱 한 번 가
보았던 인조 잔디구장을 닮았다고 했지만 확신하는 투는 아니었
다. 하여튼 거기, 촌스럽게 선명한 초록색 풀밭 위에서 폴은 여전
히 털이 없던 가냘픈 소녀를 만났다. 그림 밖에서 그녀는 더 활기
차 보였다. 폴은 왠지 모르게 쑥스러웠다.

"안녕."

그녀가 폴을 쳐다보며 똑똑하게 말했다. 그리고 납작한 엉덩이
를 내보이며 반대쪽 골대로 달려가 버렸다.

그게 끝이었다. 그게 꿈의 끝이었다. 그리고 거기서부터가 폴에
게는 진정한 악몽의 시작이었다. 침대에서 일어나 늘 하던 것처럼
폴이 자신의 개인소장품 「거울 속의 고양이 I」을 보았을 때, 바로
그때, 바로 거기서부터.

없었다. 그림 속에 그녀가 없었다. 사라져 버렸다. 벌거벗은 소
녀가, 글쎄 공중에 떠 있는 손거울과 얼빠진 표정의 고양이를 남겨
두고, 사라져 버린 것이었다. 꿈의 여신이 감히 내 친구이자 어마

어마한 부자 폴이 개인소장 하고 있는 그림으로부터 달아나 버린 거였다. 폴은 눈물이 나올 때까지 비명을 질렀다. 공포인지 분노인지 모를 성분의 눈물이 볼을 타고 흘렀다. 믿을 수 없었고 이해할 수 없었고 또 용서할 수도 없었다. 그때, 폴이 귀에 기분 나쁜 전화 벨 소리가 들렸다. .

"나야."

왕 선생이었다. 그건 아주 엿 같은 타이밍이었다. 구두점을 올바로 찍을 줄도 모르는 평론가의 전화를 붙들고 있을 기분이 도저히 아니었다.

"나한테 지금 너무 황당한 일이 생겼거든. 전화를 하려거든 밤이나 돼서……."

"아니, 아니, 끊으면 안 돼. 너한테 무슨 일이 일어났는지 몰라도…… 나만큼은, 나만큼 어이없는 일은 아닐 거야."

"아닐걸. 내길 해도 좋아."

"아닐 거야, 나를 믿어. 너하고 내길 할 돈이 없다는 건 너도 잘 알잖아. 제발 내 말 좀 들어줘. 금세 끝낼게, 이번엔 정말이야."

하기는 어찌 정신이 똑바로 박힌 남자가, 그것도 입이 딱 벌어질 부자가 제정신으로 잠에서 깨어나 보니 그림 속의 소녀가 사라졌다고 프롤레타리아에게 이야기할 수 있겠는가? 그것도 아침에 일어나자마자 댓바람으로. 폴은 못 이기는 척 왕 선생에게, 만국의 프롤레타리아를 대표하는 그에게 져주기로 했다.

"알았어, 그럼 먼저 해봐."

"그래, 좋아…… 놀라지 마…… 그게 나타났다구, 여기. 그게 나타났다구. 어떻게 이런 일이…… 믿을 수 있겠어? 내 욕조에 그게, 그게 나타났다구."

"그게 뭔데?"

폴은 심드렁하게 물었다. 벌레 따위로 이런 호들갑을 떠는 건 아닐 테고, 그보다 좀 큰 거, 그러니까 설치류나 조류쯤이 아닐까, 하고 폴은 추측했다.

"날 미쳤다고 생각하진 말아줘. 난 미치지 않았어, 화가 놈들이야 미친놈들 투성이지만. 나처럼 그림에 대해 썰을 푸는 놈이나 너처럼 그림에 돈을 퍼붓는 놈이 미치지 않았다는 건 자네도 잘 알거야. 미친 게 아니라 그저 교활하거나 좀 순진할 뿐이지."

"집어치우고, 결론만 말해. 뭐가 나타났다는 거야?"

"그 기집애. 니 방 발튀스 그림 속에 들어 있던 빨가벗은 그 기집애. 털도 없고 가슴도 부풀어 오르지 않은 그 기집애 말이야. 지금 내 욕조에서 거품 목욕을 하고 있다네…… 못 믿겠지? 농담이라구 생각하는 거지?"

"아니, 난 자네를 믿어, 언제나 그랬던 것처럼."

폴은 자신의 말이 끝나자마자 전화기를 내려놓았다. 그림이든 신이든 벌거벗은 소녀든, 개인소장이란 게 그리 만만한 일만은 아니었다.

미로 (Maze)

꿈의 길들이 봉쇄되었으니, 악몽들이 태어날 것이다.

—자크 르 고프

38,723개의 분기점이 있는 꿈으로부터 귀환한 천재적인 기억력의 건축가 태정

아직 더위가 완전히 씻기지 않은 가을이었다. 나와 내 친구들이 양쪽으로 깃발들이 잔뜩 달린 좁은 거리가 내려다보이는 3층 베란다에 앉아 맥주를 마시고 있었다. 처음에는 여남은 명이 넘는 무리였는데, 새벽이 다가올 즈음에는 부자 친구 폴과 역시 돈이 많은 하지만 돈보다는 천재적인 기억력으로 더욱 유명했던 괴짜 건축가 태정, 그리고 옛날보다는 형편이 나아지기는 했지만 둘과 달리 늘 돈이 궁했던 나, 그렇게 셋밖에 남아 있지 않았다.

바람은 시원했고, 우리들은 새벽까지 위스키와 맥주를 마셨지만 그다지 피곤하지 않았다. 좁은 거리에는 아직도 많은 사람들이 소리를 지르며 또 껑충껑충 뜀박질을 하며 떼를 지어 다양한 방식으로 소란을 피우고 있었다. 그때 폴이 문득 그렇게 말했다.

"꿈엔 갈림길이 없어. 우리는 들어갔던 길로 나오게 되지."

한동안 아무도 대답이 없었다. 도시의 명물인 연푸른색 비둘기가 녹이 슨 금속 난간 위를 곡예라도 하는 것처럼 위태롭게 걷고 있었다.

"들어갔던 길로 다시 나온다는 게 무슨 말이지?"

나는 갑자기 생각났다는 듯 한참 후에 그렇게 물었다. 거리 아래로부터 스멀스멀 기어 올라오는 조명 속에서 폴의 얼굴은 한결 홀쭉해 보였다.

"입구도 현실이고 출구도 현실이란 말이야. 일단 꿈으로 들어가면 거기엔 어떤 갈림길도 없단 말이지."

"누가 자네에게 그런 생각을 불어넣은 거지?"

오랫동안 침묵을 지키고 있던 태정이 난데없는 비명을 지르는 인디언 원주민처럼 입을 열었다. 비명의 꼬리가 채 사라지기 전, 나는 머릿속 작은 칠판에 다음과 같은 단어의 연쇄를 낙서했다.

현실 → 꿈 → 현실

"사진가 가브리엘이 내게 했던 말이라네. 자네들도 알다시피 내게는 멋진 말을 만들어내는 재주는 없다네. 단, 그게 쓸 만한 말인지 아닌지 맛은 좀 볼 줄은 알지. 나는 가브리엘의 말이 마음에 들어 「꿈의 정원」이라는 그의 사진을 한 장 샀거든. 할 수 없었다네,

나는 꿈을 꾸지 않은 지 꽤 오래되었으니까."

　나는 사진가 가브리엘의 사진들이 얼마나 비싼 값에 팔리는지 들은 적이 있었으므로, 단지 사진가의 말이 멋지다는 이유만으로 혹은 자신이 꿈을 꾸지 않는다는 이유만으로 가브리엘의 사진을 샀다는 폴이 부러웠다. 물론 나는 사진가의 말[言]이란 고사상 죽은 돼지 입에 꽂는 돈처럼 불필요할뿐더러 추악하다고까지 생각하는 사람이었지만, 폴처럼 부자가 된다면 그 모든 걸 용서할 수 있게 될지도 몰랐다.

　"그럴 수도 있지만 그렇지 않을 수도 있다네. 아니 더 정확하게 말하면 폴 자네 말처럼 꿈엔 갈림길이 없어, 꿈을 꾼 사람이 만들기 전까지는 말이지. 하지만 일단 만들어놓고 나면 꿈에서 빠져나가기 전까지 그 갈림길들은 사라지지 않는다네."

　한때 대학에서 학생들을 가르친 적이 있는 태정은 듣기 좋은 목소리로 계속 말했다.

　"어쨌건 자네가 사진가 가브리엘에게서 그런 생각을 들었다니 정말 다행이네. 혹시라도 공간이 시간으로 조립될 수 있다고 생각하는 사람에게서 그런 이야기를 들었다면 나는 자네들에게 꿈속에 갈림길이 있다는 이야기는 꺼내지 않았을 거야."

　"그 얘기는……."

　내 말의 허리가 다시 태정에 의해 싹둑 베였다. 나는 다시 머릿속 작은 칠판에 낙서를 했다.

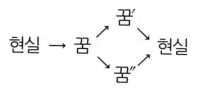

"이치은, 미안하네 중간에 말을 잘라서. 내 말은, 꿈속에 다른 공간들을 이어주는 갈림길을 만들 수 있다는 얘기야. 시간적인 갈림길이 아니라."

"그렇다면 가역적이라는 건가?"

폴이 대화에서 빠지지 않겠다는 듯 이렇게 물었다. 질문을 마친 폴은 들고 있던 물방울이 잔뜩 맺힌 맥주병을 테이블 위에 내려놓고는 나를 은밀한 눈빛으로 쳐다보며 콧등을 살짝 올리며 웃었다. 폴은 내게 태정의 이야기에 뭐 그리 특별한 관심이 있는 건 아니야, 라는 메시지를 주고 싶어했던 것 같다. 하지만 나는 그리고 폴 역시 틀림없이 그 꿈속의 갈림길이라는 태정의 이야기에 홀랑 빠져 있었다.

"좋은 지적이야. 늘 그렇지만 폴 자네는 이야기의 앞길을 짚어내는 혹은 망치는 묘한 재주가 있어. 그래, 맞네. 돌아올 수도 있어, 그리 쉽지는 않지만."

"하지만 어떻게 갈림길을 만든다는 거지? 꿈속으로 삽이나 뭐 포클레인이라도 가지고 간다는 말인가?"

나는 꿈속에 세워진 벽을 곡괭이로 파는 상상을 하며 담배를 깨물었다. 파르스름한 담배 연기가 견고한 새벽하늘의 성곽을 힘

겹게 기어오르고 있었다. 그리고 또 다른 낙서 하나가 머릿속에
다시.

$$현실 \rightarrow 꿈 \underset{\searrow}{\overset{\nearrow}{\underset{꿈''}{\overset{꿈'}{}}}} \searrow\nearrow 현실$$

"이치은, 나는 자네가 어떻게 소설을 쓰는지 모르겠네. 자네 농
담은 이혼한 돌대가리 마누라의 농담보다도 더 재미없거든."

"태정, 소설이란 게 원래 그런 게 아니겠나. 재미없고 게다가 기
다랗기까지 한 농담이지."

폴의 농담에 나는 허리를 젖히고 한 번 웃어주었다. 웃다 보니
과연 그렇군, 하는 생각이 들었다.

"자자, 우리 소설가 선생의 질문으로 돌아가자고. 과연 어떻게
꿈속에 갈림길을 만들 것인가? 자네들 모르겠나? 내 힌트를 주지.
똑같은 방식이야, 첫 번째 꿈으로 들어가는 방식과. 이치은, 자네는
정말 모르겠나?"

"나는 알겠네."

폴은 애써 자랑스러움을 숨기려 들지 않으며 의기양양하게 말
했다. 나는 회색 수염으로 덮여 있는 그의 입가에 만족스러운 미소
가 걸리는 걸 보았다. 폴의 우쭐대는 미소를 얼마나 자주 봐왔던
지. 그렇지만 그것 때문에 폴을 미워하는 사람은 없었다. 나 역시

마찬가지였다.

"그러니까, 자네 말은 꿈에서 또 잠을 잔다는 거 아닌가? 그렇게 해서 또 다른 꿈으로 넘어간다?"

"빙고."

태정이 손가락으로 딱 소리를 내며 또 거의 동시에 소리를 지르자 아무도 쳐다봐 주지 않는 곡예를 되풀이하던 비둘기가 새벽 청회색 하늘로 날아가 버렸다.

"그게 가능해? 꿈에서 또 꿈을 꾼다는 게?"

"연습을 하면 되네. 처음엔 쉽지 않지 물론. 꿈이라는 공간은 어차피 누구에게나 낯선 곳일 수밖에 없거든. 그런 곳에서 입맛에 딱 맞는 잠자리를 찾는다는 게 쉬운 일은 아니니까."

"폴에게는 불가능한 일이겠군, 그래."

나는 자신의 집이나 5성급 호텔이 아니면 여간해서 잠을 자려 하지 않는 폴을 쳐다보며 말했다. 나는 폴이 함께 어울려 놀던 친구들이 다 잠든 새벽에 홀로 내 서재의 책상머리에 허리를 꼿꼿이 세우고 책을 읽던 광경을 몇 번이나 보았다.

"난 어차피 꿈을 꾸지 않는다고 하지 않았나."

"자자자, 싸우지들 말고 내 얘길 들어보라구. 그러니까 이런 식이란 말이야. 첫 번째 꿈에 도착하면 꿈속에 등장하는 다른 사람들에게 방해를 받지 않을 만한 조용한 곳을 찾아 거기서 다시 억지로 잠을 자는 거야. 거위털 이불이나 침대보를 방금 간 퀸 사이즈의 침대가 없다고 해서 불평해서는 안 되네. 잠이 오지 않으면 첫 번째 꿈속 마을을 전속력으로 한 바퀴 달려 몸을 피곤하게 만들어도 좋구 말이야."

나는 점점 태정의 말이 농담인지 진담인지 구분할 수 없게 되었다. 하지만 재미있었다. 그 자리가 끝나면 바로 집으로 가자마자 태정의 말대로 한번 해볼까 하는 생각도 했다.

"그렇게 성공적으로 잠이 들고 또 꿈을 꾸게 되면, 꿈 A에서 꿈 B로 넘어가는 거지."

"거기서 질문 두 개."

폴이 기묘한 각도로 휘어진 것처럼 보이는 오른팔을 번쩍 들었다. 나는 그 모습이 우스워 웃음을 터뜨렸지만 아무도, 나조차도 내 웃음에 주목하지 않았다.

"첫 번째 질문, 그걸 어떻게 갈림길 혹은 분기점이라고 부를 수 있다는 거지? 그건 단지 꿈 A에서 꿈 B로 넘어가는 일종의 도약대일 뿐이잖아. 그리고 두 번째……."

"폴, 자네가 특별히 반대하지 않는다면, 첫 번째 질문부터 먼저 답을 하고 싶은데……."

태정은 웨이터를 불러 똑같은 맥주를 세 병 더 갖다 달라고 했다, 죄 손짓으로만 말이다. 나는 태정의 그 세련된 손동작을 보면서 다시 낙서를 해보았다.

현실 → 꿈A ⇔ 꿈B → 현실

"그래, 자네 말이 맞아. 그걸로 끝이라면 다이빙의 스프링보드와 다를 게 없지. 하지만 분기점을 만들, 그러니까 꿈속에 미로를 설치할 방법이 있다네. 가령 꿈 B 속에 분기점을 설치하고 싶다면, 꿈 B에서 다시 꿈을 꾸어 꿈 C로 넘어가는 거야. 그런 후에 곧바로 다시 꿈 B로 돌아온다네. 그리고……."

"아니, 잠깐, 미안하지만 그게 바로 내 두 번째 질문이라네. 태정이 자네는 꿈에서의 이동이 가역적이라고 했었잖나. 그래 대체 어떻게 돌아온다는 거지?"

나는 거의 끼어들 틈이 없었지만 뭐 딱히 소외당한다는 기분은 아니었다. 내게는 폴과 태정이 볼 수 없는 작은 칠판이 있었으니.

"아차, 그 설명을 빼먹었군. 내가 그 분기점들이 모두 시간이 아니라 공간적인 요소들로 이루어졌다고 하지 않았나? 그 자리에서, 그러니까 꿈 C에 도착한 그 장소에서 다시 잠을 자고 꿈을 꾸면 꿈 B로 돌아올 수 있다네."

"그럼, 만약 꿈 C에서 자신이 그 꿈으로 들어온 바로 그 장소가 아니라 다른 장소에서 잠을 자면 이번엔 꿈 D로 가는 거고?"

"맞아. 자네 같은 학생만 있었다면 선생질을 그리 빨리 때려치우지 않아도 좋았을 텐데."

나는 새 맥주를 따서 한 모금 시원하게 들이켰다. 이번에는 좀 새로운 형식의 그림이 필요했다.

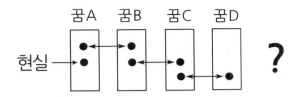

"좋아, 다시 앞으로 돌아가지. 꿈 B에 도착한 후 꿈으로 도착하게 된 그 장소가 아닌 다른 장소에서 꿈을 꾸어 꿈 C로 들어간 후, 바로 앞에서 설명한 방식으로 다시 꿈 B로 돌아온다네, 여기까지는 아까 했지? 그래, 그 다음에, 이제 이치은 자네도 알겠지만……."

태정은 마치 내가 그의 말을 잘 듣고 있는지 아닌지 확인이라도 하겠다는 듯 나를 쳐다봤다. 나는 착한 학생이라는 증거로 그에게 삼분의 이쯤 남은 맥주병을 들어 보였다.

"다른 장소에서 잠을 자는 거야, 그러면 이번엔 꿈 C'가 생겨나는 거지. 이제 꿈 B가 분기점이 되는 거지."

이젠 거의 자동이었다.

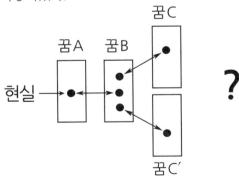

다시 폴이 끼어들었다.

"그렇다면 이론상으로는 꿈속의 갈림길이 꼭 두 갈래의 갈림길일 필요는 없겠군 그래. 여러 가지 꿈을 꿀 수만 있다면 C' 뿐만 아니라, C″, C‴, C⁗, C⁗ 그런 식으로 무한한 개수의 갈림길이 있는 분기점을 만들 수도 있겠는데. 만약 꿈속의 공간이 충분히 넓기만 하다면 말이야."

"해보지는 않았지만…… 그럴 수도 있겠군 그래."

역시 폴이야, 라고 나는 고개를 끄덕거리며 꿈속 흑판을 지우고 고쳐 썼다.

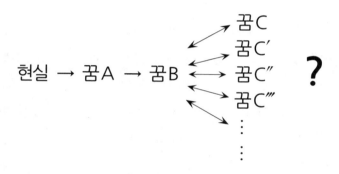

그때 폴이 자리에서 벌떡 일어났다.

"나는 일어나 보겠네."

"왜 그러지? 한 시간 정도만 있으면 싱싱한 홍합을 아침으로 먹을 수 있는 레스토랑이 문을 열 텐데. 주인을 내가 잘 알거든. 거기서 밥이나 먹고 가지 그러나."

"아니, 당장 사진가 가브리엘을 찾아가서 자네 얘기를 들려줘야

겠어. 나는 꿈을 못 꾸니까, 그에게 자네 이야기를 모티브로 해서
근사한 사진을 하나 더 찍어달라고 해야겠네."

"너무 이른 시간 아냐?"

"치은, 자네도 내가 얼마나 성격이 급한지 잘 알잖나. 내 잠 속에 길
도 미궁도 막다른 골목도 또 초조도 없으니 사놓고 걸어두기라도 하
는 수밖에. 아, 재미있는 얘기 즐거웠네. 답례로 계산은 내가 하지."

폴이 인사를 하는 둥 마는 둥, 밖으로 나가 버렸다.

나는 언젠가부터 머릿속에서 자라나던 물음표 때문에 가슴이
답답했다. 이렇게 폴을 그냥 보내서는 안 될 것만 같았다.

"소설가 양반, 자넨 내가 한 차례의 꿈속에서 분기점을 몇 개까
지나 만들어 봤을 것 같나?"

'지금 그게 중요한 게 아니잖아…… 정작 중요한 건…….'

"분명히 깜짝 놀랄 거야, 자넨. 하나의 꿈에 자그마치 38,723개
의 분기점을 만든 적이 있었다네."

마치 태정의 말이 망치가 되어 내 머릿속 얇은 얼음판을 쾅 하
고 내려치기라도 한 것처럼 잔금들이, 수많은 분기점을 만들며 잔
금들이 한 점으로부터 벋어나가기 시작했다.

나는 더 이상 참을 수가 없어서 자리에서 벌떡 일어났다.

"그리구 태정 자네는 오늘 여기에 와 있는 거구. 38,723개의 분기점들이 있는 꿈속이 아니라."

"그래, 그게 뭐 잘못 되었나? 이치은 자네 표정을 보니 마치 그게 잘못된 일이라고 주장하고 싶은 것 같은데."

"그래서 우리가 태정이 자네를 기억의 천재라고 부르는 거구…… 자네는 꿈들 간의 통로가 가역적이라고 했지만 그건 어쨌거나 개별 통로에 대한 얘기구…… 결국 현실로 돌아오려면…… 자네의 이론대로라면 첫 번째 꿈으로 돌아와야 하지 않나? 하지만 폴은 그렇게 쉽게 돌아오지 못할 거야. 38,723개가 아니라 분기점이 10곳만 넘어도 어디서 잠을 자야 그 앞의 꿈으로 돌아갈 수 있는지 제대로 기억해 내지 못할 거야."

"내 친구, 아니 우리 친구 폴은 괜찮네. 자네도 들었잖은가? 폴은 꿈을 꾸지 않는다네."

날이 아주 빠른 속도로 밝아오고 있었다. 청색이 폭발하듯 빨리 백색으로 변하고 있었다. 나는 자리에 도로 털썩 앉았다. 나는 예전에 사진가 가브리엘이 자신의 전시회에 걸었던 사진들 중 몇 점이 태정이 설계한 건물이었다는 사실을 기억해 냈다. 그리고 그 후에 일어났던 불유쾌한 소동도. 태정은 사진가 가브리엘이 오로지 자신과 자신이 설계한 작품을 모독하기 위해 사진을 찍고 또 전시한다며 공개적인 장소에서 분노를 폭발시키고는 했다. 술이 취해서는 죽여버리겠다고 소리쳤고, 술에 취하지 않았을 때는 가능한 모든 수단을 동원해서 자신의 건물을 찍은 가브리엘의 사진들을 폐기해 버리도록 만들겠다고 장담했다. '내 건물을 저 따위 저질 사진가의 카메라 파인더에 강탈당하는 걸 더는 참을 수 없단 말이야. 뭐든 하지 않고는 안 되겠어.' 하지만 태정은 사진가 가브리엘의 전시회에 내걸린 자신의 건축물 사진들을 끌어내릴 법적인 이유를 찾아낼 만큼 수완이 좋은 변호사를 끝끝내 만나지 못했다고 나는 들었다.

"하지만 사진가 가브리엘은…… 길을 잃을 수도 있을 거야, 꿈속에서 말이지."

"그럴지도 모르지."

"그럴지도 모르지라니? 가브리엘이 영원히 현실로 돌아올 수 없을지도 모른다구."

"그렇게 단정지어 이야기할 수는 없네. 꿈의 시간은 현실의 시간과는 다른 잣대 위에 매겨져 있거든. 꿈속에서 하나의 분기점을 만나 어느 쪽으로 갈지 결정을 내리는 데 걸리는 시간을 현실의 시간으로 전환하면 0.01초 정도밖엔 걸리지 않을 거야. 그보다 더 짧을 수도 있구. 너무 심한 욕심만 부리지 않는다면, 곧 빠져나올 수 있을 거야, 꿈들로 만들어진 미로에서."

나는 0.01초짜리 악몽을 꾼 기분이었다. 나는 앞으로 꿈 따위는 꾸지 않겠다고 결심하며 자리에서 일어나 기억의 천재이자 괴짜 건축가인 태정에게 인사도 없이 그곳을 떠났다. 238,723개의 경우의 수를 갖는 미로를 빠져나오는 데 걸리는 꿈의 시간에 상당하는 현실의 시간이 얼마나 될지 상상하며 말이다. 예전에 가보았던 태정의 서재 한구석에 모셔 있던 모래시계 속 푸른 모래 한 줌 정도?

두 가지 경우

햇살이 지독히 뜨겁던 오후의 기차역이었다. 야빈의 은사였던 Y교수는 손등으로 이마에 맺힌 땀을 훔치며 플랫폼 낡은 나무 벤치에 앉아 있었다. 바야흐로 휴가철인 듯 드문드문 배낭을 멘 젊은이들과 지도를 들고 있는 국적 불명의 외국인들이 눈에 띄었다. Y교수는 별 뜻 없이 자주 손목시계를 보았다. 시간은 부서진 독에 담은 물처럼 눈에 띄지 않게 조금씩 흘러 없어지고 있었다. 연한 살굿빛 모래알들이 태양의 자식인 양 보도 위를 무리 지어 몰려다니고 있었다. 갑자기 투명한 유리로 만든 넥타이를 맨 모로코 짐꾼이 나타나 맡길 짐이 없냐며 서투른 외국어로 떠듬떠듬 물어볼 것 같은, 후추 냄새 가득한, 뜨거운 초여름의 기차역이었다.

두 젊은이가 Y교수의 눈에 띄었다. 한 명은 얼굴이 길쭉한 금발 소년으로 확실히 스무 살 아래로 보였고 구겨진 반바지에 화려한 체크무늬 긴팔 셔츠를 걷어 올려 입고 있었다. 다른 한 명은 좀 멍한 표정의 잘생긴 청년으로 놀러 가는 것도 아니고 일하러 가는 것도 아닌 어중간한 차림이었다. 어디가 그렇게 보이는지 딱히 집어낼 수는 없었지만 왠지 주요한 부품 하나가 머리에서 달아난 것처럼 보였다. 나이는 도무지 종잡기 힘들어서 스물다섯으로도 어떻게 보면 삼십 대 후반으로도 보였다.

그 활기찬 소년과 졸린 듯한 표정의 청년은 천천히 걸어오더니 Y교수가 앉은 벤치 바로 등 뒤편에 앉았다. 둘은 역에서 우연히 만난 사이인 것 같았다. Y교수는 전광판을 흘깃대며 반들반들한 지팡이 손잡이를 하릴없이 쓰다듬으며 더위와 싸우며 또 뜨거운 직사광선은 심장에 좋지 않다는 주치의의 충고를 상기하며 좀처럼 오지 않던 기차를 기다리고 있었다.

"비틀즈 좋아하세요?"

소년의 목소리는 하늘을 나는 참새처럼 가벼웠다. 청년은 첫인상과는 딴판인 친절한 목소리로 그렇다고 대답했다. 물론 Y교수는 대답하지 않았다. 하지만 파리처럼 달겨드는 더위와 졸음을 쫓기 위해서라도 Y교수는 그들의 대화를 따라갈 수밖에 없었다, 그게 어디로든 간에.

"정말 굉장한 밴드죠, 그죠? 저는 비틀즈 싱글들을 LP로 모으고 있거든요. 아직은 10장밖에 모으지 못했지만 올해 안에 22장의 오리지널 싱글들을 LP로 다 모으는 게 제 꿈이에요. 그 다음엔 발표된 나라별로도 수집할 생각이구요. 진짜예요, 전 그걸 다 꼭 모으고 말 거예요. 친구들은 웬 구닥다리 취미냐며 그럴 시간이 있으면 차라리 여자애들 꽁무니나 쫓아다니라고 놀리지만…… 아, 물론 저도 예쁜 여자 친구를 갖고 싶기는 해요. 그치만 비틀즈 싱글 LP 만큼은 절대 아니에요…… 형도 그런 게 있나요? 저처럼 정말 무지무지 갖고 싶은 게?"

"……나는 말이지, 지도를 수집해."

"와, 그거 멋진데요. 지도라…… 재밌겠는데요, 그쪽도. 그럼 죽도록 갖고 싶은 물건이 생겼을 때의 마음을 잘 아시겠군요?"

"그럼. 잘 아다마다."

Y교수는 푹신한 턱수염을 쓰다듬으며 자신이 지금 죽도록 갖고 싶은 게 뭔지 생각해 봤다. 틀림없이 예전에는 그런 게 있었다. 19세기 안도 히로시게(安藤廣重)의 목판화도 그랬고 로트렉(Henri de Toulouse-Lautrec)의 물랭 루주 포스터도 그랬다. 하지만 그건 다 예전 이야기였다. **아직도 내게 죽도록 갖고 싶은 게 남아 있나?** 더위를 쫓아줄 에어컨? 그럴듯하지 않았다. 시간? 전혀 그럴듯하지 않았다. 죽도록 갖고 싶은 걸 생각해 내는 것보다 어쩌면 죽음 그 자체가 자신에게 더 빨리 닥칠지 모르겠다는 생각이 들었다.

"……그런데 최근에 진짜 허망한 일이 생겼지 뭐예요. 아버지가 시골에 있는 한 수집광의 오래된 집을 사들여 이사를 하게 되었거든요. 유명한 수집광이었던 전주인이 죽자 별로 사이가 좋지 않던 그 아들이 자기 아버지의 수집품까지 해서 한꺼번에 헐값으로 우리한테 팔아치운 거예요. 우리는 물론 봉을 잡은 거지요. 한 석 주전인가 이사 전에 먼저 그 집을 부모님들과 돌아볼 기회가 있었어요. 돌아다니다 3층 북쪽에서 커다란 서재에 딸린 작은 방을 우연찮게 발견했는데, 그 방에 글쎄, 온갖 LP들이 사방 벽을 꽉 채우고 있더라구요. 어쩌나 멋진 광경이던지. 하, 사진이라도 찍어놓았어야 했는데."

"그래서? 니가 찾던 비틀즈 싱글들이 거기 있었니?"

"당근이지요. 22장 모두가 한쪽 구석에 깔끔하게 정리되어 있었어요. 액자처럼 생긴 재킷의 「Strawberry Fields Forever / Penny Lane」도 거기 있었다니까요. 제가 얼마나 기뻤는지 상상할 수 있겠어요? 정말 미친 것처럼 소리를 질러대며 그 방에서 뛰어나와 서재를 날듯이 지나 부모님들에게 내가 발견한 걸 알려주려 계단을 두세 단씩 허겁지겁 뛰어 내려가는데…… 그런데, 그런데 그게 다 꿈이었지 뭐겠어요. 눈을 떠보니 돌아오는 차 안에서 깜박 잠이 든 거더라구요. 얼마나 허탈하던지. 부모님이 그 자리에 안 계셨더라면 정말 엉엉 울었을지도 몰라요."

"그랬구나…… 그러고 보니, 나한테도 비슷한 경우가 있었단다."

"형두요?"

"그래. 그런데 너 혹시 기면증(嗜眠症)이란 병에 대해 아니?"

"아니요. 아주 심각한 건가요?"

"아니, 뭐 그런 건 아니구. 아무리 잠을 자도 끝도 없이 잠이 부족한 병이지. 멀쩡한 듯하다가도 갑자기 아무데서나 푹 꼬꾸라져 잠이 들기도 하고 또 처음 보는 데서 깨어나기도 하지. 깨어 있어도 그저 멍할 때가 많구. 아니, 아니 그런 걱정스러운 눈빛으로 보지 않아도 돼. 이젠 다 나았으니까."

Y교수는 그 청년의 멍한 표정이 어디서 연유한 건지 그제서야 알 수 있었다. 아주 오래전, 그가 가르쳤던 애들 중에도 그런 얼굴을 한 아이가 있었다…… 그랬던 것도 같은데, 그애의 얼굴이나 이름은 기억의 혀끝을 빙빙 맴돌 뿐이었다. **끝도 없이 부족한 잠이라……** 퍼뜩 전광판을 올려다보니 언젠가부터 Y교수가 기다리는 기차가 곧 들어온다는 말이 3개 국어로 바뀌어 가며 깜박대고 있었다.

"오래전 일이야, 그래 내가 아직 그 못된 병에서 완전히 치유되기 전의 일이지. 어느 날 난 아주 멋진 꿈을 꾸었단다. 니 비틀즈 꿈처럼 말이야. 그 당시엔 유난히 꿈을 많이 꾸기는 했는데, 정말이지 그런 꿈은 처음이었어. 나는 문득 처음 보는 어느 헌책방에서 있었지. 거기는 정말 놀라운 곳이었어. 지금까지 지구라는 혹성에서 제작된 지도란 지도는 모두 모아놓은 기적의 창고 같은 곳이라고 해야 할지. 도저히 믿을 수 없는 일이었어. 오르텔리우스의 1570년 『세계의 무대』 초판본 바로 곁에 최초의 달 지도인 헤벨리우스의 『월면학』이 꽂혀 있었거든."

"그게…… 가령 비틀즈의 「Paperback Writer / Rain」 같은 건가요?"

"그건 아닌 것 같구…… 「Love Me Do / P. S. I Love You」 정도라고 해둘까? 하여간 평범한 헌책방에서 쉽게 손에 넣을 수 있는 그런 지도들은 절대 아니야. 대영박물관이라면 또 몰라도. 나는 꿈이라 이런 일이 내게 다 벌어지는구나 했지. 정말 잊을 수 없는 멋진 꿈이었어, 좀 무섭기도 했지만."

"무서웠다구요? 뭐가요?"

"사람들이 죽어 있었거든. 남자 둘이 피를 흘리며 헌책방 바닥에 쓰러져 있었어. 총을 맞았는지 아주 뚱뚱한 남자 쪽은 배에 그리고 백발의 남자는 관자놀이에 붉은 구멍이 뚫려 있었어. 둘 다 하품을 하는 것처럼 입을 벌리고 있었지. 꿈이 아니었다면 아마 나는 그 자리에서 바로 기절을 했을 거야. 그래도 꿈이니까, 꾹 참고 어쩌면 평생 다시 볼 일 없을 지도들이나 더 봐두자고 결심했지."

"저라도 마찬가지였을 거예요. 죽은 사람이 아니라 싱싱한 육체의 슈퍼모델이 벌거벗고 날 유혹한다 해도 나는 '저 비틀즈 앨범을 꺼내려면 거길 지나가야 하는데 그 다리를 좀 치워주시겠어요.'라고 말했을 거예요."

소년의 말에 저도 모르게 Y교수의 입꼬리가 올라갔다. 하지만 디오게네스가 되기에 소년은 너무 수다스러워 보였다. 그때 뜨거운 진공 저 너머 기적 소리가 꿈에서처럼 아득히 들렸다. Y교수가 기다리던 기차였다. **내 기차야.** 틀림없었다. 하지만 Y교수는 벤치에서 일어나 그 기차를 타고 싶지 않았다. **시간이, 시간이 더 주어진다면, 저 젊은이들의 얘기를 다 들을 수 있을 때까지 시간이 주어진다면.**

"그래, 하지만 꿈이라고는 해도 시체는 시체니까. 참는 데도 한계가 있더라구. 나는 내 꿈속의 불운한 시체, 그러니까 뚱보와 백발을 밟지 않도록 주의하면서 얼른 몇 권의 지도첩만 챙겨가지고 밖으로 나왔어. 꿈이기는 했지만 고인에 대한 예의상 주머니에 들어 있던 현금을 탈탈 털어 카운터 위에 올려놓고 밖으로 나왔지. 나와서 보니까 문에 'CLOSED'라는 팻말이 걸려 있더라구. 참 친절한 꿈이기도 하구나, 하며 주차장에 세워져 있는 내 차로 올라탔어. 그러고는 꿈에서 깼지."

"허망하셨겠네요, 저처럼. 손에 쥐었던 새가 날아가 버린 거잖아요. 비틀즈의 「Norwegian Woods」처럼 'This bird had flown.'이군요."

"음…… 꼭 그렇진 않아."

"뭐가요?"

"내 얘길 들어봐. 다음 날인가 다음다음 날인가, 신문을 봤더니 고지도를 전문으로 취급하는 헌책방에서 살인 사건이 일어났다고 하더라구. 헌책방의 주인과 손님 하나가 불의의 총격을 받아 피살되었다는 거야."

"네?"

기차가 도착했고 사람들이 내리고 또 타기 시작했지만 그 둘은 자리에서 일어날 줄 몰랐다. 아마도 '그들의' 기차가 아닌 듯했다. 하지만 그건 Y교수의 기차였고 노타이 차림의 역무원은 놋쇠종을 흔들며 바삐 달리기 시작했고 그리고 Y교수는…….

"얼른 신문을 내려놓고 밖으로 나가 내 차를 뒤져봤지. 아니나 다를까 글러브 박스 안에 피 묻은 지도첩 몇 개가 구겨진 채 들어 있더군."

"와우! 그럼, 결국 갖고자 했던 걸 손에 넣은 거군요. 꿈이라고 생각했던 건 꿈이 아니었구요."

"맞아, 그랬던 거지."

"나는 꿈이 아니라고 생각했는데, 실은 꿈이었던 거구. 형은 꿈이라고 생각했는데 실은 꿈이 아니었던 거구요."

"그렇게…… 되는 건가?"

Y교수는 플랫폼을 떠나는 점점 작아지던 자신의 기차 끄트머리를 물끄러미 바라보며 그 두 가지 경우에 대해 생각했다. 그리고 그의 등 뒤에 앉아 있는 젊은 살인자에 대해서도. 그리고 그의 기차가 떠났으니 이제 언제라도 닥칠 수 있는 그의 죽음에 대해서도.

표절 Ⅱ

한 정신과 의사의 이야기다. 의사의 이름은…… 융이라고 하자.

소이를 다시 만난 그날을 융은 똑똑히 기억하고 있다. 한 가지 사실만 제외한다면, 모든 게 마치 돌이나 나무를 과도하게 사실적으로 묘사한 회화처럼 지나치게 뚜렷하다.

거기, 한때 융의 소유였던 그 상담실에서 누가 먼저 상대방을 알아봤던가? 소이는 맹물이 들어 있는 하얀 도자기 잔에 스포이트로 홍차 두어 방울을 떨어뜨린 것 같은 색깔의 원피스를 입고 그의 환자실에 나타났고, 그때 그는 환자를 안정시키는 데 도움이 된다 해서 마음에는 내키지 않았지만 억지로 주문해야 했던 연한 연두색 가운을 입고 있었다. 그녀의 원피스는 융이 전에 잘 알고 있었던 두 무릎을 가리고 있었고, 품이 너무 좁아 맨 아래쪽 단추를 채우지 않았던 그의 가운은 쐐기형으로 벌어져 빛바랜 청바지를 드러내 보이고 있었다. 그치만 정말 누가 먼저 상대를 알아봤던가?

"왜 요즘은 병원 이름에 의사의 이름을 붙이지 않는 거지? 니가 하는 병원일 줄 알았다면……."

예전에도 그녀는 말을 딱 부러지게 끝낼 줄 몰랐다. 데크레센도, 〉, 또 하나의 쐐기. 또 하나의 쐐기. 오래전, 융은 그녀와 말할 때마다 오른쪽으로 누워 있는 녹색 장미 가시 하나를 떠올렸다. 점점 작게, 소이는 늘 그렇게 말했었다. 물론 그런 그녀의 버릇을 DSM-IV에 따라 적게는 17가지 많게는 200가지가 넘는 종류로 조목조목 구분한 수많은 정신병들―들여다보고 있으면 자신을 포함한 그 누구도 어떻든 거기서 벗어날 수 있을 것 같지 않은 그 리스트 말이다―중 하나의 증상으로 이해해 보려는 노력을 그때 융은 하지 않았었다. 아주 예전에, 그와 그녀가 좀 더 어렸을 때, 그때. 그때는 그러지 않아도 좋았지만…….

'도움 정신의학과.'

하지만 그는 그녀에게 '도움'을 주어야 하고, 그녀는 그에게 돈을 주어야 하는, 어느새 그들은 그런 관계가 되어 있었다. 좀 덜 상스럽게 말하자면 분석가와 분석 주체라 부를 수도 있는 관계. 여하튼, 생각지도 않게 융과 소이는 그런 관계가 되었고, 소이가 그의 방을―손에 잡은 지 너무 오래라 두툼한 먼지를 이고 있는 프로이트를 다시 펼쳐 보지 않아도 그가 상담실 대신에 이 '방'이란 단어를 사용한 실착 행위의 뒷면은 아폴로 16호가 찍은 사진처럼 선명하다—찾아온 첫날, 그는 어떠한 상담도 분석도 해낼 수 없었다. 다만 그들은 그들 사이의 공백을, 대략 144,000시간 정도의 공백을 10분도 채 넘지 않는 시간 동안 떠듬떠듬 그러나 성공적으로 요약해 냈을 뿐이었다.

결론은 그런 거였다. 그녀는 이혼을 했고 융은 이혼을 하지 않았다.

"이제 뭘 해야 되는 거야?"

"아니, 오늘은 아무것도 하지 않아도 돼."

"계속 와야 하는 거라면……."

"아니. 그러면 안 돼…… 아니, 아니 괜찮아. 아니, 모르겠다. 내가 잘할 수 있을지…… 전화 줄게, 시간을 줘."

그날 저녁, 융은 직업상의 규칙과 개인적인 호기심이라는 식빵 두 쪽 사이에 끼어 있는 샌드위치 속이라도 된 듯한 느낌에 밤새 뒤척거려야 했다. 아니, 그보다 더 심했다. 그냥 샌드위치 속이 아니라 통조림 참치를 저급 마요네즈에 버무린 싸구려 샌드위치의 속 같은 느낌이라고나 할까?

결국 개인적 호기심이라는 빵이 규칙을 눌러 이겼다. 융은 다음 날 아침 일찍 첫 환자를 받기 전에 소이에게 전화를 걸어 어제는 좀 당황했을 뿐이라고, 아는 사람을 환자로 보지 말아야 한다는 법은 없다고, 아니, 어쩌면 그래서, 그녀를 잘 아는 그래서 그녀를 더 잘 고칠 수도 있을 거라고 말했다. 죄 거짓말이었다. 융은 소이가 아주 오래전처럼, 그러니까 144,000시간 전처럼 자신의 거짓말을 통화만으로도 쉽게 알아챌 거라는 걸 알았다. 그리고 그때처럼 그 모든 거짓말을 용서하리라는 것도. 그의 말이 끝나자 갑자기 수화기에서 '쏴' 하는 여름철 물 불은 개울 소리 같은 게 잠시 들렸다. 침묵의 소음이었다. 그리고 응, 이라는 아주 작은 목소리가 한없이 길게 느껴지던 휴지(休止) 끝자락에서 작은 종소리처럼 울렸다.

그리고 대략 일 년 동안 소이는 그의 환자가 되었다. 교과서에서 지시한 것처럼 또 법에서 허용한 것처럼, 그녀는 돈을 냈고 융은 매주 세 번씩 35분의 시간과 여덟 평의 공간을 제공했고, 그런 과정을 통해 그녀는 이른바 분석 주체가 되었고 그는 분석가가 되었다. 그 이상은 되지 않았다. 흔히 잔뜩 과장되어 떠벌려지는 것과는 달리 그들 사이에는, 144,000시간이 지나버린 그들 사이에는 아무런 성적인 관계도 성립되지 않았다. 그전, 융과 여환자 사이에 아예 그런 일이 없었던 건 아니지만…… 하여간 소이하고는 그랬다. 어쩌면 그 두 쪽의 식빵이 그의 성욕을 납작하게 짓이겨 버린 걸지도.

"지난번 의사는 나한테 뭐라 그랬더라…… 신체화 장애하고 편집성 인격 장애가 있다고 했어."

"그건 지난번 의사의 말이고."

융은 그녀의 지난번 의사에게 다리미에 덴 듯 뜨거운 적의를 느꼈다. 그는 핀셋으로 집어낸 자신의 적의를 '정상'이라는 레벨이 붙은 작은 유리병 안에 집어넣었다. 분석가인 그는 정상이었고, 분석 주체인 그녀는 비정상이었다. 그래야만 했다, 그래야 그가 그녀를 고칠 수 있을 테니. 그리고 정말 그랬다. 그녀는 완벽한 '비정상'이었다. 비정상의 샘플이라고 불러도 무방할 만큼.

아, 그리고 또 하나. 그 '비정상'이라는 레벨은 융 자신의 손으로 붙여야 했다, 지난번 그 의사가 아니라.

"그전 병원에서 들었던 이야기들은 모두 잊어버려. 그분과 나는 학파가 서로 다르니까."

그에게 학파 같은 게 없었다는 건 두말하면 잔소리다. '그 자식'이라는 말 대신 '그분'이라는 말을 가까스로나마 짜낼 수 있었던 그의 자제력 넘치는 혓바닥은 마땅히 박수를 받을 만했다.

그리고 융과 그녀는, 그녀 쪽은 잘 모르니 적어도 융만은, 144,000시간 전에 그들이 서로에게 가졌던 혹은 가졌다고 생각되었던 성욕(들)을 아르곤으로 채운 글러브 박스 안으로 조심스레 옮겨 놓고 분석가와 분석 주체로서의 역할을 충실히 수행하기 시작했다.

그녀의 말에 의하면 어느 사립 고등학교의 외국어 선생님인 그녀는 한 3~4년 전부터 까닭 없는 복통에 시달리기 시작했다. 아무런 효과도 없이 이 병원 저 병원을 전전하다가 나중에는 악몽과 심각한 수면 장애까지 찾아왔고 급기야는 정상적인 교편 생활이 불가능한 상황에까지 이르고 말았다. 큰 맘 먹고 6개월 무급 휴직을 학교에 신청해 허락을 받고서는 3개월간 집에서 쉬면서 전(前)의사와 상담을 시작했는데 도무지 차도가 없어서 다른 병원을 찾다가, 융의 '도움 정신의학과'까지 찾아오게 된 것이었다.

대부분의 환자들은 자신의 성적인 욕망이나 원장면(原場面, Primal Scene)을 분석가가 직접적으로 추궁하고 있다는 의식을 하게 되면, 어떤 식으로든 저항을 하게 마련이다. 남자들의 경우 그 저항이 대부분 매우 직접적으로 표출되기 때문에 저항과 증상을 구분하기가 쉽지만, 여자들의 저항은—특히 남자 의사에 대한— 매우 세심하게 억제되어 나타나기 때문에 저항과 증상이 한데 섞여 구분하기 힘들어지는 경우가 왕왕 있다. 그래서 여자 환자들과는 꿈 이야기로 분석을 시작하는 게 여러모로 편리하다. 꿈과 꿈을 꾼 주체가 마치 서로 다른 인격인 것처럼 약간의 암시만 하면, 그들은 마치 인터넷상의 주민등록번호 생성기처럼 자신의 꿈들을 폭발적으로 생성해 내기도 한다. 그냥 평범한 '비정상적' 인간에서 꿈 생성기로 새로 태어나게 되는 거다. 그 기계에서 생산되어 나온 꿈이 가짜인지 진짜인지, 분석이나 치료에 쓸모가 있는 것인지 없는 것인지 구분해 내는 것이 바로 의사의 역할인 거다.

그리고 놀랍게도 융은 그 역할을 충실히 해냈다. 4개월이 지나자 그녀는 복직을 했고 그 후로는 1주일에 두 번밖에는 융을 찾아올 수 없었지만 대신 그는 그들의 면담 시간을 35분에서 50분으로 늘렸다. 그녀는 느리지만 분명히 조금씩 호전되고 있었다.

그리고 꿈들, 수많은 꿈들. 보이스레코더에 녹음된 후 MP3 파일로 변해서 'PO-396A'라고 이름 붙인 외장 하드에 옮겨졌던 그녀의 수많은 데크레셴도들. 그녀는 들릴락 말락 낮은 목소리로 그녀의 꿈을 노래하듯 이야기했고, 그는 진료 시간이 끝나 직원들이 모두 돌아간 상담실에 혼자 남아 상상력이 부족해서인지 그녀의 체취가 전혀 느껴지지 않던 환자용 의자에 누워 그녀의 꿈을 다시 들었다.

그녀의 꿈이 무엇을 의미하는지 알기 위해 융은 타인의 손을 빌리고 싶지 않았다. 그녀의 꿈은 온전히 그의 것이어야만 했다, 지난번 의사나 프로이트나 라캉의 것이 아니라. 사인파처럼 규칙적으로 그 진폭이 오르내리는 그녀의 꿈 이야기 속에서 융은 조금씩 앞으로, 아니 뒤로, 원장면을 향해 뒤로 느리지만 끈질기게 전진했다. 그녀가 융에게 선사한 환상 속에서 그녀는 성녀였고 그는 정조대를 찬 십자군 기사였다.

하지만 8개월이 지날 무렵 소이의 호전이 눈에 띄게 더뎌졌다. 그저 더뎌진 정도가 아니라 이미 사라졌던 증상들마저 하나 둘씩 무덤에서 벌떡벌떡 일어나기 시작했다. 융은 소이 내부의 무언가가 자신과 자신의 치료에 대해 격렬히 저항하고 있다는 것을 깨달았다. 하지만 그 저항의 원인을 찾아내는 일은 쉽지 않았다. 늘 그랬던 것처럼 환자 의자에 누워 소이가 자신에게 꿈의 줄거리를 노래하는 동안, 융은 그녀가 무슨 이유에선지 자신의 이야기에 집중하지 못한다는 걸 알아챘다.

"아니 잠시 쉬었다 하자…… 아니, 그냥 정직하게 묻는 게 낫겠다. 소이야, 넌 날 속일 수 없어. 이제 와서 뭘 나한테 숨기려 드는 거니?"

"그건…… 너하고 상관없는 일이야."

"그래 어쩌면 나하고는 상관없는 일이겠지. 하지만, 니가 여기서 내게 꿈 이야기를 들려주는 건 니가 널 치료하는 과정이라는 걸 누구보다 니가 잘 알잖아. 사람들이 육체적인 건강을 위해 공원에

서 조깅을 하는 것처럼, 너는 여기서 꿈 이야기를 하면서 너의 정
신적인 문제를 치료하고 있는 거라고. 나는 그저 달리기를 위한 보
조 장치, 그러니까 조깅화나 스톱워치에 불과하다구. 그래 이 자리
선 니가 하는 모든 일이 너와 상관 있는 일이야. 내가, 그러니까 조
깅화나 스톱워치가 아니구."

소이에게서는 망설이는 기색이 역력했다. 융은 그게 마지막 장
애물이라는 걸 직감적으로 알 수 있었다.

"자."

"그래, 알았어…… 니 말이 맞아. 나 요즘 들어 매일 똑같은 꿈을 꿔."

"그건 하나도 이상한 일이 아니야. 걱정 말고 내게 이야기해 봐."

"그러니까…… 도저히 얘기 못하겠어."

"괜찮아."

융은 소이의 손을 잡았다. 소이의 손이 마치 퉁퉁 부은 코끼리의
손처럼 느껴졌다.

"말하고 하는 꿈을 꿔…… 붉은색 말하고 성교를 한다구."

융은 문득 소이의 손을 던져버리고 싶다는 충동을 느꼈다. 웃거
나 화내지 않고 다음 질문을 이어가기 위해 그는 이를 앙다물어야
했다.

"어떻게?"

그건 참으로 기묘하고 또 징그러운 이야기였다, 중간에 '그만!'
하며 소리를 지르면서 자리에서 일어나고 싶어질 만큼. 하지만 그
러는 대신 융은 몇 번이고 그녀에게 그 꿈의 디테일을 요구했고 그

녀는 사진이라도 찍어둔 것처럼 자세히 그에게 그 입에 담기 힘든 꿈을 설명했다.

융은 그 꿈을 분석해서 밝혀낸 그녀의 욕망이 두말할 것도 없이 자신을 가리키고 있다는 걸 알았다. 그녀의 데크레셴도, 뾰족한 쐐기가 가리키는 곳은 바로 융 그 자신이었다. 그 뾰족한 쐐기에 찔릴 때마다 그는 아팠다. 아팠지만, 융은 마치 신인배우의 연기를 지도하는 연출가처럼 그녀의 욕망을 담담히 설명해 주었다. 그녀의 욕망을 아무렇지도 않게 그녀가 있는 그대로 받아들일 수 있도록 거울 앞으로 그녀를 끌고 갔다. 그리고 그 거울 속에서 그녀가 자신만을 보도록, 마치 그는 그 자리에 없는 것처럼 태연하게 자신을 볼 수 있도록, 그는 기꺼이 드라이아이스가 되어 승화하고자 했다.

거기까지 했어야 했다. 거기서 분석을 마쳤어야 했다. 소이가 그와 그녀가 나란히 서 있는 거울 앞에서 태연히 이를 쑤시고, 코털을 뽑을 수 있게 되었을 즈음 분석을 마쳐야 했다. 청구서에 찍힌 금액을 다 지불하고 더 이상 여기에 오지 말라고 했어야 했다. 그러고는 잊었어야 했다. 완전히 잊었어야 했다. 아무렇지도 않게 툴툴 털고 일어나야 했다. 그녀의 꿈의 감옥인 외장 하드에 락(lock)을 걸고는 햇볕도 들지 않는 캐비닛 속 깊숙한 해구 속에 처넣었어야 했다.

그런데 그러지 못했다. 융은 그녀에 대한 분석과 치료 과정을 논문 형식으로 발표하고 싶어졌다. 그건 누구의 것도 아닌 바로 그의 꿈-분석-치료였으니까. 그의 놀라운 기사도를 많은 사람들에게 알리고 싶어졌다. 그녀가 그걸 반대할 거라고는 생각지도 않았다. 그녀의 본명 대신 전혀 울림이 없는 가짜 이름을 쓰고—융은 W라는 가명을 이미 염두에 두고 있었다. Wedge(쐐기)의 W, 말이다—그녀임이 드러날 수도 있는 모든 세부적인 내용들만 제거한다면 뭐가 문제가 되겠는가, 라고 융은 생각했다. 그러면 그는 그의 놀라운 인내에 대한 보상으로 유명해질지도 몰랐다. 소이를 환자로만 대한 자신의 영웅적인 행동에 대한 보상으로 정신분석학계의 떠오르는 총아가 될 수도 있었다.

「W의 사례에서 볼 수 있는 여성 강박증 환자의 성 정체성에 대한 근원적인 질문과 동물 상징 간의 관계」라는 제목의 논문에 대한 간략한 스케치를 마친 후 융은 소이에게 자신의 계획을 말했다. 융이 원했던 건 그녀의 동의가 아니라 감탄이었으며 박수였다. 그는 그녀의 분노를, 혹은 적의를 예상하지 못했다. 그녀는 융의 계획에 격렬히, 끓는 물처럼 격렬히 반응했다. 이 논문을 통해 너와 비슷한 증상을 가진 환자들이 더욱 효과적으로 치료를 받게 될 수도 있어, 라는 뻔뻔스러운 이유까지 부끄러운 줄도 모르고 융은 주워댔지만 그녀는 완강했다.

"그런 짓을 한다면 넌 내 얼굴을 다시는 보지 못하게 될 거야."

그리고 그녀는 다음 상담에 나오지 않았다. 그 다음에도 그 다음 다음에도.

융은 차마 자신의 손으로 연락할 엄두가 나지 않아 간호사에게 어떻게 된 건지 확인해 보랬더니 소이는 간호사에게 갑자기 지방

발령이 나서 더 이상 나올 수 없게 되었다며 직접 찾아보지는 못하지만 의사 선생님에게도 감사의 말씀을 전해 달라 했다고 했다.

"거짓말."

융은 너무 화가 나서 간호사에게 버럭 소리를 지르고 말았다. 그리고 그는 슬펐다. 그는 자주 외장 하드 속 그녀의 무시무시한 꿈 이야기를 들었고, 매력이라고는 눈곱만큼도 찾아볼 수 없는 다른 여자 환자 하나와 규칙적인 성관계를 갖기 시작했다.

소이가 그들의 관계를 다시 완전한 어둠으로 돌려놓은 지 한 달쯤 지났을까, 그는 「W의 사례에서 볼 수 있는 여성 강박증 환자의 성 정체성에 대한 근원적인 질문과 동물 상징 간의 관계」를 저명한 학술지에 기고했다. 한심스럽게도 그의 더듬이는 거기에서 어떤 재앙의 냄새도 맡지 못했다. 소이는 '내게 그런 짓을 한다면 넌 내 얼굴을 다시는 보지 못하게 될 거야.'라고 선언했고, 그가 이미 그녀의 얼굴을 다시는 보지 못하게 되어버렸으니, 그건 그가 그런 짓을 해도 좋다는 그녀의 암묵적인 동의임에 틀림없다고 융은 믿어버리기로 했다. 그는 또 그녀가 '가정법'을 쓰는 데 서툴렀다는 걸 기억했다. 이를테면 그녀가 '컴퓨터에서 어떤 특정 숫자의 패턴을 보면 갑자기 발이 차가워지면서 꼼짝할 수가 없게 되는 거야. 그럴 때마다 마치 가위에 눌린 것처럼 소리를 지를 수도 없어져.'라고 그녀가 말했을 때, 융은 그녀에게 그녀의 말처럼 어떤 숫자를 보면 움직일 수 없어지는 게 아니라, 실은 그녀가 어떤 이유로 움직이고 싶지 않을 때면 그런 숫자의 패턴을 애써 찾는 거라는 사실을 알려준 적이 있었다.

D섬에서 열린 추계 학술 총회에서 그 논문의 초록을 발표하고 집으로 돌아온 날 밤, 융에게 학교에 남아 훈장질을 하고 있던 한 친구로부터 전화가 왔다.

"너 미친 거지? 너 도대체 무슨 생각으로 그렇게 엄청난 짓을 한 거야? 니가 뭐가 아쉬워서 그런 짓을 한 거야? 돈이 부족하길 해, 번듯한 가족이 없어. 이게 무슨 짓이야, 너 도대체."

융은 친구의 느닷없는 분노를 이해할 수가 없었다.

"너, 사람들이 그렇게 바보인 줄 아니? 아니, 너만 이폴레트(Jean Hyppolite)와 솔레(Colette Soler)를 읽었다고 생각한 거야? 지금 세상이 어느 세상인데? 우리 연구소 레지들도 그걸 읽어, 요즘은."

"그게 무슨 소리야? 거기서 왜 그 사람들 이름이 나오는 거야?"

융의 더듬이는 그제서야 그 친숙하지 않은 재앙의 냄새를 어렴풋이나마 느낄 수 있었다.

"니가 발표한 논문에 사례로 든 그 말이 나오는 꿈 말이야. 토씨 하나 틀리지 않고 이폴레트와 솔레의 논문에서 그대로 베낀 그 꿈 말이야. 니가 무슨 생각으로 그런 짓을 했는지는 모르겠지만, 윤리 위에서 니 모가지를 날릴 거야, 당장. 알아? 방금 전에 최 교수를 만났는데, 그 유들유들한 양반도 이번 케이스는 조사도 필요 없다며 문제가 더 커지기 전에 바로 싹을 잘라버려야 한다고 목에 핏대를 세우더라구. 알아 인마? 이건 말이야, 환자와 문제 일으킨 거 같은 것하고는 차원이 다른 사건이야, 차원이. 차라리 환자 마춰시키고 성추행을 하는 편이 낫지. 잘 들어둬. 이제 니 편은 아무도 없어. 아무도 없다구. 나로서도 너한테 해줄 수 있는 게 이 전화 한 통이라는 걸 명심해 둬. 니가 얼마나 엄청난 짓을 저질렀는지 알겠니, 이제?"

융은 그제서야 소이가 얼마나 엄청난 짓을 저질렀는지 알 수 있었다. 왜 그랬는지도.

소이, 그러니까 우리의 거짓말쟁이 히에로글리프 선생이 내 마음속의 마을로 전근을 오게 된 게 그녀에게 얼마나 불운한 일이었는지! 그곳, 누구도 자신의 꿈을 혼자만 간직할 수 없었던 그곳, 내 마음속의 마을.

1924

아직도 사물을 존재하는 그대로 보지 않는 화가들이 있다.

—아돌프 히틀러

자신이 예전에 쓴 일기를 읽다 보면 전혀 기억나지 않는 대목을 발견할 때가 간혹 있다. 가령, 며칠 전 내 일기장에서 발견한 이런 낯선 구절들.

꿈 같은 시절이 손가락들 사이로 흘러 지나갔다. 잡을 수 없었던, 돌아보기도 전에 걷잡을 수 없었던 꿈 같은 시절. 아니 꿈과도 바꿀 수 없었던 시절이. 사람들은 개처럼 서로를 물어뜯었고 개들은 땡볕 아래 불결한(불길한) 대가리를 감추지도 않고 하루 종일 잠만 자려 들었다. 여기저기 물어 뜯겨 불완전해진 사람들이 개들을 깨워 어떤 꿈을 꾸었는지 독촉했지만, 약속이라도 한 듯 개들은 입을 다물었다. 개들의 침묵 사이로 비오듯 리놀륨 바닥으로 떨어지던 정교한 침 줄기들. 넘쳐나던 배신들 사이로 눈부시게 반짝거리던 플라스틱

리코더의 단순한 가락들. 나는 숨을 곳을 찾지 못했고 그건 너도 마찬가지였다. 그래서 우리는 스프링처럼 튀어 올랐고 우리는 너무너무 지쳐서 밤새도록 서로에게 나눠줄 꿈 한 송이 뽑지 못했다. 어쩌면 너무너무 지쳤던 건 우리가 아니라 우리의 불쌍한 꿈이었는지도.

꿈 같은 시절이 한번의 들숨과 날숨 사이, 그리도 빨리 지나가 버렸다. 물어 뜯을 이빨이 있었던 꿈 같은 시절이.

나는 일기를 쓸 때의 '내'가 기억나지 않으며 일기를 쓸 때의 '내'가 회상하고 있는 꿈 같은 시절 숨을 곳을 찾지 못했던 '나' 역시 기억하지 못한다. 그 세 명의 '나'는 과연 같은 사람인가?

교환의 법칙

　재현(再現, Reproduction)이란 말을 입에 담는 것만으로도 이제 '시대착오적'이라는 붉은 글씨가 쓰여 있는 경고장 혹은 협박장을 집에서 수령하게 될 시대가 왔다. 대략 100년쯤 전부터 적대적인 환경에 의해 호된 공격을 받아온 이 덩치 큰 초식동물은 이제 6500만 년 전에 지구에서 자취를 감춘 공룡보다도 더 생뚱맞은 존재가 되고 말았다. 차라리 공룡처럼 '멸종'이란 화환을 공식적으로 목에 걸고 나면 대접이라도 달라지기 마련이지만, 이 '재현'은 그 개체의 수가 종의 멸절을 걱정해야 할 만큼 감소한 것도 아닌데, 입에 담는 것이 시나브로 불경스러워진, 존재해도 존재하지 않는 것보다 못한 그런 비참한 지경에 다다르고 말았다.

　이 불행한 금치산 상태의 원인을 꿈의 월경(越境)에서 찾는 사람들도 더러 있다. 그들은 예전의 미술이 현실의 한 부분을 그대로 재현하는 것을 그 주요 목적이나 최소한의 기법으로 삼았는 데 반해, 최근의 미술은 이 현실의 주요 원리, 재현 대신 꿈의 주요 작동 원리인 도치, 압축, 전이, 왜곡 등을 주된 목적이나 기본 기법으로 삼고 있다는 거다. 그러니까 병모가지 위에 꽂힌 붉은 벼슬 닭 머리나 회오리 모양이 그려져 있는 85개의 막대사탕이나 머리가 기형적으로 큰 사람들의 크로켓 경기나 몇 개의 서로 다른 색깔과 길이를 갖는 이쑤시개들을 캔버스 안에 버젓이 담고 있는 그림들의 밑바닥에는 꿈의 작동 원리를 현실로 옮겨보고자 하는 인간의 욕망이 흐르고 있다는 거다.

물론 이건 내 얘기가 아니라 미술평론가 백현진 씨가 내게 들려준 이야기를 고대로 옮긴 데에 지나지 않는다. 다행히도 어쩌다 보니 내가 발을 담그게 된 문단(文壇)이 아니라 백현진 씨가 몸담고 있는 미술계의 얘기다. 나라면 썰을 풀기 위해 그림을 이리저리 난도질하느니 차라리 누워서 코딱지나 파는 편을 선호하지만. 어쨌건 진지하기에서는 이등이라면 서러울 우리의 백현진 씨는 이런 얘기를 지난 봄 미래주의 기념미술관에서 열린 '오후의 실망스런 거짓말'이라는 팝아트 화가들의 전시회에서 아버지에게 해드렸다고 한다. 백현진 씨에 의하면 평생을 교도관으로 일하시다가 3년 전에 퇴직하신 그의 아버지는 퇴직을 하고 나서는 가끔 그에게 이렇게 미술관이나 전시회에 데려가 달라고 부탁하신단다.

아버지가 노년에 갑작스레 미술에 대한 흥미를 새로이 가지시

게 된 건지 아니면 자식이 하는 일이 대견해서 그저 자식의 영역을 한번 들여다보고 싶은 마음에 미술관으로 발길을 떼놓고는 하시는 건지는 차마 물어보지 못했다고 한다. 미술관에서 백현진 씨의 아버지는 특별히 관심을 끄는 그림이나 조각이 있으면 그에게 설명을 부탁하시고는 그의 손을 꼭 쥐고 가만히 서 계신단다. 가끔은 한치의 미동도 없이 꼼짝 않고 계셔서 주무시는 게 아닌가 싶어 설명을 가만 끊어보면 손에 살며시 힘을 주시며 그의 설명을 채근하고는 하신단다.

그날, 백현진 씨가 「불가능한 출발 시간(L'heure du départ impossible)」이라는 피카비아(Francis Picabia)의 괴상망측한 조각 앞에서 재현에 관한 이야기를 아버지께 해드렸던 그날, 그의 아버지는 그의 설명이 끝나자 눈을 감은 채로 그에게 질문을 하셨다.

"왜 그런다고 생각하지? 요즘 사람들이 말이야."

아버지로부터 질문을 받은 게 기억해 내기도 힘들 만큼 오랜만이라 백현진 씨는 적이 당황했다.

"꿈도…… 이를테면 인간의 한 구성 요소지만 사실 꿈의 작동 원리는 꿈속에서나 당연히 여겨질 뿐이지요. 꿈속의 구성 요소가 현실에 노출되면…… 그건…… 뭐랄까요, 인간에게 커다란 충격을 주게 되는 것 같아요. 인간이라는 게 우리가 생각하는 인간이 아닐 수도 있다는, 뭐 그런 류의 충격 같은 거죠."

"충격이라…… 일리가 있는 말이구나."

눈에 띌락 말락 고개를 끄덕거리시고는 그의 아버지는 그렇게 천천히 한숨이라도 내쉬는 것처럼 말씀하셨다.

부자(父子)는 미래주의 기념미술관에 갈 때마다 함께 들르고는 하는 작은 야외 카페 '눈먼 수영선수'로 자리를 옮겨 떨어지는 분홍 꽃비를 보며 차가운 샌드위치와 뜨거운 커피를 마셨다. 그의 아버지는 한참 들여다보시던 카탈로그를 정성스레 접어 탁자 위에 올려놓고 말씀을 시작하셨다.

"반대의 경우도 있단다. 내가 재미있는 얘기를 하나 해주마. 한 7~8년 전쯤인가, 어떤 공무원이 뇌물수수 및 특정범죄 가중처벌로 내가 일하고 있던 감옥으로 들어왔지. 너도 기억할 거야, 그때 한창 새로 출범한 정부가 부패와의 전쟁을 전가의 보도처럼 휘두를 때였어…… 물론 나는 그 사람이 감옥에 들어오기 전에는 전혀 몰랐단다. 그냥 한씨라고 해두자꾸나. 한씨는, 자신의 말에 의하면 그 전에는 한 번도 뇌물수수나 하다못해 출장비 횡령 같은 작은 비리에도 연루된 적이 없었다고 하더구나……. 그 말을 어떻게 곧이 믿냐고? 나처럼 좁은 공간에서 똑같은 사람들을 오랫동안 계속 만나게 되면 그 사람이 거짓말을 하는지 그렇지 않은지 쉽게 알게 된단다. 이건 정말이야. 거짓말을 할 때 사람들의 몸에선 독특한 냄새가 나는 법이야. 말로는 설명할 수 없지만. 어쨌건 단 한 번 유혹에 굴복한 대가로 한씨는 평생 한 번도 상상치 못했던 처지가 되고 만 거지. 공무원이라는 안정된 직업과 연금을 하루아침에 잃어버리게 되었고 그가 수십 년을 걸쳐 쌓은 명예도 하루아침에 물거품이 된 거야. 그런데 넌 물거품을 본 적이 있니? ⋯⋯아아, 늙으니까 자꾸 얘기가 헛돌게 되는구나, 미안하다. 그런데 어디까지 했지? ⋯⋯아아 그래, 거기까지 했었지. 그리고 어느 날 갑자기 가장을 잃게 된 가족들의 생활도 졸지에 내리막길을 타게 된 거란다. 한씨는 매우 괴로워했지. 그래, 평생 범죄와 인연이 없었던 사람들, 그러니까 예를 들어 우연찮게 뺑소니로 사람을 죽여 감옥에 들어오는 사람들이 그렇듯, 그렇게 어느 날 전혀 예상하지 못한 채 감옥에 들어온 사람들은 자신이 감옥에 갇히게 된 사실에 대해 유난히 괴로워한단다. 어떤 심정인지 알겠니? ⋯⋯하기는 니가 알 필요가 없는 일이지. 그래, 한씨는 처음엔 밥에 거의 손도 안 대고 보기 딱할 정도로 힘들어하더니, 한 달쯤 지나니 그래도 자기도 살아야 하겠던지 점차로 맞춰가더구나. 그런데 이제 한씨도 슬슬 수감 생활에 적응해 가는구나 하며 마음 놓고 있던 어느 날, 교대 근무를 마치고 집으로 돌아와 낮에 밀린 잠을 자고 있는데 비상소집 전화가 와서 부리나케 감옥으로 달려가 보니 한씨가 자살을 했다더구나⋯⋯. 그래, 니 말이 맞다. 감옥도 일종의 사회니까 자살하는 사람들도 더러 있지. 그 속이라고 바깥과 다를 건 없단다. 하지만 내가 보기에 한씨는 도저히 자살할 타입의 사람으로 안 보였거든. 아까도 말했지만 그때쯤엔 자신의 변화된 처지를 받아들이고 나가면 무엇을 하고 살까 하는 그런 고민을 시작하는 단계였거든⋯⋯. 아니, 아니 그런 건 아니었어. 아니야, 의외로 감옥 바깥에서의 일 때문에 감옥 안에서 자살하는 경우는 극히 적단다⋯⋯. 그래, 인간이란 원래 이기적인 존재인 거야. 일단 안으로 들어오면 바깥은, 뭐랄까, 다른 은하계나 마찬가지란다. 바깥에 있는 가족들 때문에 자살하는 수형자란 건, 나로서는 본 적도 없고 또 상상할 수도 없구나……. 그래, 우리도 마찬가지였어. 감옥이 발칵 뒤집혔지. 딱히 자살할 이유가 없었거든. 한씨를 괴롭히는 사람이 있었던 거도 아니고……. 아니, 거기는 그야말로 순둥이들만 모아놓은 곳이었어. 사설이 길어졌구나, 그래 한씨가 자살한 이유가 뭔지 추측해 볼 수 있겠니?……. 바로 한씨가 꾼 꿈 때문이었어……. 못 믿겠다구? 감옥에 한 삼십 년 이상 있다 보면 모든 걸 믿을 수 있게 된단다. 말하자면 사람이 할 수 없는 일이란 없다는 걸 믿게 되는 거지. 너에게는 믿기 힘든 일이겠지만 꿈 때문에 자살한 사람을 나는 그전에도 보았구, 한씨 이후에도 그런 사람이 또 있었다구 들었단다. 자, 이제부터가 너한테 얘기해 주고 싶었던 대목이야. 니가 오늘 그 이상한 제목이 붙은 철사줄을 꼬아 만든 기차 모형 앞에서 얘기했던 거 말이다……. 아니, 그거 말고. 그렇지, 니가 꿈의 원리를 현실로 가져오면 그 충격이 증폭된다거나, 뭐 그런 얘길 했었지…… 암 그럼. 내 기억력은 아직 녹슬지 않았어. 특히 니 말은 내 머리에서 잘 지워지질 않더구나. 헌데 한씨가 무슨 꿈을 꿨을 것 같니?……. 허허허 저승사자라니, 무의식이니 꿈의 분석이니 뭐니 떠들어대는 이 첨단의 시대에 미술평론가인 니 입에서 저승사자라니. 그런 게 아냐. 한씨는 자신이 감옥에 갇히는 꿈을 꾸었단다. 그러니까 일종의 순수한 반복인 셈이지……. 무슨 말인지 모르겠다고? 감옥에 들어온 지 한 달이 지나 이제 처음의 충격에서 벗어나 마음의 안정을 찾아가던 한씨가 자신이 감옥에 갇히는 사건을, 그러니까, 현실에서 자신에게 일어났던 일을 그대로, 뭐라고 니가 불렀더라, 그래, 왜곡 없이, 그래 왜곡 없이 그대로 재현한 꿈을 꾼 거야……. 이해하지 못하겠니. 그게 한씨한텐 너무나 큰 충격이 된 거야. 실제에서 일어났을 때보다 더 큰 충격을 그 꿈이 한씨한테 준 거라고……. 왜 안 되겠니? 너도 아까 말했잖아, 꿈의 작동 원리가 현실에서 드러날 때 그게 더 큰 충격을 준다고. 반대의 경우도 똑같단다. 현실의 원리가 꿈에서 드러날 때도 마찬가지인 게지.”

백현진 씨는 문득 추워졌다. 반복되며 천천히 날리던 꽃잎들이 문득 무서워졌다.

Nice Dream

They love me like I was brother
They protect me listen to me
They buried me in their very own garden
Gave me rain made me happy
Nice Dream
—Nice Dream by Radiohead

예전에 이런 꿈도 꾼 적이 있었다.

나는 13인승 헬리콥터를 타고 아프리카 서안(西岸)의 수단 상공을 날고 있었다. 열린 문 밖 커다란 홍수로 거의 1/3 이상이 붉은 물에 잠겨버린 수단의 국토가 헬리콥터 프로펠러가 뿜어내는 강력한 바람에 날려 물에 젖은 미역줄기처럼 자꾸 내 눈 앞을 덮던 머리카락 사이로 보였다. 위험해, 라고 누군가 뒤에서 다급히 소리쳤지만 나는 돌아보고 싶지 않았다. 곧이어 또 다른 목소리의 주인공이 물러서지 않으면, 이라고 말하더니 더 잇지 못하고 입을 다물어버렸다. 나는 돌아보지 않았지만 누구의 목소리일까, 궁금해하며 그 목소리의 주인공을 기억해 보려 애썼는데 뜻대로 되지 않았다. 그러면서 나는 죄 없는 입술을 자꾸 물어뜯고 있었다. 우리는 어느새 군데군데 갈색 웅덩이가 남아 있는 짙푸른 잔디밭이 앞마당에 펼쳐진 한 흑인의 집 앞에 도착했다. 그 흑인 남자는 몸집이 컸고 하와이언 셔츠 차림에 부드럽게 하늘로 말려 올라간 둥그런 챙이 달린 화려한 모자를 쓰고 있었다. 그의 사팔뜨기 눈이, 또 시가의 밑둥을 찢어져라 꽉 깨문 금니들이, 고르지 않는 치열이 만들어내는 미소가 나를 안심시켰다. 나는 여기에 그와 함께 남겠다고 이 모든 점점 더 악화되는 상황에도 불구하고 여길 떠나지 않겠다고 용감히 선언했지만 다른 사람들은 내 의견에 찬성하지 않았다. 나는 결국 손해를 보는 건 나일 뿐이라는 비열한 마음과 치열하게 싸우고 있었다. 나는 그들이 헬리콥터를 타고 당장 이곳을 떠나도 좋다고 생각했고, 실은 나는 그들이 누군지도 모르는 것 같았다. 그래서 잠깐 슬펐다. '이제 나는 혼자야.' 눈물을 참으려 이를 꽉 깨물고 나는 경사가 급한 목재 계단을 기어올라 다락방으로 갔다. 다락방에는 '사피로나'라는 이름표가 붙어 있는, 내 집게손가락만 한 크기의 가늘고 작은 유리병이 있었다. 'DRINK ME'라는 딱지는 붙어 있지 않았다. 나는 유리병의 1/3을 채운 그 하얀 분말, 사피로나를 잘 알고 있었다. 기억을 감퇴시키는 데 더없이 좋지만 의사의 허락 없이 장기복용을 할 경우 사지가 오그라들면서 전신이 마비될 수도 있는 위험한 약물. 금지된 약물. 나의 흑인 친구와 나는 유난히 달빛이 밝은 밤거리를 달리고 또 달려 어두운 뒷골목에서 쓸쓸히 죽어가던 금발 머리 여자 공급책을 마침내 찾아냈다. 하지만 우리는 그녀의 사인(死因)에 대해 사전에 아무런 논의도 하지 못했다. "넌 이렇게 죽어선 안 돼, 넌 니 죗값을 다 치르지 못했단 말이다." 나는 소리치면서 손에 들고 있던 다락에서 발견한 사피로나 병을 죽어가는 여자에게 힘껏 내던졌다. 그랬는데, 그렇게 했다고 생각했는데, 내 손을 빠져나간 건 사피로나 분말이 든 유리병이 아니라 물에 젖은 바람 빠진 하얀 풍선이었다. 이건 너무나 허술한 속임수잖아, 라고 생각하며 흑인 친구를 쳐다보았는데, 그 역시 실망한 표정을 짓더니 내게 천천히 걸어와 눈 깜짝할 사이에 가마니를 내 머리에 뒤집어 씌웠다. 내 좋은 흑인 친구는 나를 가마니 속에 최대한 편안하게 누울 수 있도록 배려했다. 가마니는 미끄러지듯 어디론가 운반되었고 여느때처럼 스르르 졸음이 나를 찾아왔다. 흙이 가마니 위로 떨어지는 소리를 들으며 홍수로 국토가 절단이 난 이 나라에 아직도 누군가를 파묻을 마른 흙이 남아 있다는 건가, 라는 혼잣말을 했다. 또 내 친구는 역시 재주가 좋아, 라고 생각하며 이제 본격적으로 잠을 자야겠다고 다짐했다. 잠들기 전 내좋은 흑인 친구의 목소리를 들었던 것 같다. 확실치는 않지만 그렇게 얘기했던 것 같다. "If you think you belong enough(니가 여기에 확실히 속해 있다고 믿는다면)."

잠에서 깨니 눈에 진흙이 잔뜩 들어가 눈을 뜬 건지 감고 있는 건지 알 수 없었다. 귓속으로 들어온 모래 때문에 영 불편했다. 단한 번만이라도 돌아누울 수 있다면 하고 간절히 바라다 또다시 잠이 들었다. 영원히 반복될⋯⋯.

옛날 친구 승구

아래의 기록은 내 친구가 어느 날 아침 너무나도 독특한 꿈에서 깨어난 후 그 꿈을 잊고 싶지 않아 바로 침대머리에서 연필로 서둘러 적어 내려간, 꿈의 기록이다. 그는 내게 그가 쓴 기록의 사본을 읽어보라고 주었고 나는 그 꿈의 기록을 내 고물 컴퓨터에 옮겨 저장했다. 그가 자필로 쓴 기록을 컴퓨터 파일로 변환하는 도중, 나는 몇 번이나 그의 문장에 손을 대고 싶어졌지만, 어차피 그건 내 기록이 아니었으므로 주제 넘은 짓은 하지 않기로 했다. 눈에 거슬리는 데가 한두 군데가 아니었지만 죄 그대로 내버려두었다는 걸 밝힌다.

고등학교로 보이는 어느 낯선 학교에서 지금은 중국으로 유학을 간 대학 시절 친구 Y와 어디 숨어서 담배 피울 데가 없을까 찾아다니다가 수업종이 울려 교실로 돌아갔다. 처음 보는 여자 선생님이 수업을 진행하다. 갑자기 핸드폰이 울리기에 밖으로 나가 받아 보았다. 옛날 친구 누구라고 하다. 하지만, 불분명했다. "승우라고? 유승우?" 반복해서 물어봤다. 대답이 뚝 끊겼다. 하지만 어쨌거나 확실히 그 이름이 아니라는 건 알 수 있었다. 그 다음 난 "조승구? 승구구나?" 하고 말했다. 전화를 건 사람이 바로 대답을 하지는 않았지만, 내 입에서 승구라는 이름이 떨어지자마자, 난 그것이 정답이라는 걸, 즉, 전화를 건 나의 옛날 친구라는 놈이 조승구가 맞다고 믿어버리게 됐다. 그런 후에 난, 조승구에 대한 어릴 적 기억들을 몇 가지 주워 섬기며 나의 실수를 만회하려고 했다. 놈이 내게 한번 찾아가겠다고 했던 것 같다. 예상하지 못한 놈의 말에 나는 당황했지만, 오랫동안 만나지 못한 친구 사이에 한 번 만나자, 언제 술이나 한 번 하자, 라는 얘기는 그저 의례적인 인사말인 경우가 많으니, 그럴 수 있으려니 하고 넘어갔다. 그리고 집으로 돌아갔다.

　나와 나의 아내는 십중팔구는 이름을 대도 잘 모를, 충청북도 제천에서 단양으로 가는 5번 국도 근처에서 또 한 40분 정도 들어가야 하는 장발리라는 작은 시골 마을에 살고 있었다. 우리 집은 매우 낡았다. 한옥이었고, 가운데 정면에 커다란 거울이 달려 있는 복도를 두고 들어가자마자 왼쪽에 안방, 그리고 맞은편에는 아궁이가 있는 부엌, 그리고 더 가면 화장실과 창고가 있는 매우 작은 집이었다. 마당도 있었지만 매우 좁았고, 나무로 된 대문은 어디가 부서졌는지 삐뚜름하게 달려 있었다. 나는 아내에게 친구가 올지도 모른다고 했고, 그녀는 누구냐고 물었던 것 같다. 나는 그저 옛날 친구라고 했다. 나는 잠시 나의 옛날 친구에게 나의 지금 살고 있는 형편을 보여주는 것이 부끄러운 일은 아닌지 반문했지만, 문제 될 건 없다고 생각했다. 지금으로부터 5~6년 전 잘 나가던 외국계 은행을 때려치우고 작가가 되겠다고 이 시골로 들어앉은 이후 변변한 글 하나 세상에 내놓지 못한 내 구질구질한 근황을 옛날 친구인 승구는 알지 못할 거라고 생각했다.

하지만 또 다른 불안한 점은 그가 어떤 사람이냐는 것이었다. 그가 어떤 문제를 가지고 있는 사람이어서, 내게 폐를 끼친다거나, 나의 가족들에게 해를 준다면 나 역시 기쁜 맘일 수만은 없었다. 그런데 갑자기 또 한 명의 오랜만에 보는 옛날 친구가 나타났다. 한길에서 그는 느닷없이 내 이름을 불렀고, 나는 그를 알아보았다. 그는 까까머리에 푸른색 넝마 같은 점퍼를 입고 있었다. 그는 내게 승구의 인터넷 홈페이지에 승구가 나를 만나러 장발리로 갈 계획이라고 썼다는 걸 알려주었다. 그래서 나는 승구라는 친구가 정말로 우리 집에 방문할 계획이라는 것을 확인할 수 있었다. 또 그 친구는 승구가 유명한 컴퓨터 회사의 전도유망한 프로그래머가 되었다고 했다. 나는 그제서야 안심이 되었다. 일류 회사의 컴퓨터 프로그래머라면 문제가 있는 친구는 틀림없이 아닐 거라고 확신했다.

나는 승구 자신에게 그 사실을 재차 확인하기 위해 전화번호에 수신자 번호가 남아 있나 확인했는데, 안타깝게도 남아 있지 않았다. 나는 승구가 오면 무엇을 해야 하나 고민했다. 오래간만에 농구를 하는 것도 좋을 거라고 생각했다. 그가 키가 컸던가 작았던가를 잠시 생각했는데 생각나지 않았다. 내 아들 정식은 웬일인지 집에 없었다. 아내는 오랜만에 오는 친구니 마음껏 놀라고 했다. 그녀는 또 내게 그가 자고 갈 거냐고 물었다. 나는 그가 먼 데서 오는 친구니 그렇게 될지도 모른다고 생각했다. 난처한 것은 그가 자고 갈 만한 공간이 우리 집에 없다는 것이었다. 아내는 선선히 자신이 아궁이가 있는 부엌에서 잘 테니, 친구하고 안방에서 자라고 했다. 나는 나를 따라 이 시골로 내려와 고생을 하는 바람에 시골 아낙이다 되었지만 불평 한마디 없는 아내의 초라한 행색에 눈물이 나올 것 같았다. 나는 나와 아내의 모습을 비추는 거울을 치우기로 하고 아내와 거울을 들고 마당 밖으로 나갔다.

그렇게 아내와 대문 앞에서 거울을 옮기고 있는데, 갑자기 우리 뒤에 한 남자가 서 있는 게 보였다. 승구였다. 나는 그를 한눈에 알아볼 수 있었지만, 확실히 내가 생각하고 있던 그런 차림새는 아니었다. 그의 얼굴은 며칠 동안 씻지 않은 것처럼 더러웠고, 짧게 친 머리카락은 하늘로 향하고 있었다. 무엇보다도 그의 인상을 기분 나쁘게 만든 건 그의 눈동자였다. 마치 뱀처럼 그의 눈동자는 매우 작았고, 길쭉한 타원형이었다. 우리는 오랜만이라고 얘기하며 스스럼없이 껴안았다. 포옹을 풀고 나는 아내를 소개했는데, 그는 내 말을 듣는 둥 마는 둥 다시 아내와 포옹하려 했고, 아내는 기겁을 하며 그의 팔을 뿌리쳤으며 나 역시 나서서 막을 수밖에 없었다. 그는 우리의 그런 행동에 화가 난 것처럼 보였고, 우리는 당황스러웠다. 그리고 우리가 우리의 허름한 집을 손가락으로 가리키자 그는 앞장서서 걷기 시작했다. 그는 절름거리고 있었다. 나는 그와 농구를 할 수 없다는 걸 깨달았고 그게 적이 서운했다.

나와 아내는 그의 뒤를 따라가며 그의 뒷모습을 보았다. 그가 입고 있는 바지는 매우 짧았고, 더러웠는데 사실 정작 충격이었던 것은 그의 바지가 아니라 발이었다. 맨발이었는데다가, 정상적인 사람의 발 모양이 아니었다. 타조의 발처럼 발꿈치는 매우 좁고, 발 앞쪽은 다섯 개의 발가락 대신, 두세 개로 갈라져 있는 것처럼 보였다. 맨발로 걸어서 그런지 매우 더러웠고, 피 같은 것이 묻어 있었는데, 나는 그가 절룩거리는 것이 그 때문일 거라고 여겼다. 집에 도착할 즈음, 두 명의 낯선 남자가 나타나더니 나의 옛날 친구에게 개새끼야, 라고 욕을 했다. 나의 친구와 두 명의 낯선 남자는 서로 마주보았다. 두 명의 낯선 남자 역시 행색이 초라했고, 눈동자가 얇았다. 뭔가 심상찮은 충돌이 있을 것 같았고, 아내까지 같이 있어서 상황이 매우 곤란했는데, 다행히 거기서 꿈이 끝났다.

여기까지가 내 컴퓨터로 옮겨놓은 꿈의 기록이다. 내 친구가 꾸었고 또 내 친구가 기록을 했으니 내 친구의 꿈이라고 불러도 좋을 거다. 보통의 경우라면 의당 그래야 할 거다. 그런데 이 미묘한 꿈에서는 그 문제가 그렇게 단순하지만은 않다. 이 꿈을 꾸고, 또 아침에 일어나 꿈을 정성껏 기록한 내 친구의 이름이 바로 조승구라는 바로 그 사실 때문에 말이다. 내 친구가 꾸었던 꿈 그대로다. 잘 나가는 컴퓨터 회사의 수석 프로그래머, 바로 그 친구가 이 꿈을 꾼 조승구다. 요약하자면, 내 친구 조승구는 자신의 꿈에서 자신을 '옛날 친구'로서 만나는 꿈을 꾼 거란 말이다.

그럼 내 친구의 꿈에서 '나'로 나왔던, 잘 나가는 은행을 때려치우고 작가가 되겠다며 시골로 내려가 마누라 고생만 시키던 그 남자는?

"거울에 비친 내 모습이 치은이, 영락없는 니 모습이었어."

눈이 도마뱀 눈 같지도 발이 타조 발 같지도 않은 내 친구 조승구는 시골 초가집이 아니라 서울의 작은 아파트에 살고 있는, 외국계 은행은커녕 변변한 직장 한 번 다녀본 기억도 없는, 아들이 아니라 딸이 하나 있는, 기억상실증에 걸린 사람들이 모여드는 호텔에 대한 소설을 최근에 펴낸 바 있는 내게 그렇게 말했다.

겹치지 않는 궤도 I — 문 앞의 눈[雪]

누가 꾼 꿈이었을까?

——루이스 캐럴

　낭패였다. 나는 당장 그녀를 만나러 시계탑으로 가야 했지만 어젯밤을 한 번도 쉬지 않고 내린 눈이 쌓이고 또 쌓여 내 방문 앞을 완전히 막아버렸다. 그녀와 내가 만나기로 한 시계탑이 있는 5각형 광장은 우리 집에서 채 100미터도 떨어지지 않은 거리였다. 9세기경 있었다는 전투의 장면을 사각형 탑신을 빙 둘러가며 조각한 시계탑 아래서 그녀가 오들오들 떨고 있을 것을 생각하니 마음이 초조해졌다. 온몸으로 힘껏 밀어보았지만 문은 1센티미터도 움직이지 않았다.

　그때 광장의 시계탑 종이 울리기 시작했다. 처음부터 듣지 못하는 바람에 몇 번을 쳤는지는 알 수 없었다. 종소리가 끝나자 늘 그랬던 것처럼 귀에 익은 그레고리안 성가 키리에(Kyrie, 주여 우리를 불쌍히 여기소서)가 흘러나오기 시작했다. 벌써 10시군, 하면서 초조한 마음에 고개를 젖혀 천장에 붙어 있는 납작한 원반형의 시계를 보았는데, 시간을 잘 읽을 수 없었다. 길이가 비슷해서 어떤 것이 초침이고 분침이고 시침인지 잘 구분되지 않는 바늘 세 개가 보통 때라면 도저히 배치될 수 없는 위치에 놓여 있었다. 기어에 문제가 있는 거지, 저런 경우라면, 하고 혼잣말을 했지만, 그 말뜻을 내가 알고 있는 것 같지 않았다.

이번에 또 그녀를 만나지 못한다면 그녀는 내 진심을 오해하고 낙담해 버려 고향으로 내려갈지도 몰랐다. 그녀가 고향으로 내려가게 된다면…… 나는 그 가정이 맘에 들지 않았다. 그렇게 된다면…… 그런 일이 일어나도록 내버려둘 수는 없는 일이었다. 하지만 그녀에게 어떤 일이 일어난다는 것인지 명확하지 않았다.

여하튼 방법이 없었다. 날이 점점 더 추워지고 있었으므로 눈은 점점 더 얼어갈 것이고 문은 계속 열리지 않을 터였다. 이제 와서는 밀어보나 마나, 라는 생각이 들었다. 손바닥을 아무런 무늬도 없는 나무문에 살짝 대보았는데, 얼음장처럼 차가워 얼른 손을 떼야 했다. 창문이라도 있으면 이렇게 답답하지는 않을 텐데, 라는 엉뚱한 불평이 딸꾹질처럼, 혹은 뻐꾸기시계의 뻐꾸기처럼 몸속 어딘가에서 튀어나왔다.

그때였다. 바깥에서 무슨 소리가 들렸다. 숨을 죽이고 가만있자니, 남자의 목소리인 것이 틀림없는 소리가 다시 띄엄띄엄 들렸다.

"도와주세요…… 절 좀…… 밖으로 빠져나가게…… 제발…… 저는……."

어이가 없었다. 정작 밖으로 빠져나가야 할 사람은, 눈 속에 갇힌 사람은 바로 나였다. 목소리의 주인공은 이미 바깥에 있는 게 아닌가! 내 처지를 잘 아는 미지의 남자가 날 놀리려고 내 방 근처를 빙빙 돌며 소리를 질러대는 게 아닐까 하는 의심까지 들었다.

"절 좀 여기서 빠져나가게 도와주세요."

다시 그 남자의 슬프고 지친 목소리가 좀 더 또렷하게 들리는 순간, 모든 게 단박에 명확해졌다. 가브리엘의 목소리였다. 틀림없었다. 사진가 가브리엘의 목소리였다. 기억의 천재라는 건축가 태정의 교묘한 계략에 빠져 꿈속에 갇혀버린 불운의 남자. 자신이 만든 꿈속의 분기점에 스스로 갇혀 의식을 잃어버린 남자. 그렇다면, 나 역시 꿈속에 있다는 얘기였다.

"내 목소리가 들려? 가브리엘, 거기 잠깐 그대로 기다려."

나는 힘껏 소리치며 차가운 내 방문을, 꿈속이기 때문에 그렇게 비정상적으로 차가울 수 있는 내 방문을 다시 한 번 밀었다. 하지만 방문은 움직이지 않았고 사진가 가브리엘의 목소리도 금세 잦아들었다.

"가브리엘, 여기야 여기. 여기라구. 내 목소리 안 들려?"

나는 꿈 바깥에서 가브리엘을 마지막으로 보았던 게 언제인지, 의사가 뭐라고 말했었는지 기억해 보려 했지만 잘 되지 않았다.

키리에가 막 끝나가고 있었다.

반사바퀴 회사

이 길을 거꾸로 갈 수 있는 가능성은 전혀 없다.

—지그문트 프로이트

"우리가 귀하와 같은 적격자를 찾기 위해 얼마나 많은 시간과 돈을 써야 했는지 귀하는 상상도 못할 거예요."

반짝거리는 은빛 머리를 짧게 깎아 온통 하늘로 치켜세운 그 여자를 쳐다보며, 그딴 걸 상상하고 있을 만큼 한가한 사람은 아니니까, 하고 조승구는 속으로 대꾸했다.

"대수학과 전기공학 거기다가 바이올로지까지, 그 모두를 전공한 사람을 찾아낸다는 건 쉬운 일이 아니죠. 게다가 그 세 분야에서 모두 탁월한 성적을 낸다는 건, 참으로 확률을 줄이는 행위니까요. 이건 어쩌면 우문(愚問)이 될지 모르겠는데요, 그중 만약 하나만 선택해야 한다면 어떤 걸 고르시겠어요?"

재빨리, 생물학이라고 조승구는 대답했다. 까다로운 질문일수록 빨리 대답하는 편이 그 효과를 극대화할 수 있다는 걸 그는 알고 있었다.

"그거 참 재미있군요. 꿈의 군주로 알려진 우리 회사의 사장님 역시 몇 차례 업데이트된 E-북을 통해 이미 대중들에게 널리 알려진 바와 같이 온갖 역경과 장애를 불굴의 의지로 극복하신 후 바이올로지를 전공하셨죠. 특히 관심을 두었던 분야가 바로 세포간 전자 전달계의 메커니즘이었구요. 하지만 대학원 시절부터 바이올로지만으로는 세상을 바꿀 수 없다는 걸 깨달으시고 철학이나 수학 그리고 컴퓨터공학 같은 쪽으로도 관심을 쏟기 시작하셨죠. 물론 지금 저희가 다루고 있는 컴퓨터공학과는 수준이 다르기는 하죠. 소통되는 정보래 봤자 기껏해야 테라바이트 수준이었으니깐요. 모두 바이올로지와 컴퓨터공학이 결합되는 비씨 이볼루션(BC, Bio-Computer Evolution) 이전의 일들이죠. 제 얘기가 지루하시죠? 인체정보 처리 교양과정에서 천재냐 아니냐는 여러 가지 정보들을 얼마나 빨리 병렬로 처리할 수 있는 데 달렸다고 배웠어요. 지루하지 않도록 더 빨리 말할까요?"

단종정보 처리 시 초당 10엑사바이트, 이종정보 처리 시 초당 2엑사바이트가 K-56P에서 규정하는 제1급 정보처리 우수자의 하한치, 라고 조승구는 설명해 주었다. 또한 RR, 즉 리테인 레이시오(Retain Ratio, 보유율) 역시 K-56P에 작년부터 새롭게 포함되었다고 덧붙여주었다. 그리고……

"자자, 오늘 저희는 귀하의 귀중한 시간을 정당한 금액을 지불하고 구입했어요. 그리고 그 시간 동안 귀하는 우리의 얘기를 들어야 할 의무가 있지요, 말을 하는 게 아니라. 다시 한 번 상기시켜 드리지만 그게 오늘의 규정이에요."

말을 하다 중간에 끊기는 걸 조승구는 극도로 싫어했다. 하지만 그의 앞에 서 있는, 정확히 24초의 주기를 가지고 있는 최신 홍채색 변환기를 양쪽 눈에 장착한 여자의 말에 조승구는 고분고분해질 수밖에 없었다. 초록색 눈일 때가 가장 맘에 들었다. 대략 초록색이라고 부를 수 있는 450에서 500nm의 파장대에서 그녀의 홍채는 약 2초간 머물렀다, 24초라는 한 번의 주기 동안 말이다.

"물론 약속된 시간 내내 입도 벙긋 못한다는 얘기는 아니에요. 제가 질문을 할 때도 있을 테니까요. 그럴 땐 답을 해주셔야 되구요. 제가 말을 하는 동안 질문이 있으면 손만 들면 돼요. 왼손 말고 오른손이오. 좋아요, 규칙은 다 기억하셨죠? 좋아요, 그럼 첫 번째 질문."

조승구는 그녀의 목소리가 기계음인지 아니면 그녀의 원래 음성인지 궁금했다. 그걸 분간해 내려면 패턴에 지극히 민감한 반응을 할 수 있어야 한다. 서글프지만 청각 쪽은 그의 전공이 아니었다.

"반사바퀴가 무엇인지 아세요?"

정확하지 않았기 때문에 조승구는 잠시 머뭇거리다가 에니그마 (Enigma)의 부품 이름이었던 걸로 기억한다고 말했다.

"네, 맞아요. 이런 얘기는 아마 지겹도록 들으셨겠지만 참 훌륭한 기억력을 가지고 계시네요. 반사바퀴는 20세기 초반에 개발되었던 일세대 암호장치의 부속품이었어요. 처음 암호장치, 그러니까 암호생성기가 나왔을 때, 그 장치의 원리나 구조는 매우 간단했지요. 지금으로서는 상상하기 힘든 일이지만 물리적인 운동량을 이용한 간단한 기계적 키보드가 있구요…….”

조승구는 그걸 12년 전 지금은 대지진으로 붕괴된 국립 수학박물관에서 봤다. 손가락으로 눌러 입력하도록 되어 있는 작은 단추들이 잔뜩 달려 있는 무거워 보이던 고분자 판대기.

“……가령 입력부에 있는 알파벳 C를 누르면 전기회로로 연결된 반대편 표시부의 알파벳 K에 불이 들어오는 식이죠. 단일환자(單一換字) 방식의 암호인 셈인데요, 이렇게 평문과 암호문을 이어주는 한 벌의 전기회로는 내부에 구리 동선이 교차하는 바퀴 모양이었죠. 하지만 잘 아시는 것처럼 이런 단일환자 방식의 암호는 각 철자의 사용 빈도수에 대한 정보나 독특한 패턴의 추출로 쉽게 해독되는 경우가 많죠.”

조승구는 얼른 영어의 철자 출현 빈도수를 기억해 냈다. 기억이 맞다면, 즉, 그가 평소의 RR 수치를 유지하고 있다면, 영어에 있어 알파벳 E의 출현 빈도수는 12.5%, 다음으로 T가 9.5%, 그리고 그 세 번째로 많이 나오는 A는 8.0…….

“그래서 초기 에니그마에서부터 단일 바퀴를 사용하는 대신 복수의 바퀴를 사용했던 거죠. 또 바퀴들의 위치나 순서를 따로 준비된 코드북에 의해 매일 바꿈으로써 회로 메커니즘의 공개를 필사적으로 막으려 했었죠. 자 여기까지는 대부분 아시는 내용일 테구요, 이제부터 본격적으로 1924년에 개발된 반사바퀴에 대한 이야기로 넘어가도록 하죠. 우선 여길 한번 봐주시겠어요?"

그녀는 인체감응 홀로그래피를 공중에 띄워놓고는 1924년에 개발되었다는 반사바퀴 장치를 포함한 암호생성기의 내부 구조를 그리기 시작했다. 썩 좋은 솜씨는 아니었다. 조승구는 급히 왼손이 아니라 오른손을 들었다.

"말해 봐요."

그녀는 환하게 빛나는 사각형 인체감응 홀로그래피의 스크린 위에서 눈을 떼지 않으면서 말했다. 조승구는 자기 걸 켜는 게 어떻겠냐고, 자기 것은 3차원 수치 변환 기능이 추가된 Q5 모델이라고 말해 주었다. 물론 모델보다는 그녀의 운용 솜씨가 맘에 들지 않았을 뿐이기는 했지만.

"아니오, 사양하겠어요…… 자 이 부분, 이 마지막에 붙어 있는 바퀴형의 회로가 반사바퀴예요. 그러니까 이 반사바퀴는 암호생성을 위한 바퀴들의 마지막에 추가적으로 부착되는 거죠. 이렇게 말이에요."

홀로그래피 위로 작은 푸른색 바퀴 하나가 날아오더니 고대 올림픽에서 사용했다는 역기를 연상케 하는 바퀴의 더미들 끝에 달라붙었다. 그녀의 솜씨는 그녀의 눈빛만큼이나 매력적이지는 않지만 그래도 조승구는 그 회로도를 통해 그 반사바퀴의 역할이 무엇인지 알아볼 수 있었다. 일종의 순환. 생성과 해독. 그는 손을 들어 허락을 받은 후 회로도를 Y축을 중심으로 천천히 회전시켜 달라고 부탁했다. 바퀴들이 회전을 하는 동안에도 그녀의 갈색 입술은 쉬지 않았다.

"그래요, 짐작하셨겠지만 이 반사바퀴를 에니그마에 장착함으로써 에니그마는 암호생성과 암호해독을 동시에 해낼 수 있는 기계로 탈바꿈하게 된 거죠. 간단해요, 똑같은 기계를—당연히 바퀴의 순서나 위치 또한 약속된 코드북에 의해 정확히 일치해야겠죠—가진 암호 수신자는 그 암호를 다시 이 반사바퀴가 부착된 에니그마에 처넣는 것만으로 원문을 얻게 되는 거예요."

그녀가 보여준 홀로그래피상의 움직임 역시 매끄럽지 못했다. 그럴 바에야 차라리 값이 훨씬 저렴한 100% 기계식 홀로그래피를 사용하는 편이 낫겠다는 생각이 들었다. 로딩이나 반응 속도가 느리고 수정이 자유롭지 못하다는 점만 빼면 인체감응식보다 기계식이 훨 낫다는 게 조승구의 판단이었다.

"자 우리의 주제는 여기서부터예요. 이미 서약하신 것처럼 지금부터의 대화는 만약 귀하가 저희 회사의 제안을 받아들이지 않을 경우, 모두 기억에서 지워지게 된다는 걸 다시 한 번 알려드리겠어요. 법률에서 허용하는 기억 제거 시작 시간의 허용 오차는 +/- 3분이며 저희가 사용할 약물의 통과 허용치는 +/- 2분 15초짜리라는 것도 알아두시는 게 좋을 것 같구요. 지금이, 3시 33분⋯⋯ 30초니까, 최대 3시 30분 15초의 기억까지도 지워질 수 있습니다."

조승구는 기억 제거 약물을 좋아하지 않았지만 그리고 뇌세포에 아무런 부작용도 없다는 말 역시 믿기 힘들었지만, 그래도 호기심을 이기기는 힘들었다.

"『꿈의 해석(Die Traumdeutung)』에 대해서 아세요?"

1899년 겨울에 프로이트가 발표한 책이라고 조승구는 재빨리 답했다.

"맞아요. 그 책을 읽고 나서 저희 사장님, 그러니까 꿈의 군주는 오래전부터 어렴풋하게나마 가지고 있던 생각을 비로소 구체화시키기 시작했죠. 그리고 그 후론 죽 반사바퀴의 원시적인 모형을 꿈에다 적용하려고 노력해 오신 거예요. 사실 꿈의 군주가 기안한 저희의 연구도 이제 거의 막바지에 다다랐답니다. 귀하의 재능을 살 수만 있다면 몇 개 남은 마지막 난점들도 곧 넘어설 수 있으리라 우리는 확신하고 있어요."

조승구는 확신이란 걸 좋아하지 않았다. 확신하길 좋아하는 유형의 인간은…… 거창하게 사회까지 들먹일 필요도 없이, 조승구에게는 너무 성가셨다.

"그런데 에니그마에서가 아니라 꿈에서 이 반사바퀴 모형이 어떤 식으로 기능하게 될지 상상하실 수 있겠어요?"

조승구는 잠시 망설이다 고개를 가로 저었다. 자유연상력. 내년부터 K-56P 규정에 새로 첨가될지 모른다는 루머가 돌고 있는 그 항목은 조승구의 지적 수치 중에서 가장 취약한 부분이었다. 조승구는 자유연상하길, 혹은 상상하길 좋아하지 않았다. 내년에 정말 자유연상이 K-56P의 평가 항목으로 채택된다면 조승구는 1급 정보처리 우수자의 지위를 박탈당할지도 모른다. 그렇다면 올해가 조승구에게 있어 마지막……

"다시 여길 보세요."

그녀가 다시 인체감응 홀로그래피를 공중에 띄우고 허공의 화이트보드 위에 글자를 쓰기 시작했다. 그녀의 뇌파는 도형보다 문자를 쓰는 데 훨씬 능숙한 듯싶었다.

"수세기 동안 우리 인류는 꿈을 해석해 왔어요. 꿈에서 보고 들었던 내용을 분석하여 그게 현실의 어떤 부분에서 비롯되어 무의식을 통해 가공된 것인지 알아내 왔어요. 마치 암호문을 받은 암호 수신자가 암호를 해독해 내는 것처럼 말이에요. 우리는 지나치게 이 부분에만 집중해 왔죠. 그 반대쪽 프로세스에 대해선 눈을 감고 있었던 거나 다름없어요. 자 이제 아시겠어요, 우리가 하고 있는 일을? 꿈의 군주가 제안한 놀라운 상상력을? 우리는 생물학적인 반사바퀴를, 아니 해석 과정이 아닌 생성 과정에 투여되어야 하니 역(逆)반사바퀴라고 부르는 게 맞을지 모르겠네요, 하여간 우리는 이 생물학적인 반사바퀴를 상용화하는 거의 마지막 단계에 와 있어요."

다시 손을 들고 허락을 받은 후 조승구는 인체실험은 어느 정도 단계에 와 있으며 국가생물학통제국으로부터는 어떤 실험 등급을 지정받았나 질문했다.

"실험에 관한 정보는 회사 내에서도 아주 소수의 인원만이 접근 가능할 뿐이에요. 물론 귀하가 저희 제안을 받아들인다면 그 소수가 될 수 있지요. 그리고 두 번째 질문이었나요, 통제국과의 교섭에 대해선 당신 같은 과학자가 신경 쓸 문제가 아니에요. 어디에나 전문가가 있는 거니까."

조승구는 지금이야말로 자유연상이 필요한 때라는 걸 깨달았다. 그렇지만 잘 되지 않았다. 화가 치밀어 오르면서 감정이 잘 조절되지 않았다.

"알겠어요, 잘 알겠는데, 우리는, 아니 당신의 회사는 그 반사바퀴를 만들어서 어떤 고객에게 판다는 거죠? 누가 그걸 필요로 한다는 거죠?"

"손을 드시지 않고 질문하셨다는 걸 알려드려야겠네요. 다음에 또 이런 행동을 하신다면 그 다음부턴 어떤 질문도 허용하지 않겠어요. 좋아요. 첫 번째 실수이기도 하고 중요한 질문이기도 하니 특별히 대답해 드리죠. 그래요, 프로이트는 『꿈의 해석』을 써서 정신분석이라는 새로운 비즈니스를 창출했어요. 비타민, 백신, 유전자 디코딩, 감정의 유전자 번역 등과 함께 생물학에 있어 가장 성공적인 비즈니스 모델 중 하나죠. 꿈의 군주는, 그리고 우리는 이 반사바퀴를 통해 꿈을 제조할 생각이에요. 어떤 특정 유형의 꿈을 꾸기 위해 현실에서 어떤 일이—그러니까 어떤 사건이나 감정이—입력되어야 하는지 우리는 벌써 아주 많은 데이터베이스를 축적했어요. 유전자 차이에 따른 입력 요소의 변화에 대한 부분도 꽤나 많은 연구가 진척된 상태예요. 바이오-컴퓨터의 시냅시스에서 유전자 차이에 따른 변화 인자를 어떻게 양자컴퓨터의 알고리즘과 충돌하지 않는 방식으로 집어넣을 것이냐 하는 부분이 마지막 숙제 중 하나죠. 이것만 해결한다면 우리는 몇 가지 확립된 꿈을 당장이라도 팔 수 있어요. 그리고 우리가 지속적으로 생물학적 반사바퀴를 개선해 나간다면, 이미 준비된 기성품만을 고객에게 공급하는 게 아니라 고객이 원하는 내용대로 꿈을 만들어 판매할 수 있는 날이 곧 올지 몰라요. 그때야말로 문자 그대로 완벽한 반사바퀴가 되는 거죠, 어떤 평문이라도 암호문으로 바꿀 수 있는."

아주 멋진 아이디어 같았다, 자유연상력 수치가 아주 높은 사람의 머리에서 나온 게 틀림없는. 불법적인 요소가 있는지 먼저 확인해 두고 싶기는 했지만, 그게 조승구의 관심사는 아니었다. 그녀의 말대로 거기에는 또 다른 전문가가 있을 테니.

"좋아요, 아주 재미있는 얘기네요. 아니오, 이제 손 같은 건 들고 싶지 않아요. 임금 조건에 대해서나 얘기해 보시죠."

표절 Ⅲ

나는 꿈을 꾸었다,

컴컴한, 유리로 만든 숲을 헤매는 장면에서 난데없이 시작되는 어떤 꿈을. 유리로 만든 숲의 깔쭉깔쭉한 외곽선이 갉아 먹은 동그랗고 검푸른 하늘이 내 머리 꼭대기에 떠 있었고 나는 희미한 달빛을 의지하여 필사적으로 그 함정 같던 숲을 빠져 나오려 발버둥치고 있었다. 유리 가시에 찔려 나는 상처투성이가 되었고 내 손가락 끝에 맺힌 피는 붉은 꽃봉오리처럼 부풀어 올랐다.

그리고 어느새,

나는 유리의 숲을 빠져나와 붉은 벽돌 지붕의 4층 건물들이 나란히 어깨를 맞대고 서 있는 한 낯선 시가지에 서 있었다. 나는 무슨 일이 벌어지고 말 거란 걸 똑똑히 알고 있었다.

그리고 갑자기,

하늘에서 비가 내리기 시작했다. 물방울이 아니라 프록코트를 입은 그리고 중절모를 쓴 직립한 남자들의 빗방울. 젓가락처럼 꼿꼿한 남자들이, 죄 똑같은 복장의 또 똑같은 얼굴의 남자들이 하늘에서 내리기 시작했다. 나는 놀랐고, 우산이 없었으므로 혹은 우산을 유리의 숲 어딘가에 버려두고 왔으므로 당황스러웠다.

그리고 나는,

그 남자들의 비[雨]가 땅바닥에 부딪치는 것을 또 붉은 시계가 놓여 있는 직육면체의 모서리를 타고 흐느적거리며 흘러내리는 것을 보았다. 그 직립의 남자들은 혹은 남자들의 비는 그들이 내게 주었던 첫인상과는 달리 그다지 딱딱하지 않은 듯했다.

갑자기 나는,

소리를 질렀다. "뭐야 이건. 그 시계하고 똑같잖아." 모든 것이 너무나 분명했고 나는 부끄러움에 얼굴이 벌겋게 달아올랐다. 치욕. 치욕스러움을 참지 못하고 다시 나는 소리쳤다. "이건 너무 뻔뻔스럽잖아. 도저히, 도저히 용서할 수 없어."

그러자 마치,

마법에서라도 풀려난 것처럼 나는 그 모든 게 꿈이란 걸 깨달았다. 하지만 기대했던 안도감은 찾아와 주지 않고 지금 이 꿈에서 깨어난다면 이 치욕이 꿈 바깥으로 흘러나갈지도 모른다는 불안감이 생겨났다. 진퇴양난(進退兩難). 깰 수도 없고 깨지 않을 수도 없고. 나는 그 치욕스러운 꿈에서 어쩔 줄 모르고 그만 눈을 감았다.

그러자 스르르,

놀랍게도 다시 다음의 잠이 찾아왔고 잠시 후 나는 눈을 떴다.

거기서 나는,

가로수 길 한가운데 줄무늬 파자마 차림의 남자 네 명이 붉은 공을 손으로 던지고 받으며 놀고 있는 것을 보았다. 그 몸에 딱 달라붙던 두 벌의 빨강 줄무늬 파자마와 다시 두 벌의 파랑 줄무늬 파자마를 나는 아직도 기억한다. 그 치욕스러운 줄무늬들.

순식간에 나는,

그들이 축구를 하고 있다는 것을 깨달았다. 치욕이 채찍을 든 기
수처럼 내 어깨 위로 경중 뛰어 올랐다. 그건 도저히 떨쳐버릴 수
없는 치욕 같았다.

꿈을 먹는 요정

어떻게 우리 집 책꽂이에 꽂혀 있게 된 건지 알 수 없는 『꿈을 먹는 요정』이란 동화책을 여섯 살짜리 딸애에게 읽어주었더니 딸애가 자기도 악몽을 쫓아내야겠다며 동화책 속에서 꿈을 먹는 요정이 왕에게 써주었던 주문을 써달라는 게 아닌가. 대단히 어려운 일도 아니고 해서 그 자리서 당장 흰 종이에 검정 볼펜으로 동화책 속 주문을 옮겨 적으려 하자 딸애는 동화책과 똑같이 해야만 한다며 양피지 위에 깃털이 달린 펜으로 푸른 잉크를 찍어서 주문을 적어야만 꿈을 먹는 요정이 나타나 악몽을 먹어 치울 거라며 고집을 굽히지 않는 거다.

나는 기억상실증에 걸린 사람들이 잔뜩 등장하는 내 이야기를 파는 데 여념이 없던 출판사에 인사차 들렀다 집으로 돌아오는 길에 벼룩시장을 찾았다. 거기서 한 시간쯤 발품을 팔았고, 어렵게 동화책 속의 그림과 비슷한 양피지와 푸른 잉크와 깃털이 달린 펜을 구해 왔다. 그날 밤 나는 딸애가 시킨 대로 동화책 속의 주문을 양피지에 옮겨 적었다.

꿈을 먹는 요정아, 꿈을 먹는 요정아!
뿔로 된 작은 칼을 들고 나에게 오렴!
유리로 된 작은 포크를 들고 나에게 오렴!
작은 입을 있는 대로 벌려서
아이들을 괴롭히는 악몽을 얼른 먹어 치우렴!
하지만 아름다운 꿈, 좋은 꿈은 내가 꾸게 놔두고!
꿈을 먹는 요정아, 꿈을 먹는 요정아!
내가 너를 초대할게.

정성을 들여 옮겨 적은 그 주문은 내가 썼지만 칭찬을 해주고 싶을 정도였다. 동화책 속 그림보다 훨씬 나아 보였다. 딸애도 너무 맘에 들어 했다. 나는 주문을 적은 양피지를 딸애가 제일 좋아하는 붉은색 진주핀으로 침대 머리맡 벽에다 고정시켜 두었다.

다음날 아침 일찍 주문이 효과가 있었는지 물어보려고 딸애 방문을 살그머니 열었더니 딸애가 겁에 질린 얼굴로 이불 밖으로 똥그랗게 뜨인 눈만 내놓고 누워 있었다. 그런데 벽에 붙여두었던 주문이 사라졌다! 붉은 진주핀만이 벽에 덩그라니 꽂혀 있었다.

"어떻게 된 거니? 왜 주문을 뗐어?"

"제가 안 그랬어요. 요정이, 꿈을 먹는 요정이 떼어갔어요."
그래서 옛 어른들이 주문은 너무 완벽하면 안 된다고 했나 보다.

누구의 자유의지?

 12인의 기억상실증 환자가 나오는 내 소설이 누구도 예측 못했던 대성공을 거둔 후 나는 많은 사람들과 만나는 일이 보기보다 만만한 일이 아니라는 것을, 그리하여 비린내 나는 시장통을 누비며 유권자들의 소독하지 않은 손아귀를 염치 없이 주물러대는 우리의 정치꾼들이 얼마나 대단한 사람인지 알게 되었다. 결국 나는 그 짜증스러운 상황을 견디지 못하고 이모할머니와 그 일가가 살고 있는 텍사스로 도피 아닌 도피를 감행하게 되었다. 바로 거기서 일본계 미국인 여교수 테이텀 오닐을 알게 되었다. 이모할머니가 살고 있던 오스틴의 페르나 대학에서 비교언어학을 가르치고 있던 테이텀 오닐은 나이가 나와 이모할머니의 중간 정도 되는 몹시 수다스러운 여자였다. 아마도 역시 수다스럽기로는 뒤질 생각이 없으실 이모할머니가 유명한 작가인 조카 손자가 온다고 동네방네 떠들고 다니는 바람에 내 얘기가 그녀의 귀에까지 흘러들어갔나 보다.

그녀를 처음 만난 건 집 근처에 있는 작은 맥주홀이었는데 그녀와 나 그리고 내가 가는 곳은 어디든 따라다니려 하시던 이모할머니 그리고 몇몇 아시아계 이민자들이 더 있었다. 하지만 다른 이들은 거의 이야기할 기회가 없었다고 해야 할 거다. 나는 캐나다산 맥주를 들이키면서 줄곧 그녀의 이야기를 들었다. 그렇게 나는 그녀를 만난 지 채 두 시간도 되지 않아 그녀의 일생을 요약한 파노라마 필름을 한 벌 가지게 되었다. 그녀는 결혼 직후에 아이도 없이 이혼을 했는데, 그 후에도 그냥 남편 쪽 성을 쓰고 있다고 했다.

"작가라고 했소?"

"……네. 별다른 직업이 없으니, 그렇게 불리는 것 같습니다."

"사람들은 작가들과 이야기할 때, 흔히 작가가 자신의 이야기를 주의 깊게 듣고 그 이야기를 가지고 근사한 소설을 한 편 쓸지 모른다는 착각을 하고는 하지. 하지만, 내가 알기로는 작가들은 거의 남의 이야기를 듣지 않는단 말야. 꼭 뻔하고 재미없는 자신의 이야기만 가지고 글을 쓰려 들지. 그래서 작가들 중에 남의 이야기를 감칠맛 나게 옮길 줄 아는 사람은 거의 없다구."

나는 반박하고 싶었지만 그녀의 말에는 묘하게 설득력이 있었다.

"하지만 난 평생 동안 정말 많은 '남의' 이야기를 들어 왔어. 짧다면 짧고 길다면 길 내 평생 전부를 어쩌면 난 남의 이야기나 들으면서 허송세월 했는지도 모르겠어."

어느새 이모할머니도 떠나고 자리엔 그녀와 나, 둘이었다. 나는 캐나다산 맥주를 한 병 더 시켰던 것 같다.

"안타깝게도 이제 내 기억의 형편없이 낡아 버린 창고엔 별로 재고가 남아 있지 않아. 그게 노화라는 거지. 재고는 떨어지고 새로운 제품은 생산되지 않지. 그렇지만 내 오랜 제자이자 친구인 플로랑스 다르브르의 이야기만은 아직 잘 보관되어 있다네. 어이 작가 양반, 내 제자의 신기한 이야기를 들어보겠나."

거기는 내 홈그라운드가 아니었으므로 기분이 내키지 않는다고 '계산은 제가 하겠습니다' 같은 무례한 대사를 던지고 자리에서 벌떡 일어나 택시를 타고 집으로 돌아가 전화를 꺼놓고 침대에 누울 수는 없었다. 아니, 어느새 나도 작가의 본분을 잊고 '남의' 이야기에 푹 빠질 준비가 되었던 건지도 모르겠다.

테이텀 오닐의 제자였던 플로랑스 다르브르는 프랑스 부모를 둔 아일랜드 국적의 여자로 고문서 복원 전문가라는 특이한 직업을 가지고 있었다. 대학 시절 고고학을 공부한 그녀는 늦어도 한참을 늦은 나이에 다시 대학으로 돌아와 비교언어학을 공부했는데, 그게 바로 테이텀 오닐이 교편을 잡고 있던 텍사스 오스틴에 위치한 페르나 대학이었다. 테이텀 오닐은 거기서 셈어파에 속하는 여러 언어들이 인도-이란어파나 켄툼어에 끼친 영향에 대해 연구하고 있었고(그녀는 자신의 전문 영역이 나오자 꽤나 긴 시간 동안 지루한 이야기를 늘어놓았다, 내가 대놓고 크게 한숨을 할 때까지 말이다) 플로랑스 다르브르는 특히 그 당시 대규모 발굴 작업을 통해 빛을 본 고문서들에 주로 사용되었던 히브리어, 아람어, 콥트어 등에 깊은 관심을 보였다.

그러나 솔직히 말하자면 그녀는 소위 말하는 '우수한' 학생은 아니라고 했다. 플로랑스의 관심은 그녀의 직업과 관련된 너무나 협소한 영역에만 집중되었을 뿐, 우수한 학생이라면 응당 가져야 할 '교양'이라고 불릴 만한 전반적인 것 혹은 더 넓은 것에 대한 지적인 흥미는 대단치 않았다. 또한 거듭되는 발굴-복원 작업 참여로 휴학을 하고 한 학기를 통째로 거르는 일도 종종 있었다. 요컨대, 넘치는 지적 호기심이나 성실성과는 거리가 좀 있는 학생이었다.

당연한 얘기겠지만 좋은 학생이라 해서 다 좋은 친구가 될 수 있는 건 아니다. 반대로 선생의 입장에서 보면 학업은 좀 떨어지는 학생이 의외로 좋은 친구가 될 수도 있는 법이다. 플로랑스가 바로 그 후자에 속하는 경우였다. 어떻게 그녀와 플로랑스가 친해졌는지 지금은 잘 기억나지 않는다고 했다. 둘 다 젊은 나이에 결혼을 했다가 자녀 없이 이혼을 한 독신녀라는 공통점이 그들을 우정이라 불리는 테두리 안에 가두었는지도 모르겠다고 했다. 어쩌면 친구란 그렇게 딱히 친해져야 할 이유를 찾아볼 수 없는 사람들 사이에서나 성립하는 관계일지도 모른다.

플로랑스에게 일어난 신기한 이야기란 그녀가 메세나 고미술재단의 후원하에 진행되었던 차코스 사본의 복원 사업에 참여했을 때 일어난 일에 관한 것이었다. 복원 작업이 어느 정도 진행된 후 비로소 확인된 내용이지만 차코스 사본은 콥트어로 번역된 영지

주의(靈知主意) 외경들을 몇 가지 포함하고 있던 고문서로, 도굴꾼과 암시장이라는 다른 고문서들이 걸어야 했던 고난의 여정을 (플로랑스가 했던 말 그대로라고 했다) 그대로 밟은 후, 발바닥이 완전히 까진 채로 (역시 플로랑스가 좋아했던 표현이라고 했다) 2001년 메세나 재단의 손으로 넘어온 초기 기독교 문서였다. 특히 차코스 문서의 복원이 본격적으로 사업이 시작되기 전부터 세간의 주목을 받았던 건 서기 180년경 리옹의 주교 이레네우스(Irenaeus)가 「이단들을 반박함」이란 글을 통해 통렬히 비난했던 「유다 복음」이 그 차코스 문서에 포함되어 있다는 풍문 덕분이었다.

"이레네우스와 브르통(Andre Breton)의 공통점이 뭔지 알아?"

"쉬르레알리슴 선언을 기안했던 앙드레 브르통 말씀이지요? 아니요, T.O.(친근감의 표현으로 플로랑스는 테이텀 오닐을 T.O.라고 줄여 부르고는 했다고 한다) 잘 모르겠는데요…… 이레네우스도 자동기술법의 신봉자였나요?"

"그럴 리가. 이 쉬르레알리슴의 영웅과 전투적인 주교의 공통점이라면 자신의 신경을 거슬리게 하는 사람들을 손보는 데 있어 아주 탁월한 재능을 가지고 있었다는 점이야. 그리고 그들을 처리하는 데 있어 물리적인 폭력이 아니라 펜에 호소했지."

그 세기적인 복원 작업에 합류하기로 결정된 2002년 여름, 플로랑스의 흥분은 달궈진 지붕 위에서 종일 탭댄스를 추었고, 테이텀 오닐은, 그러니까 T.O.는 그녀가 부러웠다.

"한 학기 정도만 휴학하면 될 것 같아요, T.O. 고문서의 양으로 미뤄 볼 때, 손으로 해야 할 일은 (그녀는 플로랑스의 손이 아주 이뻤다고 덧붙였다) 길어야 5개월 정도면 끝날 거예요. 그 다음부턴 다 컴퓨터 작업이에요. 사실 그쪽에서 제안한 액수가 너무 많은 것 같기두 해요. 별일두 아니거든요. 일단 두 장의 투명한 유리판 사이에 찢어진 파피루스 조각들을 잘 펼친 채로 넣는 거예요. 폴리카보네이트를 쓰는 사람들도 있는데 무겁기는 해도 저는 꼭 유리판이어야만 해요. 그러고는 사진을 찍는 거죠. 그 다음엔 그걸 컴퓨터로 옮겨서 마우스로 그 조각들을 옮겨 가면서, 뭐랄까…… 일종의 직소 퍼즐을 하는 거죠. 딱 3000피스짜리 직소 퍼즐, 그림이 전혀 없어 좀 지루한. 뭐 그 정도?"

T.O.는 그러고 보니 플로랑스의 집에는 너무 커서 다른 인테리어와는 잘 어울리지 않는 몇 점의 고지도(古地圖) 직소 퍼즐들이 좁은 벽을 온통 뒤덮고 있었다고 했다. 물론 T.O.는 그녀의 작업이 그녀의 말처럼 그리 쉽지 않으리라는 걸 잘 알고 있었다. 직소 퍼즐이라니! 자신의 작업을 그런 하찮은 놀이에 비견하다니, 악취미도 참 별난 악취미라고 T.O.는 생각했다. 하기는 고문서 복원가의 그런 자기비하적인 경향은 비교언어학 교수의 냉소주의와 꽤 궁합이 잘 맞을 것 같기도 했다.

"마빈 교수님도 합류하신대요."

"오호."

그건, T.O.가 내뱉을 수 있었던 최대한의 '정치적으로 올바른' 반응이었다. 마빈 마이어(Marvin Meyer) 교수는 나그함마디 문서 전문가로도 유명한 미국의 성서학자였다. T.O.는 그녀의 발언에 대한 자신의 반응이 순도 100%의 순수한 놀라움만으로 이루어진 척 꾸미려 했지만 생각처럼 잘 되지는 않았을 거라고 했다. 아마 그녀의 눈에서는 아무리 짙은 선글라스를 낀다 해도 가릴 수 없는 질투의 지옥불이 이글이글 타올랐으리라.

"T.O.도 꼭 도와주실 거죠? 모르는 거 있으면 메일 해도 되죠?"

"로돌프 교수도 온다며?"

"에이, 그래도 T.O.만 하겠어요. 그리고 그 사람들은…… 전문 분야는 빠삭하신지 몰라도 몇 번 같이 일한 적이 있는데 개인적으로 친해지고 싶은 생각은 전혀 안 나는 사람들이에요. 실례 되는 말씀일지 모르지만 유머 감각이라는 게 전혀 없거든요."

"왜 마빈 교수는 꽤 재미있는 사람 같던데. 우스갯소리도 곧잘 하구 말이야."

"그분의 유머 중 99%는 책상에 놓는 딜버트 만화 캘린더에서 나오는 거라구요. 미국식 유머는 제 입맛엔 영……."

결론부터 말하자면 그건 플로랑스의 마지막 고문서 복원 작업이었다. 그걸로 완전히 끝이었다. 플로랑스가 그 복원 작업 도중 죽거나 사고를 당했다는 건 아니고 외려 그녀는 아주 건강한 모습으로 학교로 돌아왔다.

"오래된 종이라면 이제 딱 질색이에요. 검게 변한 파피루스에서 나는 곰팡내가 얼마나 지독한지 T.O.는 상상도 못 할 거예요. 이제

부턴 좀 건강한 취미를 가져보려고요."

　마치 마약이라도 끊는 사람처럼 고문서 복원은 이제 끝이라고 일방적으로 통보해 T.O.를 어리둥절하게 만들더니 이제는 한술 더 떠 환경운동을 하는 NGO에서 다음 달부터 풀타임으로 자원봉사를 시작한다는 것이었다. 마치 타인의 소식을 전하는 것처럼 말이다. T.O.는 그녀의 갑작스러운 결정에 서운함을 느꼈다. 넌 상상력이 부족해, 라고 말하고 싶었다. 그 일보다 네게 더 어울리는 일이라면 이스터 섬의 모아이보다도 더 많을 거야 이 바보야, 라고도 말하고 싶었다. 그런 일이라면 진작 나와 상담을 했어야지, 라고도 말하고 싶었다. 하지만 아무 말도 하지 못했다. 선생이라 해도 친구라 해도 절대 들어갈 수 없는 방이 타인의 마음속에 있는 거니까.

　나중에 알게 되었지만 플로랑스가 그런 결정을 내리게 된 건 복원 작업 도중 그녀가 꾸었던 기묘한 꿈과 연이어 벌어진 이상한 사건 때문이었다. 아, 그 이야기를 하기 전에 플로랑스가 복원 작업차 취리히에 체재하는 동안 T.O.에게 보냈던 이메일에 대해 먼저 설명하는 게 우선일 듯싶다. T.O.는 메일 박스에서 플로랑스의 이름을 본 순간, 자동적으로 떠나기 전 모르는 게 있으면 물어보겠다던 그녀의 말이 기억났다. 과연 그 이메일은 단순한 안부 편지가 아니라 물음표들의 범벅이었다. 의례적인 인사도 날씨에 대한 잡담도 여자들 세계에서는 없으면 서운한 사람들에 대한 험담도 싹둑 자르고 바로 시작되는 하나의 명령문과 네 개의 의문문과 다시 하나의 첨부파일.

121

T.O., 아래 파일 좀 열어봐 주세요. 이게 뭐예요?

고대 그리스언가요? 어떻게 읽는 거죠? 무슨 뜻이에요?

첨부파일은 그림 파일이었는데, 하얀 종이 위에 손으로 쓴 글씨를 사진으로 찍은 것 같았다. 아무래도 고문서로는 보이지 않았다. 플로랑스가 즐겨 사용하던 몽블랑 만년필로 급하게 휘갈긴 글씨 같았다.

$$EVTP\ o\pi i\alpha$$

그건 두말할 나위도 없이 아주 무례한 편지였으므로, T.O. 역시 그녀의 첨부파일에 쓰인 현대 그리스어의 뜻, 그 딱 한 단어만이 들어 있는 매우 무례한, 아니 사무적이라고 불러 마땅할 답장을 돌려보냈다. 보내고 나서도 며칠은 고대 콥트어로 쓰인 문서의 복원 작업에 한창 매달려 있어야 할 플로랑스가 왜 엉뚱하게도 현대 그리스어에 대한 질문을 보낸 건지 T.O.는 퍽이나 궁금했다고 했다. 분명, 예의범절도 모두 치워버리게 할 만큼 다급한 이유가 있었을 거라고 짐작은 했지만, 선생의 체면상 먼저 이메일을 보내 뭔 일이 있냐고, 이 난데없는 이메일은 다 뭐냐고 꼬치꼬치 캐물을 수는 없었다. 그리고 아마도 고단한 선생질 통에 잊어버렸을 것이다, 플로랑스에게 서운했던 마음도, 그 그리스어가 첨부된 이메일도.

그리고 한참 후에 플로랑스가 돌아왔고, 아까도 말했지만 마치 생계를 위해 다니던 회사에 마침내 사직서를 제출한 회사원처럼 그녀는 고문서 복원을 그만둘 거라고 T.O.에게 일방적으로 통보했다. T.O.는 그 말을 듣고 너무 놀라 처음에는 왜 그런 결정을 내리게 된 건지조차 묻지 못했다.

그러다 한 달 정도 지나 플로랑스가 고문서 복원과 인연을 끊기로 결심하게 만든 기묘한 꿈과 또 이상한 사건에 대해 얘기를 듣게 되었다고 했다. 그건 플로랑스가 마빈 교수, 로돌프 교수, 그리고 이름이 잘 기억나지 않는 사진작가, 그렇게 넷이서 맥주를 마신 날 저녁에 꾸었던 꿈이라고 했다.

"맥주를 마실 때도 그저 일 얘기뿐일 때가 대부분이었지만, 그날의 대화는 꽤나 흥미 있었어요."

그들은 그날 저녁 공관복음에 나오는 유다에게 자유의지란 무엇인가, 라는 두 거장에게는 다소간 맥이 빠질 수도 있는 주제로 흔치 않은 열띤 토론을 가졌다고 했다. 이탈리아 사람이라 했던가, 사진작가 쪽은 의외로 가톨릭이라 어떡해서든 유다의 자유의지와 신의 섭리를 짜 맞추려는 입장이었고, 마빈 교수는 그를 희롱이라도 하겠다는 듯 여러 가지 기독교 문서들의 텍스트를 인용해 가며 여느때처럼 지식의 스케이트보드 위에서 아슬아슬 균형 잡는 재주를 보여줬다고 했다.

"성경엔 그다지 조예가 깊지 않아 저는 주로 듣고만 있었던 편인데, 듣다 보니 유다의 배반이 신의 섭리였다면 그의 비참한 자살이나 복음사가들의 끔찍한 저주들이 도저히 설명되지 않더라구요.

그렇다고 그걸 유다의 순수한 자유의지에 의한 아무도 예측하지 못한 우발적인 행동이었다고 덮어버리기도 뭔가 찜찜하구요. 그렇게 혼자 끙끙거리다가 퍼뜩 그럴 법한 가정이 떠올라서 사람들한테 이야길 했죠. 혹시 유다는 정말 자유의지대로 행동한 것뿐이지만, 확률상, 12사제 중 한 명이 소위 말하는 그 '자유의지'에 따라 예수를 배반할 것이 미리부터 계산되었던 건 아니었을까 하구요."

"신의 섭리가 순수한 통계-확률로 변하는, 그야말로 포도주가 피로 변하는 성찬의 신비와도 맞먹는 성스러운 과정이군 그래. 예수가 12제자를 모집한 것도 단지 충분한 확률을 확보하기 위한 노력이었다는 새로운 학설이 등장할 수 있겠군 그래."

"로돌프 교수님도 비슷한 얘길 하셨어요."

T.O.는 전자계산기를 가지고 와서 90%의 확률로 12명 중 한 명이 예수를 배반하기 위해서는, 개개의 사람이 예수를 배반할 확률이 약 17%면 된다고 알려주었다.

"일에서 0.83을 12 제곱한 수를 빼면 대충 90%가 되는군 그래."

T.O.는 전자계산기를 이용해서라도 그들보다 자신이 나은 사람이라는 걸 증명해 보이고 싶었다고 했다, 친구이자 제자인 플로랑스 앞에서 말이다. 그리고 90%의 확률도 못 미더운 신이 있다면 예수와 같은 인물을 한 50년 정도의 간격을 두고 몇 번이고 보낼 계획만 세워두면 그만일 뿐이라고 덧붙였다. 플로랑스는 거기까지는 생각하지 못했다는 듯 눈을 크게 뜨고 고개를 끄덕거리더니 충격적인 얘기를 꺼내놓기 시작했다.

"웃으실지 모르겠지만 그날 밤 꾸었던 꿈은 단순한 꿈이 아니라 일종의 계시였어요."

"계시라고?"

T.O.는 그녀의 귀를 의심할 수밖에 없었다. 성서 속의 글귀들을 믿기보다 방사성 동위원소 분석법에 의한 연도측정법을 더 신뢰할 것 같던 그녀의 입에서 그런 비과학적인, 아니 주술적인 단어가 튀어나오다니. 계시라니. T.O.는 기가 막혀 뭐라 대꾸할 기회를 잡지도 못했다.

"꿈속에서 저는 겉면이 온통 번쩍거리는 금속으로 치장된 두 개의 거대한 쌍둥이 빌딩 사이로 난 허름한 돌계단을 올라갔어요. ('계시'란 그녀의 말에 잔뜩 흥분한 T.O.는 그 두 빌딩이야말로 두 교수의 성기를 상징하는 조형물이라고, 그쯤은 사춘기 소녀를 위한 싸구려 잡지에서 찾아볼 수 있는 초보적인 정신분석이라고 쏘아주고 싶었는데 그렇게 하지 못했다) 빡빡한 구름에 덮여 몇 발짝 앞도 알아보기 힘든 돌계단을 한참 올라가니 자그마한 건물이 나오지 뭐예요. 스테인드글라스랑 뾰족 합각지붕을 보면 단출한 동네 교회 같기도 했는데 결정적인 차이점이 있다면 십자가가 있어야 할 자리에 대문자 S가 붙어 있다는 점이었어요."

"그거야말로 섹스를 의미하는 걸 거야, 틀림없어. 너무 굶어서 그런 꿈을 꾼 게지 뭐."

더는 참지 못하고 T.O.는 그렇게 쏘아붙이고 말았다, 얼치기 정신분석학자 흉내를 내며 말이다. T.O.의 기억 속에서 플로랑스는 화를 내지도 웃지도 않았다. 지금 생각해 보니 당장이라도 혓바닥을 깨물고 싶어질 만큼 고약하기 짝이 없는 농담이었다고, T.O.는 덧붙였다.

"안으로 들어가니 의자가 하나도 없는 동그란 실내 중앙에 1미터 높이 정도 되는 조그만 대리석 원형 연단이 있고, 그 위에 하얀 장의를 입은 나이를 짐작하기 힘든 백발 여인이 다소곳이 앉아 있는 게 아니겠어요. (T.O.는 『이상한 나라의 앨리스』에 나오는 털벌레를 연상하며, 파이프는 물고 있지 않았나, 라고 하마터면 물어볼 뻔했다.) 나는 그녀에게 다가가서 '알고 싶어요, 유다에게 자유의지가 있었는지 없었는지.'라고 다짜고짜 말했어요. 그랬더니 그녀는 기계음 같은 목소리로 입은 거의 움직이지도 않은 채 '누구의 자유의지?'라고 제게 되물었어요. '유다라구요, 가리옷 지방의 유다요.' 그러자 도저히 이해할 수 없다는 표정으로 나를 바라보며 그 백발 여인이 고개를 갸웃하더군요. 그러고는 빠른 말투로 혼잣말을 했는데 아쉽게도 그건 전혀 알아듣지 못했어요."

T.O.는 그게 끝이냐고 물었고 그제서야 생각났다는 듯 그녀는 그 백발 여인이 앉아 있던 대리석 연단에 음각으로 또렷이 새겨져 있던 글씨에 대해 언급했다.

"T.O.도 받아봤잖아요. 왜 그 제 이메일이요. 너무 기묘한 꿈이라 그 문자에 꼭 무슨 뜻이 있을 것 같아 꿈에서 깨자마자 잊어버리기 전에 종이에 적어둔 거예요. T.O., 어떻게 모든 일이 다 일어날 수 있는 꿈이라 해서 제가 모르는 외래어를 제 무의식이 철자도 안 틀리고 똑바로 써낼 수가 있겠어요? 계시가 아니라 한다면, T.O.는 그걸 설명하실 수 있겠어요?"

T.O.는 아무 말도 하지 못했다. 어떻게든 설명하려 들면 못할 리는 없었지만, 플로랑스의 얘기를 더 듣고 싶었다. 거기서 끝날 것 같지 않았다.

"그 다음날 눈을 떠보니 복원팀이 발칵 뒤집어진 거예요. 도대체 무슨 일이 일어난 줄 아시겠어요?"

퍼뜩 떠오르는 게 있었다.

"자유의지…… 유다의 것이 아닌?"

"역시 T.O.는 이해할 줄 알았어요. 그래요, 한 사람의 힘으로는 1센티미터도 들어올리기 힘든 유리 상판이 바닥에 패대기라도 쳐진 것처럼 산산조각이 나 있고 그때까지 힘들여 조심조심 펼치고 또 짜맞춰 놓은 파피루스 조각들이 거대한 선풍기를 켜서 날려버리기라도 한 것처럼 항온항습실(恒溫恒濕室) 곳곳에 뒤죽박죽 흩어져 있는 게 아니겠어요."

"엔트로피."

"바로 그거예요. T.O.가 알려준 그 그리스어. 제가 T.O.의 이메일을 받고 얼마나 놀랐는지 이제 아시겠죠? 하마터면 의자에서 떨어져 뒤통수를 바닥에 찧을 뻔했다니깐요."

온몸에 소름이 좍 돋았다. T.O.는 들고 있던 와인잔을 입에다 쓴 물약을 털어넣듯 단숨에 쏟아 부었지만 알코올 기운도 그 으스스한 기분을 씻어주지 못했다고 했다.

"그리고 S까지."

"예, 저도 알아봤어요. 그게 바로 열역학에서 엔트로피를 뜻하는 기호더군요."

T.O.는 그녀의 결정이 올바른 것이었다고, 고문서 복원이야말로 엔트로피를 감소시키는, 자연의 원리에 역행하는 일이니 그만두기로 한 게 백번 잘한 짓이라고 말해 줘야 할 것 같았다. 하지만 그렇게 하지 못했다. 어떻게 교수가 주술을 믿는다고 고백할 수 있겠는가? 교수라면 응당 예수의 상처 난 옆구리에 손을 넣어보고도 '이건 홀로그램이 틀림없어.'라며 토마를 설득해야 할 그런 존재가 아니던가? T.O.는 그저 그녀에게 오늘은 피곤하니 집으로 그만 돌아가야겠다고 말했을 뿐이었다.

"교수님, 제 얘기를 들어주셔서 정말 고마워요. 미친년, 아니 잘해 봤자 사기꾼 취급이나 받으면 다행이라 지금까지는 아무에게도 털어놓지 못했던 얘기예요."

집으로 돌아오는 길, 파리한 나트륨등 불빛에 젖어 있는 오각형 별모양 포석에게 T.O.는 나지막이 속삭였다.

"내게도 그 이야기를 털어놓지 않았더라면 더욱 좋았을 것을."

집에 도착해 서재에서 아주 예전에 읽었던 열역학 책을 보는 순간 T.O.는 당장에라도 벽난로에 집어 던지고 싶은 충동에 휩싸였다. 하지만 무서웠다. 순순히 뜨거운 화염의 혓바닥에 녹지 않고 활자들이, 딱딱한 하드커버 속에 오랜 시간 은폐되어 있던 수많은 숫자와 기호와 알파벳들이 저마다의 자유의지를 아우성치며 좁은 서재를 아수라장으로 만들까 봐, 그런 주술적인 광경을 상상하며 T.O.는 밤새 두려웠다고 했다.

할머니와 아줌마의 경계에 아슬아슬하게 서 있던 여자와 둘이 술을 먹는 대가치고는 꽤나 멋진 얘기였다. 나는 마지막 남은 버팔로 윙을 손으로 집으며 그녀에게 말했다.

"정말 멋진 얘긴데요. 저작권을 주장하지 않으신다면 그 얘길 가지고 제가 소설을 한 편 써봐도 될까요?"

"자네가 다섯 번째야."

"네?"

"내가 플로랑스 얘길 해준 다섯 번째 소설가라고. 죄 비슷한 얘길 했지만, 플로랑스의 이야기가 활자화됐다는 얘기는 아직 듣지 못했네. 내가 얘기하지 않았나? 소설가란 남의 이야기를 들을 줄 모른다니까. 듣는다 해도 곧 까먹고 말지."

겹치지 않는 궤도 II — 불의의 일격

당신이 알려고 하는 것은

당신이 이미 알고 있는 것

—황병승

술을 먹지 않았다는 것만큼은 분명하다. 그런데 몇 발짝 떼지 못
해 다시 어지럽다. 여기에 있는 대부분의 사람들은 술병을 들고 있
거나 탁자 위의 술병을 만지작거리고 있다. 하지만 내게는 술병이
없다. '밖에서, 여기 들어오기 전에 술을 마셨던 걸까?' 기억이 잘
나지 않는다. 또 많은 사람들이 짧고 두툼한 담배를 입에 물고 있
다. 담배 연기의 섬세한 선들이 정맥 빛깔의 희박한 조명 아래 일
순 정지한 듯 보이는 낯선 얼굴들 위로 보일락 말락 음영을 드리우
며 천천히 움직인다. 언뜻 보기에는 그 어떤 결심도 없이 마구잡이
로 움직이는 것처럼 보이는 그 회색 선들은 하지만 지속적으로 위
로, 그러니까 기다란 나무판자들을 잇대어 놓은 천장을 향해 느리
지만 단호하게 움직이고 있다. 그리하여 마침내 새벽 강변에 깔린
무거운 안개처럼 혹은 크리스마스 장식에 붙이는 하얀 솜처럼 나

무 천장으로 빽빽이 모여 들었다. 나는 내가 담배를 피우지 않는다는 걸 안다. '하지만 밖에서, 그리고 예전엔 어땠지?' 여전히 저 바깥으로는 한 발짝도 움직이지 않는 기억의 우마차(牛馬車). 알다시피 꿈에는 기억을 뒷받침하거나 부정할 어떤 증거도 존재하지 않는다.

대신, **나는 갑작스레 모든 걸 알게 된다.** 나는 이 술집 어딘가에 불법 도박장이 있다는 걸 안다. 꿈이란 그런 곳이다. 기억 대신 난데없이 나타나 사람을 놀래키는 앎이 있다. 나는 일제히 담배연기를 생산하고 있는 사람들을 어렵사리 헤쳐 간다. 커다란 갓이 달린 형광등 밑 당구대에는 색색깔의 당구공이 부모로부터 버려진 아이들처럼 내팽개쳐져 있다. "그렇게 하지 말았어야 했어." "맞는 말이야. 정말로." 백색광이 소나기처럼 쏟아 부어지고 있는 초록색 당구대 사이를 지나가고 있는데 불쑥 그런 대화가 들렸다. '누구의 목소리일까?' 반사적으로 주변을 둘러보지만 거기, 야한 초록색 직사각형들 사이, 나는 아무도 볼 수 없다. 낮게 드리워진, 목선을 뒤집어 놓은 것처럼 생긴 큼직한 갓을 쓰고 있는 형광등은 기껏해야 당구대와 그 위에서 반짝대고 있는 유기된 공들을 비출 뿐이다. 사람들은, 빛의 영역 바깥에 있는 사람들은, 이미 지워진다. 빛과 그늘, 밝음과 어두움. 나는 그런 극적인 대조를 즐겨 그린 화가 한 명을 알고 있었다. 알고 있었지만, 여기서는 기억나지 않는다. 나는 빛에 의해 지워진 사람들의 육체와 끊임없이 부딪치며, 또 모래가 삼분의 이 정도밖에 채워져 있지 않은 샌드백과 부딪치는 것 같다고 느끼며, 당구대 사이를 필사적으로 빠져나왔다.

그리고 어느 벽 앞에서, 닫힌 문을 두드린다. "똑 또도독 또독." 획 문이 열리자 닭벼슬 모양의 머리를 한 남자가 문지방에 쭈그려 앉아 있고 남자 뒤로 반시계방향으로 말리며 사라져 버리고 마는 나무 계단이 보인다. 닭 벼슬 사나이를 조심스레 피해 계단을 올라 가자 다시 똑같은 풍경이 펼쳐진다. 사람들과 술병과 미묘한 잿빛 담배연기와 세로로 길쭉한 방과 담배연기가 박쥐처럼 매달린 나무 천장과 부분부분 지워져 억센 손목과 짧은 신음으로만 간신히 존 재하는 사람들과…… 꿈은 지치지도 않고 반복한다. 아니, 어쩌면 이미 너무 지쳐버렸기 때문에 반복하고 또 반복하는 건지도 모른 다. 그리고 이번에는 당구대 대신 룰렛판이 보인다. 사람들의 침 묵을 가르고 자유낙하한 한 쌍의 주사위가 사납게 돌아가는 바 퀴 위를 까불대며 질주한다. 그리고 그 질주의 끝자락, 사람들의 웅성거림이 풀쩍 솟았다가, 주파수가 잘 잡히지 않는 AM 라디오 채널을 통해 듣는 것 같은 아쉬운 탄성의 잔향을 뒤로 하고 황급히 사라진다.

갑자기, 나는 사진가 가브리엘을 꿈에서 만난 적이 있다는 사실 을, 기억이라는 인력거를 타고 내게 다다른 것이 아닌 그 사실을, 그저 안다. 모든 것이 갑작스럽고 난데없는 이곳에서 말이다. 지워 졌다가 문득 깜박거리는 사실들. 그리고 사진가 가브리엘을 여기 서, 이 급조된 불법 도박장 안에서 다시 만나게 될 것 같다. '이것 은 미래를 향한 바람인가, 아니면 다시 한 번 앎인가?' 꿈속에 갇혀

버린, 자기가 만든 분기점의 미로에서 길을 잃은 불우한 남자, 사진가 가브리엘. 나는 여기 있음에도 불구하고 저 바깥에 있을 때 알았던 그, 사진가 가브리엘을 비교적 뚜렷하게 안다. 그러자 나는 조급해진다. 나는 룰렛 테이블을 둘러싸고 있는 남자들의 얼굴을 하나씩 확인하며 솜씨 좋은 정원사에게 손질 받은 게 확실한 짧게 깎인 잔디밭을 달려 나간다. '나는 사진가 가브리엘을 여기서 만나게 될 거야, 꼭.' 내 믿음은 점점 무거워져만 가고 내 관절은 아우성이다. 하지만 포기를 모르는 나는 발걸음을 재촉하여 술을 마시는 사람들과 춤을 추는 사람들과 철제 나선형 계단과 뜬금없는 서가와 허리를 숙이지 않고는 통과할 수 없는 낮은 문들과 목재 사다리와 노출 콘크리트 기둥과 눈을 따끔거리게 만들지 않는 아름다운 담배연기들을 지나친다. 사진가 가브리엘을 이곳에서 다시 만나게 될 거라는 무겁고 조급한 믿음이 내 시야를 침범하는 온갖 사물들의 머리끄덩이를 사정없이 뒤로 뒤로 잡아챈다.

붉은 카펫이 깔린 작은 방에 도착한 나는 숨이 차다. 방 안에는 핏빛 일인용 소파 여남은 개가 아무렇게나, 당구대 위를 말없이 배회하던 당구공들처럼 그렇게 불규칙하게 배치되어 있고, 단 한 명도 빼놓지 않고 활짝 펼친 신문을 양손에 들고 있는 남자들이 거길 차지하고 있다. 내가 앉아서 쉴 수 있는 빈 소파는 보이지 않는다. 그리고 거기서 나는 예정되어 있던 것처럼 사진가 가브리엘을 발견한다. 이미 알고 있었던 결과이기는 해도 나는 여전히 그를 발견했다는 사실에 기뻐한다. 그는 배가 넓적다리에 닿을 만큼 허리를 구부린 채 신문을 보고 있다. 소파에는 엉덩이 끝부분만을 살짝 걸쳤을 따름이다. 나는 그의 어깨를 확 낚아챈다, "가브리엘!"이라는 짤막한 울부짖음을 뱉으며.

한데 그는 가브리엘이 아니다. 다른 얼굴, 전혀 모르는 얼굴이다. 그 모르는 얼굴을 가진 사나이는 내가 낚아채는 바람에 담배 자국이 군데군데 난 붉은 카펫 위로 거의 넘어질 뻔했다. 나는 난데없이 깨닫는다. '이건 내 꿈이잖아. 가브리엘의 꿈이 아니구.' 사진가 가브리엘이 실종된 곳은 그의 꿈속이고 내 조급함이 달려 달려 도달한 불법 도박장은 내 꿈속이라는 아주 단순하고 뻔한 깨달음. '어떻게 진짜 가브리엘을 여기서 만날 수 있겠어, 이건 내 꿈인데.' 내 꿈과 타인의 꿈 사이는 아마도 한 은하계와 다른 은하계 사이만큼이나 멀 것이다. 의심의 여지가 없는 사실. 내가 그런 쑥스런 깨달음과 또 재빠른 체념과 어깨동무하며 돌아서려는데 내가 가브리엘로 오인했던 남자가 내 앞길을 막아선다. 일어서고 보니 그는 나보다 한 뼘 이상 키가 크다. 그가 나를 때리리라는 걸 나는 갑자기 알게 된다. 이 지긋지긋한 갑작스러운 앎. 그리고 나는 이 까칠까칠한 붉은 카펫 위로 넘어지게 될 것이다. 곧.

사닥다리

재작년 여름에 있었던 일이다.

어느 날 아버지가 죽는 꿈을 꾸었다. 그때 아버지는 내가 사는 곳으로부터 대략 600킬로미터 정도 떨어진 한적한 해안가에 있는 노인들을 위한 작은 휴양원에 머무르고 계셨다. 어머니와 이혼하신 후 아버지는 사람들과의 관계를 완전히 거의 끊다시피 하셔서 내가 유일하게 1년에 두어 번 정도 찾아뵙는 형편이었다. 마지막으로 아버지가 살고 있는 휴양원을 찾은 게 그해, 재작년 꽃 피는 봄이 찾아오기 직전이었고 그때 아버지는 이를테면 6000미터급 산으로의 등반 계획이라도 짜고 있는 알피니스트처럼 원기 왕성해 보였다. 물론 벌써 여든에 가까운 나이였으니 산이라면 작은 언덕이라도 무리겠지만 여하튼 아버지는 남한테 말할 수 없는 원대한 포부라도 자그마한 몸속에 감춰 놓고 있는 것처럼 보였다. 그러니까 나이에 어울리지 않게 정정한 아버지를 뵌 지 약 다섯 달 정도 후에 아버지가 죽는 꿈을 꾼 셈이다.

기억나는 대로 꿈의 내용을 따라가자면 대략 이랬다;

낯선 아파트 계단에서 우연히 짐을 잔뜩 들고 가는 아버지를 만났다. 내가 짐을 들어주겠다고 했는데 아버지는 나를 알아보지 못한 것 같았다. 하지만 나는 별로 개의치 않았다.

내가 짐을 들자 아버지가 앞장서서 성큼성큼 계단을 올라갔다. 층계참에서, 계단이 크게 휘감아 도는 부분에서, 우연히 커다란 틈을 보았다. 갑자기 누군가 빠질 수도 있겠다는 막연한 생각이 들었다. 바로 연이어, 계단이 휘어지는 부분에 나는 그 커다란 구멍 근처에서 아버지가 한 발을 잘못 내딛고 휘청하는가 싶더니, 순식간에 사라져 버렸다. 나는 아버지가 구멍으로 빠지는 그 장면을 보지는 못했지만 그 밖의 다른 생각은 할 수가 없었다. 머리카락들이 일제히 하늘로 비쭉 솟는 그런 느낌이었다.

나는 아파트의 각층 계단에 똑같은 구멍이 있었던 걸 기억해 내고 첫 번째 구멍 속으로 사라진 아버지의 몸이 차례차례 아래층의 구멍들을 통과하여 최종적으로 바닥과 부딪치는 데까지 꽤 오랜 시간이 걸릴 것으로 짐작했다.

그러나 생각과는 달리 금세 쿵 하는 소리가 들렸다. 아버지는 바로 아래층 구멍도 통과하지 못한 것 같았다. 우리가 서 있던 층의

136

첫 번째 구멍을 통과한 후, 바닥과 수직인 궤적을 그리지 못해 아버지의 몸이 그 다음 구멍을 빠져나가지 못한 것일 수도 있었고, 아니면 애초부터 층마다 나 있는 구멍들이 일직선상에 놓여 있는 게 아니라서 바닥과 수직으로 그려진 아버지의 자유낙하 궤적과 일치하지 못한 것일 수도 있겠다고 생각했다.

그 다음은 잘 생각나지 않는다. 여하간 구멍 속으로 떨어진 것으로, 그리고 바로 아래층의 구멍도 통과하지 못하고 계단의 어딘가에 부딪쳐 쿵 하는 소리를 낸 것만으로도, 나는 아버지가 죽었다고 생각해 버렸다. 그 다음은 잘 생각나지 않는데 어쨌건, 울분을 토했던 것 같다. 조금은 의도적으로, 마침 울분을 토해야 할 때라는 아주 뚜렷한 생각을 머릿속에 갖고, 울분을 토했던 것 같다. 소리 내 울기까지 했던 것 같다. 들어주는 사람도 없었던 것 같은데 아파트 시공사의 부주의에 대해서 큰 소리로 비난했던 것도 같다.

아버지가 죽는 꿈을 꾼 며칠 뒤 나는 친구를 만나서 내 꿈 이야기를 해줬다. 친구는 공무원이었는데 대학 시절 심리학을 부전공으로 선택한 놈으로 남의 꿈 분석하길 즐기는 놈이었다. 대학 때부터 딱 달라붙어 다니던 단짝으로 둘 다 결혼을 한 후에도 딱히 뭔 일이 없어도 대충 일주일에 한 번 꼴로는 보는 사이였다.

그때 나는 막 발표된 소설이 예상치 않은 반응과 함께 문자 그대로 날개 돋친 듯 팔려나가는 바람에 어질어질한 상태였다. 실은 왜 그 소설이, 지난번에 발표했던 소설이 아니라 왜 이 소설이 그렇게 대중의 열렬한 호응을 받아야 하는지 알 수 없었으므로 나는 적잖이 당혹스러웠다. 마치 그 성공은 내가 성취한 것이 아닌 것 같았다. 하지만 그 당혹스러움 뒷면에는 남들에게는 여간해서 기회가 돌아가지 않는 커다란 성공을 향해 올라가는 사다리에 첫발을 올려놓았다는 흥분도 있었다.

친구는 내가 사닥다리를 발견한 거라고 했다. 하지만 이제 막 사닥다리를 발견했을 뿐, 내 맘속 깊은 곳은 여전히 불안한 상태라고 했다. 그러니까 이를테면 누군가 예전에 내가 치른 신춘문예나 학벌로 버젓이 올려놓았던 김나지움 입학시험 같은 데서 난데없이 커다란 오류를 발견하고는, 그 오류를 정정하자 도미노처럼 내 과거의 모든 것이 연속적으로 무너져 마침내 내가 지금 가지고 있는 모든 것들이 무너지고 만다는 그런 고전적인 악몽과 비슷한 근거 없는 심리적인 불안감, 바로 그게 그 구멍의 정체라는 것이 놈의 해석이었다. 만에 하나, 그 성공으로 향한 사닥다리에 한 단이 빠져 있다면 그리고 내가 그걸 발견하지 못하고 마냥 의욕에 넘쳐 사닥다리를 타다 만약 발을 헛딛기라도 한다면, 다시 아래로, 저 진흙 바닥으로 도로 처박힐 수도 있다는 내 공포감을 반영한 꿈이라고 놈은 자신 있게 얘기했다. 그렇다면 내가 아버지의 죽음 앞에서 느꼈던 울분의 작위성도 뜬금없는 논리적인 비난도 자연스럽게 해석된다고 덧붙였다.

그럴싸했고 반박하기 힘든 해석이었지만 동시에 내 자신이 초라하고 치사하다고 느껴져서 화가 났다. 나한테만 화가 난 게 아니라 놈한테도 화가 났다. 해서, 그렇게 하겠다고 작정한 것도 아니었는데, 그날 저녁 흐지부지 파한 술자리 이후 놈과의 연락을 끊어버렸다. 이쪽에서 전화를 않는 건 물론이고 놈이 전화를 해도 받지 않거나 지금은 바빠 나중에 전화하겠노라며 끊어버리기 일쑤였다.

역시 정확히 기억나는 건 아니지만, 그로부터 채 한 달이 지나기 전의 일이었다. 집에서 쉬고 있는데 휴양원으로부터 아버지가 돌아가셨다는 연락이 왔다. 나는 항공사에 연락해서 그날 저녁 비행기 표를 당장 예약하고 친구에게 전화를 걸어 장례식을 끝내고 돌아오자마자 바로 그날 저녁으로 놈을 만나기로 했다. 물론 아버지의 죽음에 대해서는 말하지 않았다. 그 소식은 꼭 놈의 얼굴을 보고 알려주고 싶었다. 전화를 끊기 전 놈이 그렇게 말했다.
"뭐야, 요즘은 통 저기압이더니 오늘은 기분이 하늘을 찌르네. 뭐 좋은 꿈이라도 꾼 거야?"

스톡홀름 증후군

최초로 미리 제작된 꿈을 상업화하는 데 성공했던 '기적의 바퀴'의 설립자이자 기나긴 세월 동안 꿈의 군주라 불렸던 사나이가 막 열일곱 번째 생일을 지나 보낸 아주 오래전 여름의 일이다. 그때 그의 가족은 전쟁의 사나운 발톱을 피해 국경에서 멀리 떨어져 있는 이름 없는 산 속 작은 통나무집으로 피신해 있었다. 이른 나이에 아버지가 되셨던 그의 아버지는 40이 넘은 나이에 전장으로 끌려 가셨고, 어머니와 시집을 안 간 이모, 친할머니, 그리고 여동생, 그렇게 다섯이 전쟁의 소음이 닿지 않는 산 속으로 몸을 숨겼던 것이다. 전쟁은 그의 나이 열다섯이던 가을날, 주소가 잘못 적힌 편지처럼 그렇게 불쑥 아무도 눈치 채지 못하는 사이 동네 어귀까지 찾아오고 말았다. 부주의로 발을 헛디디는 바람에 계단에서 굴러 다친 사람처럼 동네사람들은 전쟁을 개인의 불운으로 돌리고는 했다. 그리고 유난히 추웠던 그해 겨울, 그의 아버지가 먼저 군대로 끌려간 후 갑자기 그는 걸을 수 없게 되었다. 딱히 뾰족한 이유도 없이 말이다. 만약에 그에게 그런 불운이 겹쳐 찾아오지 않았다면 어쩌면 그의 가족은 전쟁이라는 새로운 생활에 익숙해졌을지도 모른다. 가족이란 그런 거니까. 하지만 참으로 어이없게도 그의 가족이 아닌 많은 사람들은 그의 불운을 시기하는 것처럼 보였다. 몇 번이나 군의관과 경찰이 그리고 때로는 군인들이 낡은 그의 집 대문을 쿵쿵 두들겼다. 그들은 어릴 적 꿈의 군주가 실은 멀쩡히 걸을 수 있는데 단지 징집되기 싫다는 이유로 못 걷는 척하는 거라 생각하는 것 같았다. 익명의 제보가 있었다고도 했다. 그들은 어떻게 그리 큰 소리가 나도록 문을 두들길 수 있었을까 의아해질 만큼 터무니없이 무거워 보이는 피로를 죄 들쳐 메고 있었다. 그렇게 막상 문을 열고 보면 그들은 화를 내거나 폭력을 행사하거나 혹은 방아쇠를 당길 기운도 없어 보였다. 가끔 그들은 또 그에게 욕을 했지만 그건 단지 그들의 오래된, 아버지의 담배처럼 끊기 힘든 습관인 것 같았다. 하지만 그들이 언젠가 전쟁에 소용없을 뿐만 아니라 다른 사람들에게 나쁜 영향을 미칠 수도 있는 그를, 지도상에서 쓱쓱 문질러 지워버리고 싶어할 때가 오리라는 걸, 그는 그리고 그의 가족 모두는 알고 있었다. 군인이나 경찰이란 그런 거니까. 서로 말하지 않아도 같은 생각을 품고 있다는 걸 그들은 알 수 있었다. 가족이란 그런 거니까. 그래서 시집을 안 간 이모가 갑자기 생각났다는 듯 아무렇지 않게 자기 친구가 숨어 살고 있는 산으로 들어가는 게 어떠냐고 툭 내뱉었을 때, 그들은 그게 그의 가족이─혹은 그가─전쟁이라는 괴물에게 잡아먹히지 않을 수 있는 유일한 길이란 걸 깨닫게 되었다. 그리고 그 다음날 밤 그의 가족은 뒤도 돌아보지 않고 전쟁으로부터 도망쳤다. 동생이 휠체어를 끌고 어머니와 이모가 번갈아 그를 업어가며 그들은 더 이상 포연 냄새가 나지 않는 오지를 찾아갔다. 이모의 친구는 그보다 한 살이 어린 딸과 함께 벌써 일 년째 그곳에서 살고 있었다. 남편이 탈영을 했다는 소문이 퍼지는 바람에─미란다는 자신의 아버지가 탈영한 게 아니라 틀림없이 적군과 싸우다가 아무도 모르게 죽어버렸을 거라고 주장했다─동네에서 살기 어려워져 그곳까지 흘러들었다고 했다.

모든 불운이 그를 업어 옮겨다 놓은 그곳에서 그는 미란다를 만났다.

아, 그가 그녀의 아름다움을 정확히 묘사한 단 한 줄의 문장만이라도 머릿속에서 누에고치처럼 뽑아낼 수 있었다면. 누구에게나 지어 보이고는 하던 쑥스러워하는 듯한 웃음, 좁은데다 약간 튀어 나와 있어 고집이 셀 거라는 인상을 주던 이마, 기분이 좋을 때 쉬지 않고 이어지던 높은 톤의 말소리, 언제나 발그레 물들어 있던 볼, 우유를 따를 때 보았던 손목 위 창백한 정맥, 즐겨 입던 꽃무늬 원피스 위 보일락 말락 솟아 있던 한 쌍의 가슴, 아무데나 털썩 주저앉아 있던 그래서 자주 사람들을 아니 그를 놀라게 했던 그녀의 난데없는 출현, 어머니의 흑발과는 좋은 대조를 이루던 끄트머리가 말려 올라간 그리 길지 않던 노랑 곱슬머리, 가느다랗고 가끔은 너무 길어 부자연스러워 보이기까지 하던 팔다리, 낡은 가죽 샌들 사이로 보이던 붉고 거친 복사뼈, 그 앞에서 마치 그라는 존재를 전혀 신경 쓰지 않는다는 듯 때때로 교묘히 그를 피해 가던 그녀의 시선, 꼭 끼는 검정 레깅스를 입고 있을 때 그의 눈이 도저히 떠날 수 없었던 엉덩이 위 수많은 보드라운 선들, 자세히 들여다보면—그는 그런 행동이 얼마나 치명적인 줄 알면서도 도저히 그만둘 수 없었다—그 위에 거뭇거뭇 가는 솜털들이 자라나 있던 조그만 입술, 그 모든 것이 불운에게 두 다리를 저당 잡힌 남자를, 바로 어릴 적 꿈의 군주를 사로잡기 충분했다.

게다가 그는 그 사실을 똑똑히 인식하고 있었다. 비록 걸을 수는 없지만 거기서는 그 혼자만이 남자라는 걸. 그랬다, 그를 제외하고는 모두가 여자였다. 사람들뿐만 아니라 통나무집도, 그의 피난처 뒤를 둘러싸고 있던 울창한 숲도 모든 소음들을 먹먹히 빨아들이던 음침한 산도, 유난히 크고 밝던 달도, 모두 여성형 명사였다. 즉, 미란다보다는 그가 유리한 처지였다. 비록 걸을 수는 없지만…… 그는 할 수 있었다. 그전에도, 그러니까 두 다리가 온전했던 시절에도 그는 섹스란 걸 해본 적이 없었지만, 두 다리가 무용지물이 되고 나서야 비로소 그는 그가 할 수 있다는 사실을 아주 또렷이, 이빨 사이에 박힌 생선가시처럼 인식하게 되었다. 다리가 없는 남자란 그런 거니까. 그녀도 그걸 알고 있었을까? 그녀와의 성적인 환상이 무위(無爲)로 포위된 그의 나날들을 재빨리 넘겼다. 정액 냄새 물씬 풍기던 그 페이지들. 그녀는 그의 집에 최소한 하루 두

143

번씩은 찾아왔고 그때마다 당연히 그는 그녀를 만났고─아쉽지만 항상 다른 이와 함께 말이다, 가족이나 그녀의 엄마와 함께─그녀가 떠나면 내내 그는 그녀와 관계를 갖는 백일몽에 빠져 살았다. 아이러니컬한 것은 그의 상상 속에서 그는 늘 그녀를 강간했다는 거다. 그러지 않을 수는 없었던 걸까? 그가 분명 유리한 처지였는데도 불구하고 그는 늘 그의 상상 속에서 폭력을 동원해야 했다. '폭력', 어쩌면 그 당시 그가 유일하게 사용할 수 없는 무기였던 폭력을 사용해야만 그는 상상 속에서나마 자신의 욕구를 잠시 달랠 수 있었다.

그러다 정말로 무서운 일이 일어나고야 말았다. 어느 날 낮잠을 자다 꾼 꿈속에서 그는 그녀를 납치했다. 정말 무서운 일이었다. 잠을 자고 있는 그녀에게 눈가리개를 씌우고 재갈을 물리고 양손을 등 뒤로 해서 묶고 또 두 발도 묶은 다음 부대자루처럼 어깨에 들러메고 달도 뜨지 않아 칠흑처럼 어두운 숲을 건너, 그는 버려진 오두막에 도착했다. 놀랍게도 그는 걸을 수 있었다! 꿈이란 그런 거니까. 그는 꿈속의 오두막에 그녀를 내려놓고 거기를 빠져나오기 전 가지고 있던 칼로 그녀의 상의와 바지를 갈기갈기 찢었지만 웬일인지 그토록 꿈꾸던 강간은 하지 않았다. 꿈속에서 그는 자신이 뭘 원하는지 잘 몰랐다. 오두막에서 나와 밖에서 자전거 체인으로 문을 꽁꽁 걸어 잠그고 칠흑 같은 숲속을 되짚어 집으로 돌아왔다. 대충 그런 꿈이었다. 꿈에서 깨어나 보니 점심시간이었다. 그 전날 미란다의 모녀와 그의 집에서 점심을 함께 하기로 했던 걸 떠올렸고 그는 물수건으로 얼굴을 깨끗이 닦고 식당으로 갔다. 하지만 미란다는 오지 않았다. 미란다의 어머니가 와서 아침에 일어나 보니 미란다가 없기에 잠깐 어딜 갔나 했는데 아직까지 기척이 없다며 이런 일은 그전에는 한 번도 없었다며 사색이 된 얼굴로 울먹거렸다. 그들은 모두―그만 빼고―당장 미란다를 찾으러 밖으로 나갔다. 물을 뜨러 갔다 풀숲에 누워 잠깐 잠이 들었을 거라거나 골짜기에서 미끄러져 다리를 삐는 바람에 움직이지 못하고 있을 거라든가 다양한 추측이 있었지만 그런 추측들은 어김없이 그들을 배신했다. 해가 지기 전까지 그들은 산 속을 샅샅이 뒤졌지만 그녀의 흔적을 찾을 수가 없었다.

그날 밤 그는 또 꿈을 꾸었다. 이번에는 눈이 부실 정도로 환한 대낮이었는데 그는 그녀가 납치되어 있는 오두막으로 달려가고 있었다. 한참을 달려 오두막 문을 여니 미란다는 그날 낮 꿈에서 보았던 모습 그대로 바닥에 누워 있었다. 그는 차례로 눈가리개와 재갈과 손과 발에 묶인 결박을 풀어주었다. "네가 한 일인 줄 알았어." 미란다는 크게 화를 내는 기색도 없이 반벌거숭이 차림으로 오두막집을 뛰쳐나갔다. 따라 나가 보니, 그녀는 풀숲에 쭈그리고 앉아 오줌을 누고 있었다. 그녀의 풍선처럼 아래로 부풀어 오른 동그란 엉덩이를 보며 그는 한 대 차주고 싶다는 생각을 했다. 그녀는 무릎 아래에 걸려 있던 팬티를 끌어 올리더니 그에게로 가까이 왔다. 낡은 무명 팬티가 그녀의 삼각형을 가리기 전, 그는 그녀의 삼각형이 그의 상상과는 달리 깨끗하다는 것을 알았다. **털이 없다.**

털이 없어, 이 애한텐. "나는 네가 걸을 수 있다는 것도 진작 알고 있었어." 그는 가슴 어딘가가 꽉 막힌 것처럼 답답해졌지만 변명 같은 건 하지 않기로 했다. "너 지금 얼른 집으로 가야 해. 니네 엄마가 그리고 우리 가족도 니가 없어졌다고 얼마나 걱정하고 있는지 알아?" 뜻밖에 그녀는 생글생글 웃을 뿐 아무런 말도 하지 않았다. 머리가 돌아버린 걸까, 하는 생각이 퍼뜩 그의 머리를 스쳐 지나갔다. "난 이럴 줄 몰랐어. 이런 일이 벌어질 줄 알았다면 꿈에서라도 그런 짓은 하지 않았을 거야…… 어쨌거나 빨리 돌아가자. 얼른, 응?" "난 싫어." 그녀가 한 발짝 더 그에게 다가왔고 그는 그녀를 달래려고 끌어안았다. 그녀의 벌거벗은 피부가 그의 다리에 닿았다. "난 싫어. 여기가 더 아늑해. 거기론 절대 돌아가지 않겠어."

사진 가게

눈 덮인 오각형 광장. 그 한가운데 우뚝 솟은 시계탑 아래, 나는 거기 있었다. 눈은 내 발목까지 쌓여 있었다. 가파른 경사의 탑신에도 눈이 덮여 손으로 눈을 쓸어내지 않고는 우리 마을 자랑인 9세기경의 전투 장면 부조(浮彫)를 볼 수 없을 정도였다.

나는 꽤나 오랫동안 시계탑의 종소리를 기다렸다. 나는 고개를 들어 시계탑 꼭대기의 시계를 확인하려 했지만 너무 높아, 그리고 간간이 날리는 눈 때문에 확인할 수가 없었다. 나는 문득 '이러다 간 얼어 죽을지도 모르겠어.'라고 생각하며 광장의 한 꼭짓점에 있는 작은 사진 가게로 들어갔다.

'이 사진 가게가 바로 내가 가장 좋아하는 사진 가게지.' 문을 열자 날카로운 방울 소리가 들렸다. 고개를 들어보니 철삿줄에 매달린 물고기 모양의 방울이 까불거리고 있었다. 사진 가게의 뚱보 주인은 너무 커서 좁은 실내와 잘 어울리지 않는 마호가니 책상 뒤 폭신해 보이는 가죽 의자에 파묻혀 있었다. 그는 나를 아는 척하지도 심지어 의자에서 일어나지도 않았지만 '나는 이 주인을 알고 있어, 틀림없이.'라고 나는 다시 생각했다. 나는 점퍼 주머니에서 꺼낸 12장의 사진을 책상 위에 올려놓았다. 주머니에서 막 나왔는데도 불구하고 12장의 사진은 백과사전 같은 무거운 책 속에 오랫동안 꽂아둔 것처럼 빳빳했다.

"이렇게 12장 모두 얼마지요?"

뚱보 주인의 대답은 알아듣기가 힘들었다. 나는 반대편 주머니 속에서 꺼낸 구겨진 지폐를 책상 위에 던지듯 올려놓았다. '이게 정가일 거야. 그렇게 들었었지, 여기에 오기 전에 말이야.' 주인은 힘겹게 몸을 움직여 12장의 사진을 새하얀 봉투에 담아 내게 돌려주었다. 그렇게 정당한 대가를 지불하고 사진 가게 밖으로 나가려는데 뒤에서 선명하게 뚱보 주인의 목소리가 들렸다.

"그걸 어디에 쓰려는 거죠?"

나는 뒤돌아보았지만 그의 질문에 대답하지는 않았다. '나는 그걸 잘 알고 있어, 사진을 파는 사람이 사진을 산 사람에게 그런 걸 물어야 한다는 규정 따윈 어디에도 없다구.' 뚱보 주인은 내게 은근한 미소를 지어 보였다. 나는 그와 겨루기라도 하는 것처럼 그를 빤히 쳐다보았지만 여전히 입을 열지는 않았다.

잠시의 침묵 후 나는 내가 그의 질문에 대답하지 않는 게 아니라 대답하지 못하는 거라는 사실을 깨달았다. '정말 나는 이것들을 어디에 쓰려는 걸까?' 그래서 사진 12장이 들어 있는 흰색 봉투를 들고 얼른 밖으로 나와 버렸다.

밖으로 나오자마자 나는 문 앞에서—어느새 눈이 그친 오각형 광장이었다—호치키스로 박힌 봉투의 주둥이를 뜯고 사진을 꺼내서 한 장 한 장 살펴봤다. 예상대로 지도를 찍은 흑백 사진 12장 중 내 마음을 붙드는 것은 하나도 없었다. '지도를 사진으로 찍다니 꼭 그럴 필요가 있었을까?' 나는 문 바로 앞, 사각형의 맨홀 뚜껑이 사라져 찰랑대는 구정물의 보드라운 수면을 고스란히 내보이고 있는 도랑 속으로 그 흰색 봉투를 버렸다. 그리고 잠시 후, 거기다가 다시 12장의 사진을 한 장씩, 뭔가를 유심히 짐짓 살펴보는 척한 후, 보란 듯이 던져버렸다. '뚱보 주인 녀석은 틀림없이 내 행동을 처음부터 끝까지 죄 지켜보고 있을 거야. 그러지 않을 수 없을 테니까.'

나는 이로써 이제 뚱보 주인이, 더 나아가서는 사진을 파는 모든 이들이 내게 그리고 다른 이에게도 자신의 손을 떠난 사진들이 어디에 쓰일 것인지 묻지 않을 거라고 생각했다. '순진하다는 것이 덕목이 되는 시대는 지났으니까.'

갑자기, 마치 누군가에게 뒤통수라도 맞은 것처럼 돌연, 나는 내게 아무런 약속도 없다는 걸 깨달았다. 나는 날카로운 방울 소리를 들으며 다시 사진 가게로 들어갔다.

"지금 몇 시죠?"

그건 내게 매우 소중한 질문이었다.

"네?"

뚱보 주인은 아까 보았던 그 자세 그대로, 하지만 아까보다 훨씬 친절한 목소리로 그렇게 되물었다.

"지금 몇 시냐구요?"

"몇 시라……. 지금 제게 몇 년, 몇 달, 몇 살, 몇 주, 몇 점, 몇 세기 같이 시간을 잘게 나누는 단위의 하나인 몇 시에 관해 물은 건가요?"

나는 뚱보 주인의 질문을 전부 다 알아듣지는 못했지만 되묻기가 귀찮아 고개를 끄덕거리고 말았다.

"시란 건 아마도 분이 예순 개 모인 큰 집이죠, 그리고 분은 다시 응…… 그러니까……"

"초가 예순 개 모인 거구요."

무례하다 생각할 수도 있었겠지만, 빨리 내 질문에 대한 대답을 듣고 싶었던 나는 잽싸게 그의 말허리를 잘랐다.

"그래요, 정확히 손님 말대로예요. 예순한 개가 아니라, 예순 개여야만 하죠, 정확히. 참 재미있어요. 모든 게 그렇게 정확해야 하죠, 시간을 잴 땐 말이에요. 말을 수술할 때도 마찬가지구요."

"그래서, 제 질문에 대한 답은 어떻게 되는 거죠?"

"어떻게 되기는 어떻게 되겠어요. 아직은 답이 아니지만 나중에 답이 될 수도 있고, 계속 아무것도 아닌 것으로 남아 있을 수도 있겠죠. 어쨌거나 이 한 가지만은 확실해요, 손님 말고는 지금까지 이 동네에서 그 누구도 그런 질문을 한 적이 없다는 거."

갑자기 나는 내가 그 게임에서 졌다는 걸 깨달았다. 거기서는 영원히 시간에 대한 답을 듣지 못하리라는 것도. 뚱보 주인은 상의 주머니에서 시곗줄 달린 금빛 시계를 꺼내 냄새를 맡아보더니 심각한 얼굴로 내게 질문했다.

"그런데 손님은 누구시죠? 처음 보는 얼굴인 것 같은데, 어느 동네에서 오신 거죠? 실례지만 동물인가요? 야채인가요? 광물인가요?"

내가 이 동네를 한 번도 떠난 적이 없다는 걸 그도 잘 알고 있을 거라고 생각하자 다시 한 번 그 뚱보 사진 가게 주인이 괘씸해졌다.

밖에서 희미하게 키리에의 도입 부분이 들렸다.

꿈◇해석

단지 사람들이 당신에게 무엇인가를 요구한다고 해서
그들이 진정으로 그것을 원하고 있다고 생각해서는 안 된다.

—자크 라캉

유례없는 폭염과 가뭄으로 가축들이 떼죽음을 당하고 도시 남
쪽 국경지대 마을에서 정부의 일방적인 전력 제한 공급에 항의해
커다란 반정부 시위가 일어났던 그해, 연일 최고 온도 기록이 새롭
게 바뀌던 석사 2년차의 여름에 있었던 일이다. 벌써 8년 전 일이
니 오래된 기억의 비문(碑文)은 세월의 풍화에 진작 닳아 지워졌을
법도 한데, 그때의 악몽과도 같았던 일련의 사건들은, 아니 일련의
악몽들은 조승구의 기억 속에 잘 떠진 탁본처럼 선명하기만 하다.

그때 조승구는 자신의 연구 테마에 푹 빠져 있었다. 3차 대전이
일어났다 해도 그는 적군이 책들로 둘러싸인 연구소 책상으로 들
이닥쳐 그의 손에서 연필을 빼앗아 꺾고 컴퓨터의 전원 코드를 뽑
지 않는 한 연구를 그만두지 않았을 터였다. 실은 그해 여름, 3차
대전까지야 아니었겠지만 우리와 남동쪽 국경을 맞대고 있는 ㄱ국

(國)은 자칫하면 전쟁으로 번질 수도 있는 일촉즉발의 위기에 처해 있었다. 전기 공급 문제를 둘러싼 반정부 시위가 실은 ㄱ국에서 보낸 스파이의 교묘한 선동에 의한 거라는 흉흉한 소문이 도시를 돌림병처럼 휩쓸었고, ㄱ국은 ㄱ국대로 새로 정권을 잡은 급진 민족주의 정당이 빼앗긴 고토(古土)에 대한 자극적인 발언을 연일 여과 없이 쏟아내고 있던 시절이었다.

하지만, 땀을 끓이고 살을 태워버릴 것 같던 그 폭염이 지휘했던 그 위기를 조승구만은 까맣게 모르고 있었다. 조승구는 자신의 주위에 암호학으로 만든 기다란 벽을 쌓아놓고 있었다. 그 벽을 드나들도록 허용된 건 가장 기본적인 물질, 그러니까 필수 영양소나 물, 산소, 이산화탄소, 요소, 암모니아 혹은 니코틴 같은 순수한 생물학적인 요소였다. '인간적인'이라는 레테르 아래 분류될 수 있는 요소들이―가령 잡담이라든가 분노라든가 애정이라든가 질투라든가 동료애라든가 하는―그 벽을 통과할 수 있는 확률은 고등학교를 이제 갓 마친 소년이 '모든 짝수는 두 소수의 합으로 나타낼 수 있다.'는 골드바흐(Christian Goldbach)의 예상을 컴퓨터 시뮬레이션 없이 증명할 확률에 근사한다고나 해야 할까?

어릴 적부터 조승구가 그런 학생이었던 건 아니다. 오히려 중고등학교 때나 학부 시절 그는 공부를 '요령껏' 하는 학생이었다. 최저의 투자로 남에게 크게 뒤떨어지지 않을 만큼의 수확을 얻는 게, 그러니까 입력 텍스트의 '양(量)'을 최저로 관리하면서 크게 떨어지지 않는 '질(質)'을 가진 텍스트를 효율적으로 산출해 내는 것이,

공부에 있어 그의 목표라면 목표였다. 그게 그의 존재 방식이었는데, 학부 3, 4학년 2년 동안에 걸친 기념비적인 그의 연애 사건이 파탄으로 끝나자 그는 그 모든 '효율'의 법칙들을 폐기하고 무진장의 정열을 아무데나 쏟아 붓기 시작했다. 경제학적으로는 도저히 효용가치를 발견할 수 없는 그 '아무데'가 바로 그가 석사과정으로 선택한 정보 보안 및 암호 연구 센터였다.

조승구가 학부를 마치고 다양한 수학과의 석사 과정 중 바로 정보 보안 및 암호 연구 센터를 선택한 이유는 단 하나, '넌'이라는 별명으로 더 유명했던 지도교수 때문이었다. '넌'은 유럽에서 박사를 따고 고국으로 돌아온 지 3년밖에 안 된 이제 막 40대에 접어든 젊은 여교수로, 이 특이한 별명은 연구 센터 기공식 날 기념 오찬에서 그 당시 수학과 출신이던 자연과학대학 학장이 취미가 뭐냐고 묻자, 얼른 점심을 먹어 치우고 연구소로 돌아갈 생각에 빠져 있던 이 교수가 무심결에 'None'이라고 대답한 웃지 못할 사건에서 연유했다고 한다. 어떤 애들은 그 별명이 수녀를 뜻하는 'Nun'이라는 단어에서 유래한 거라고 떠들고 다니기도 했는데, 워낙 개인사 전체가 신비에 싸여 있는 인물이기는 했으나 미혼인 것만은 사실인 듯했다. 하기는 그 누가 일주일에 최소한 한 번은 연구실에서 밤을 꼬박 새며 그러고도 태연히 세수도 양치도 안 한 채로 막 출근하는 학생들을 붙잡고 자신의 발견을 떠들어대는 여자와 결혼할 마음이 생기겠는가? 이 역시 진위가 불확실하기는 하지만 연구에 몰두한 나머지 도저히 자리를 뜰 수가 없어 남자 제자에게 생리

대를 사오라는 심부름을 시켰다는 소문 역시 교수를 아는 사람이라면 능히 그럴 수 있겠다며 고개를 끄덕였던 일화 중 하나다.

'넌'을 둘러싼 반 이상은 과장일 것이 틀림없는 그런 소문들이 조승구가 그녀의 연구소에 지원하는 데 오히려 가장 강력한 동기가 되었다. 거기서 그는 RSA 암호 체계에서 이상적인 N으로 사용될 수 있는 120자리가 넘어가는 커다란 숫자의 소인수분해에 대한 연구를 시작했다. 그 안에 한 발을 들여놓자마자 그 역시 '넌'과 경쟁이라도 하듯 밤을 새워 가며 연구에 몰두하기 시작했다. 잠을 잔다 해도 연속해서 세 시간 이상을 자는 경우는 극히 드물었다. 그 시절 조승구에게 잠이란 과열된 엔진이 터지지 않도록 주기적으로 뿌려줘야 하는 냉각수와도 같은 존재였다. 단지 '터지지 않도록', 그뿐이었다.

조승구가 동기들의 걱정을 한 몸에 받아가며 '넌'의 연구소에 신입생으로 들어갔을 때, 거기에는 석사과정이 2명, 박사과정이 2명 있었다. 다른 연구소에 비하면 그야말로 단출한 그룹이었는데, 한편으로는 기존의 인원으로 도저히 처리할 수 없는 연구 영역이 발견되지 않는 한 신입생을 충원하지 않으려는 '넌'의 의지도 한몫했고 다른 한편으로는 '넌'이 이끄는 연구소가 학부생들에게 인기가 없다는 사실도 큰 기여를 했다고 할 수 있겠다. 당연히 제자들의 취직이나 엄청난 예산이 걸린 프로젝트 같은 단어들이 '넌'의 머릿속에 서식하고 있지 않았음은 물론이다. 하지만 남들이 아무리 이러니저러니 떠들어도 조승구에게는 거기가 바로 천국이었다.

그는 불행하게 끝난 자신의 연애를 잊기 위해 여러 개의 숫자들로 만들어진 소수(素數)들에 미친 듯이 매달렸고, 곧 그가 뭘 잊기 위해 이렇게 만사를 제쳐두고 소수들에 매달리고 있는지도 잊게 되었다. 망각의 연쇄란 얼마나 편리한 기능인지!

하지만 잊혀지지 않는 그 악몽이, 정확히 말하자면 일련의 악몽들이, 악몽의 시리즈물이라 할 만한 불운이 천국에서의 4학기째를 맞이하던 그의 손을 아무 예고도 없이 덥석 쥐고 흔들었던 것이다. 이 불운을, 그의 멱살을 옥죄었던 이 불행을 어디서부터 어떻게 설명해야 할까? ……그렇다, 악몽의 여주인공을 빼놓고 어떻게 이 불운의 연속극을 풀어놓을 수 있겠는가?

당시 그는 23살이었고 어김없이 악몽의 여주인공이었던 박사과정 지이는 31살이었다. 그녀는 '넌'이 고국에 돌아온 후 첫 번째로 맞이한 제자였다. 실험실 외부 사람들은 '넌'이 지이 선배를 절대적으로 신임하고 있다고, 지이 선배가 없다면 세상물정 모르는 '넌'만으로는 연구소가 그야말로 하루아침에 쪽박 차기 딱 좋을 거라고, 또 그런 사실을 '넌'도 알고 있으니까 연구 실적이 그닥 신통치 않은 지이 선배를 내치지 않고 계속 끼고 있는 거라고 수군대고는 했지만 실제로 조승구는 단 한 번도 '넌'이 지이 선배를 남들보다 특별히 대우하는 걸 본 기억이 없다. 반면에 지이 선배가 '넌'을 대단히 존경했으며 그녀의 일거수일투족을 따라 하려 했던 건 누가 봐도 한눈에 딱 표가 났다. 얼굴에 음식 찌꺼기는 묻히고 다닐지언정 화장품 같은 건 절대 묻히고 다니지 않는다든가, 한 계절을

156

단 한 벌의 바지로 아무렇지 않게 보낸다든가, 사람들과의 대화는 되도록 짧게 아무런 감정도 싣지 않고 간결하게 끝낸다든가, 밥을 먹는 도중에도 꼭 읽을거리를 손에서 떼놓지 않는다든가, 지금 와서 꼽아보면 지이 선배와 '넌' 사이의 공통점은 꽤나 많았다. 자연발생적인 공통점이라기보다는 한쪽의 일방적인 표절에 가깝기는 했지만. 아, 그것도 꼭 짚고 넘어가야 하리라, 여자 화장실에 자주 출입한다는 점을 제외한다면 둘 다 '여자'라는 성(性)을 가진 존재라는 걸 남자의 입장에선 받아들이기 쉽지 않았다는 거.

그러나 그의 이런 모든 설명도 그에게 악몽들이 찾아오기 전까지는 결코 깨닫지 못했던 일들이었다. 조승구 역시 그 '넌' 밑에서 잠이 없는, 일체의 인간적인 요소가 없는, 성이 없는 괴물로 사육되고 있었으니. 천국에서의 4학기에 접어든 그에게 다른 사람들이란, 좋게 말해 어쨌건 관심사가 아니었다.

그러던 어느 날 그 악몽이, 그 악몽의 첫 페이지가 조승구를 덮쳤다. 아마도 석사과정에 들어온 이래 처음 꾸는 것이었을 그 잊을 수 없는 꿈. 그와 지이 선배는 오래된 초등학교 교실에 조금 거리를 두고 앉아 있었는데 그가 갑자기 무슨 결심이라도 한 듯 벌떡 일어나 지이 선배 앞으로 다가갔다. 꿈속에서도 여전히 일체의 여성적인 매력을 박탈당한 것처럼 보이던 지이 선배의 화장기 없는 얼굴이 멍하니 그를 올려다보고 있었다. 꿈속의 조승구는 한참을 망설이다 주먹을 꼭 쥐고는 지이 선배에게 말했다.

"진지하게 들어주세요. 저…… 선배를 좋아하게 된 것 같아요.

저랑 사귀어 주세요."

놀랍게도, 놀라울 만큼의 정열을 갖고 꿈속의 조승구는 지이 선배에게 그런 믿을 수 없는 고백을 했던 것이다. 잠에서 깨어나 그 잊히지 않는 꿈을 되씹자 참을 수 없는 불쾌감과 한걸음만 더 나가면 치욕으로 금세 둔갑해 버릴 부끄러움이 그의 몸속에 확 퍼져 나갔다. '어떻게 그런 일이…….' 조승구는 자신의 꿈을, 꿈속의 그가 보여주었던 은밀하고도 단호한 정열을 납득할 수가 없었다. 하늘에 맹세코 그전까지 조승구는 지이 선배에게 아무런 인간적인 관심도, 그 어떤 성적인 호기심도 가져본 적이 없었던 것이다. 그래서 꿈속의 장면을 상기하려 할 때마다 꿈 바깥 그의 육신은 격렬히 저항했다. '이건 아니야…… 이건 정말…… 절대 있을 수 없는 일이야.' 주어도 목적어도 다 떨어져 나간 대가리 없는 부정문들이 그의 기억 속 지워지지 않는 꿈 주위를 헛되이 맴돌고 있었다.

그 첫 번째 악몽이 할퀴고 간 날, 조승구는 좁은 연구소에서 하루 종일 지이 선배를 의식하고 있었다, 똑바로 쳐다볼 엄두는 내지도 못하면서 말이다. 그러면서 또 그는 꿈속의 그를, 전혀 그럴싸하지 않는 대상에게 사랑을 고백했던 그를 온종일 생각했다. 조금이라도 그를 이해하고 싶었다. 하지만 여전히 컴퓨터 모니터에 빨려 들어갈 듯 얼굴을 바짝 들이대고 전자 인증에 응용될 수 있는 새로운 암호 체계에 열중하고 있는 지이 선배의 후줄근한 뒷모습을 보자 이해는커녕, 버럭 소리를 지르며 꿈속의 그에게 따귀라도 한 대 올려붙이고 싶은 심정이었다. '이게 무슨 미친 짓이란 말인가!' 당연히 조승구의 하루는 엉망이 되었고 연구소는 더 이상 천국이 아니라 심문실로 간판을 바꿔 걸어야 했다.

그날 저녁 평소보다 훨씬 일찍 연구소를 떠나려는 조승구에게 지이 선배가 지나가는 말투로 "오늘은 일찍 가네." 하고 말했다. 그의 꿈을 알 리 없는 지이 선배는 정말 별 뜻 없이 그렇게 말했으리라. 하지만 조승구는 아무도 쳐다보지 않는데도 얼굴이 시뻘게져서는 연신 마른침만 삼키다 "좀 아파서요."라는 때늦은 대답을 변명처럼 남겨두고 힘들게 실험실을 빠져나와야만 했다. 이른 시간에 하숙집에 돌아온 그는 멍청히 천장만 바라보며 누운 채 풀리지 않는 수수께끼 같은 꿈속의 고백을 되새김질하다 여느 때보다 훨씬 일찍 잠이 들고 말았다.

하지만 그날은 단지 문제의 입구였을 뿐이었다. 다음 날도 그 다음 날도 그그그 다음 날도 조승구는 똑같은, 아니 완전히 똑같지는 않고 세부에서는 조금씩 다르지만 여하튼 지이 선배에게 주저주저하다 마침내 사랑 고백을 하고야 마는 비슷한 꿈을 꾸었던 것이다. 어떤 꿈에서는 처음 보는 커다란 나무 그늘 밑에서 어떤 꿈에서는 요트가 떠 있는 바닷가 절벽에서 또 다른 꿈에서는 덜컹거리는 버스 안에서, 그렇게 배경은 매일매일 새롭게 바뀌었지만 그들의 역할은—조승구는 사랑을 고백하고 지이 선배는 멍청한 얼굴로 그를 바라보는—바뀔 줄을 몰랐다. 그 악몽의 연속극 덕분에 그의 일상은 3학기 동안 꾸준히 밟아왔던 궤도를 완전히 이탈해 버렸다. 늘 하던 대로 연구소로 출근해 컴퓨터 앞에 엉덩이를 붙이기는 했지만 조승구는 그 이해할 수 없는 고백을 하던 자신의 달뜬 얼굴을 다양한 각도와 다양한 배경에서 찍은 수백 장의 사진들이 메우고 있는 머릿속 상상의 벽 앞에서 떠날 줄을 몰랐다. 거기에서, 그는 무엇을 찾고 있었던가? 어딘가에, 그 사진 속 어딘가에 어떤 비밀이, 생각지도 못한 비밀이 숨어 있어 그의 이해할 수 없는 행동을 단 한방에 설명해 줄 거라고 기대했던 걸까? 여하간 아무 수확도 못 건진 태양이 지구의 뒷면으로 숨어버리기 전 조승구는 피곤한 몸을 끌고 하숙집으로 돌아와 마치 무슨 엄숙한 예식이라도 되는 것처럼 천장의 벽지 무늬만 한참을 노려보다 잠이 들고는 했다…… 그러면 부르지 않아도 그 지긋지긋한 꿈이 또다시 그를 찾아왔다.

그 악몽의 배경이 스무 번 정도 바뀔 즈음, 조승구는 드디어 그 꿈이 자신에게 무언가를 강렬히 욕망하고 있다는 결론에 도달하게 되었다. 그 꿈의 욕망이란 아마도 깨어 있을 때의 그가 채 인식하지 못한, 하지만 무의식 속 어두운 다락방에 오랫동안 유폐되어 있던 두꺼운 먼지가 켜켜이 내려앉은 자신의 진짜 욕망이리라. 꿈이 반복되는 이유는 단지 꿈이 그에게 욕망한 그 무언가를 그가 실행에 옮기지 않았기 때문이라고 생각하게끔 되었다. 거기까지 이르고 보니 남은 건 꿈이 그에게 넌지시 알려주고자 하는 자신의 진짜 욕망을 알아내고 그걸 행동으로 옮기는 일이었다. 그러고 나면…… 꿈이 그를 괴롭힐 이유를 더 이상 찾지 못할 것 같았다.

조승구는 단순하게 생각하기로 했다. 꿈속의 그가 계속해서 지이 선배에게 사랑 고백을 한다면, 그건 정말로 그가 그녀를 욕망한다는 뜻이리라. 받아들이기 쉬운 결론은 아니었지만 그것보다 더 명쾌한 해답은 생각나지 않았다. '인정하기 싫겠지만 내가 지이 선배를 좋아하고 있는 거야. 지금까지는 몰랐지만 그게 바로 내 진짜 욕망이라구.' 도박을 하는 사람의 심정으로 그는 일종의 자기최면을—가령, 그녀는 얼마나 욕망할 만한가, 혹은 그녀를 욕망하는 일이 얼마나 위대한 일인가, 와 같은—자신에게 걸고 있었다. 그리고 그 집요한 꿈 덕분에 더 이상 잃을 판돈이 없다는 생각이 들자 조승구는 꿈 덕분에 새로이 발견한 진짜 욕망을 실행에 옮기기로 작정했다.

며칠 뒤 조승구는 지이 선배를 밖으로 불러냈다. 지이 선배는 의아해하며 무엇 때문이냐고 물었지만 그는 대답해 주지 않았다. 고작 정보 보안 및 암호 연구센터 같은 곳에서—조승구는 어느새 내 모든 걸 쏟아부었던 그곳을 그렇게 아무렇지도 않게 생각하고 있었다—자신의 진짜 욕망을 드러내고 싶은 마음은 없었다. 학교 뒷산 천문대 밑에서 그는 지이 선배에게 꿈속에서 그가 수십 번도 넘게 했던 고백을 되풀이했다. 지이 선배는 아무런 무늬도 없는 붉은색 라운드 넥 티셔츠에 쭈글쭈글한 회색 칠부바지를 입고 천문대 앞 산책로에 듬성듬성 놓여 있는 나무 벤치에 앉아 있었다. 사랑 고백은 하나도 어렵지 않았다. 하지만 고백을 마치자 턱밑이 시큰해지며 울컥 눈물이 쏟아질 것만 같았다.

"그거…… 다 농담이지?"

조승구는 아니라고, 절대 아니라고, 기억나지도 않는 아주 오래 전부터 생각해 온 진심이라고 말했다. 그렇게 말하고 보니 진심인 것 같았다, 진심이 아니어야 할 이유가 없어 보였다.

"알았어. 하지만…… 승구야, 그건 너무 당황스러운 일이라…… 너도 알다시피 너하고 나는…… 하루만 시간을 줘."

그들은 바로 다음 날 같은 시간에 다시 그곳에서 만나기로 하고 어색하게 헤어졌다. 지이 선배는 그날 오후 몸이 안 좋다며 조퇴를 하고 연구소에서 사라졌는데, 그 이례적인 사건은 연구소에 작은 파문을 일으켰지만 언제나 그렇듯 숫자들로 이루어진 무관심의 안개가 모든 걸 덮어버렸다. 그날 밤, 조승구는 참으로 오랜만에 그 상투적인 사랑 고백의 꿈을 꾸지 않았고, 그로써 그는 모든 것이 해결되었다고 느꼈다. 하지만 약속된 시간에 천문대로 발걸음을 옮기면서 그는 자신이 생각했던 것처럼 일이 단순하지만은 않다는 걸 깨달았다. '만약 지이 선배가 내 고백을 받아들이지 않는다면?' 그는 두려워해야 할 일이 아직도 남아 있다는 걸 깨달았다. 지이 선배가 꿈속에서 그렇게 오랜 시간 연습해 왔던 그의 고백을 받아들이지 않는다면 자신의 꿈이 어떻게 반응할지 그게 두려워졌다. 하지만 그때 조승구는 자신을 너무나 모르고 있었다. 아니, 이렇게 말하는 편이 옳으리라, 그는 그때 지나치게 꿈속의 그만을 생각하고 있었다고.

"받아들이기로 했어."

어디서 착오가 생긴 건지 모르겠지만, 지이 선배의 대답을 듣는 순간, 기쁨이나 안도감 대신 참을 수 없는 구역질이, 몸을 배배 꼬이게 만드는 불쾌한 이물감(異物感)이 그의 몸속 어딘가에서 용틀임했다. 틀림없었다, 그건 환희에 반응하는 몸의 운동이 절대 아니었다. 온몸에서, 아니 그의 몸 바깥 모든 곳에서 일제히 나쁜 냄새가, 한여름 음식 쓰레기가 발효될 때 나는 그런 나쁜 냄새가 뿜어져 나오는 것 같았다. 혐오감과 분노와 어쩌면 조금의 슬픔도 섞여 있던 그 낯선 감정 때문에 그는 제대로 서 있기도 힘들었다. 그런 상황을 상상해 본 적도 없었지만 문득 강간을 당하는 게 이런 느낌이 아닐까 하는 생각마저 들었다.

"왜 그러지? 어디 아프니?"

그는 모든 것이 자신의 오해에서 비롯되었다는 것을 그제서야 깨달았다. 그는 지이 선배를 욕망하지 않았으며 더더욱 그로 인해 생긴 선배의 욕망을 받아들이고 싶은 마음이 눈곱만큼도 없었던 것이다. 그는 맺힌 눈물을 닦고 다시 지이 선배를 똑바로 바라보았다. 그제야 조승구는 오랜만에 지이 선배를 똑바로 쳐다볼 수 있었다. '말도 안 되는 일이야, 이건. 그냥 둬선 안 돼. 어떻게 이런……' 조승구는 그가 엎지른, 유통기한 지나 썩은 내 나는 우유를 다시 돌려 컵에 담아야 했다. 돌릴 수 없는 것을 돌려 담아야 했다. 돌리려면 아마도 엄청난 양의 용기가 필요하겠지만…… 또 아마 지이 선배가 다칠 수도 있겠지만…… 해야만 했다. 하지 않을 수 없었다. 그는 그 말을 하기 위해 몸속에 숨어 있던 마지막 용기 한 방울까지 쪽 짜내야 했다.

"오해가…… 있었던 것 같아요, 지이 선배. 제 실수예요. 어제 제 고백은…… 못 들은 걸로 해주세요. 정말……."

그 마지막 한 방울의 용기가 바닥에 떨어지기 전 지이 선배는 자리에서 벌떡 일어나더니 고갯길을 한 번도 쉬지 않고 달려 내려 갔다.

"미안해요."

너무 늦어버린, 그녀의 귀에 가 닿지 못했던 그 말을 내뱉고 나자 그를 맘대로 휘두르던 낯선 이물감이 씻은 듯 사라져 버렸다.

그리고 그날 밤, 다시 조승구는 꿈을 꾸었다. 조승구는 '넌'과 함께 학교 앞에 있는 허름한 타이 식당에서 더러운 테이블을 사이에 두고 마주보고 앉아 있었다. '넌'은 지이 선배가 연락도 없이 연구소에 출근하지 않는다며 걱정이라고 했다. 혹시 그가 그 이유를 알고 있지 않냐고 물었다. 그는 모른다고 대답하려 했는데—꿈속에서 그는 정말로 몰랐다, 그녀에게 어떤 일이 일어났었는지, 아니 그가 그녀에게 어떤 짓을 저질렀었는지—그때 더러운 수건을 목에 걸친 할아버지가 다가와 그들에게 화가 잔뜩 난 목소리로 말했다.

"빨리 주문해, 시간이 없다구."

그 말을 듣자, 조승구는 갑자기 자신이 해야 할 일이 무엇인지 깨달았다. 할아버지가 옆에 있는 것도 아랑곳 않고 그는 '넌'에게 말했다.

"진지하게 들어주세요. 저…… 교수님을 좋아하게 된 것 같아요. 저랑 사귀어 주세요."

꿈◇S

이제 수수께끼는 모두 풀렸어. 범인은 바로 이 안에 있어.

—사토 후미야

그리고 꿈에서 '넌'이 말했던 것처럼 지이 선배가 사라졌다. 연락도 없이 연구소에 나오지 않는 날짜가 하루하루 늘어갈수록 조승구의 죄책감도 조금씩 더 뚱뚱해졌다. 아니, 그걸 죄책감이라 부를 수는 없겠다. 본시 죄책감이란 근거 없는 마음의 가책을 이르는 말인데, 거기에는 그가 고통을 느껴야 할 아주 확실한 이유가 있었으니 말이다. 엎친 데 덮친 격으로 그의 밤은 '넌'이 제2대 여주인공을 맡은 악몽의 시즌 2를 하루도 거르지 않고 상영하고 있었다.

조승구는 부서지기 일보 직전이었고 부서지지 않기 위해 어쩌면 벌써 부서졌을지도 모를 지이 선배를 찾아 나서기로 했다. 찾아서 어떻게 해야겠다는 똑 부러지는 방도를 세운 건 아니었고 그저 지이 선배를 찾는 것만이 부서지지 않고 지구 위에 남을 수 있는 유일한 길이라고 생각했다. 그는 받아들여지지 않으면 자퇴하면 그만이라는 마음으로 다짜고짜 '넌'에게 1달간의 휴가가 필요하다고 말했다. 퇴짜를 맞는 것은 두렵지 않았지만 '넌'이 이유를 물어볼까 봐, 그러면 그가 그냥 '넌'에게 모든 걸 털어놓고 싶은 심정이 될까 봐 두려웠는데, '넌'은 무표정한 얼굴로 "그래, 그렇게 해."라고, 듣는 사람 맥빠지는 답을 툭 던졌을 뿐이었다. '돌아올 거지?'라고 묻길 내심 바랐는데, '넌'은 '그래, 그렇게 해.' 뒤에 아무것도 덧붙이지 않았다. '넌'이 이 모든 걸 알고 있는 게 아닐까 하는 엉뚱한 생각마저 들었다.

수소문 끝에 찾아낸 지이 선배의 원룸은 학교에서 꽤 떨어진 구도심에 위치한 허름한 4층짜리 건물의 3층에 있었다. 마을버스도 다니지 않는 거미줄처럼 얽히고설킨 가파른 언덕길을 지하철역에서 30분 넘게 걸어 올라가며 그는 과연 지이 선배가 살 만한 곳이라 생각했다. '그야말로 도시 속의 오지군 그래.' 땀에 젖은 셔츠를 펄럭대며 그는 몇 개 남지 않은 이빨이 잇몸에 애처롭게 매달려 있는 늙은 관리인을 만났다. 그런 일을 하기에는 너무 늙어 보이던 그 노인은 자신의 육체적인 무력함을 벌충할 생각인지 붉은 목줄을 멘 험상궂게 생긴 개를 데리고 있었다. 하지만 개는 그 포악한 인상과는 달리 그를 보자 부끄러운 듯 자꾸 낑낑대며 또 고개를 부자연스러운 각도로 기울이며 노인의 발치로 몸을 숨겼다. 그는 정면에 은빛 큰 별 하나가 그려져 있는, 관리인에게는 영 어울리지 않던 모자가 탐이 났다.

조승구는 준비된 거짓말, 지이의 동생인데 연락이 안 돼 걱정 끝에 찾아왔다며 태연히 열쇠를 달라고 했다. '선배'라는 말을 쓰지 않도록 또 낯을 가리던 그 개새끼에게 의심을 사지 않도록 조심해야 했다. 늙은 관리인은 선뜻 구릿빛 묵직한 열쇠를 그의 손바닥에 얹어주고는 휴지도 없이 오른손으로 코를 흥 풀었다. 투명한 액체가 그 늙은 관리인의 코를 빠져나와 차가운 시멘트 바닥으로 늘어졌다. 그 광경을 보자 목줄이 짧고 두툼한 목에 묻혀 있던 개가 컹컹 짖기 시작했다. 하지만 개도 관리인도 뜨거운 바람도 그 누구도 그에게는 관심이 없는 것 같았다.

볕이 잘 드는 지이 선배의 방은 깨끗했다. 다행히 영영 돌아오지 않을 생각으로 집을 나간 건 아닌 듯, 방에는 옷가지나 이불 시시껄렁한 추리소설 몇 권 그리고 간단한 가재도구 등 그녀의 소유물들이 아직 그대로 남아 있었다. 화장품이나 TV, 향수, 레이스가 달린 속옷 같은 건 눈에 띄지 않았다. 조승구는 환한 태양빛과 오래 비워둔 방에서 나는 곰팡내가 절묘하게 버무려진 지이 선배의 방에서, 무엇을 해야 할지 몰랐다. 그녀가 올 때까지 방에서 무작정 기다릴 수도 있겠다는 생각이 퍼뜩 들었지만 혹여라도 그녀가 돌아와 단 둘이 방에 있게 되는 게 내키지 않았다. '선배 저 승구예요. 돌아오시면 꼭 제 핸드폰으로 연락 주세요. 꼭이요.'라는 간단한 메모를 앉은뱅이책상 위에 올려놓고 전에 읽은 건지 아닌 건지 가물가물한 추리소설을 허락도 없이 한 권 집어들고 그리고 마지막으로 앉은뱅이책상 위에 반듯이 놓여 있던 조악한 인쇄물을 두 번 접어 바지 뒷주머니에 넣고 조승구는 얼른 그곳을 빠져나왔다.

167

지하철에서부터 읽기 시작한 추리소설 속 연쇄살인 사건의 범인을 탐정이 막 밝혀내기 직전, 손목시계를 보니 벌써 새벽 1시 30분이었다. 그는 책을 덮고 벗어놓은 바지 뒷주머니에서 나이트클럽 전단지를 닮은 인쇄물을 꺼냈다. '구원이 당신을 바람처럼 스쳐 지나가 버릴지도 모릅니다.'라는 커다란 고딕체의 활자가 사람들이 잔뜩 몰려 있는 넓은 방을 배경으로 당장이라도 튀어나올 것 같은 효과를 주느라 과도하게 늘어진 꼬리를 달고 있는 그 인쇄물은 처음 듣는 신흥 종교를 선전하는 광고물 같았다.

다음날 조승구는 연쇄살인 사건의 범인이 누구인지 알고 싶은 마음을 간신히 억누르며 아침 일찍 광고물에 나와 있는 소위 '성전'의 주소를 찾아갔다. 지이 선배가 숫자가 아닌 다른 무엇, 가령 신흥 종교 같은 곳에 빠질 수 있을 거라는 생각은 전에 한번도 해보지 않았지만, 그에게서 거절당한 충격에 충동적으로 그런 걸지도 모르겠다는 생각이 들었다. 아니, 실은 그가 지이 선배에 대해 알고 있는 거라고는 한 인간을 조립하기에는 턱없이 부족했다. 예전부터 지이 선배가 그 신흥 종교의 광신자일 수도 있었다. 예컨대, 그 어떤 존재라도 될 수 있었다, 이제 와서 지이 선배는.

성전은 시 외곽에 있는 고급 주택가에 있었다. 잘못 찾아왔나 싶어 한참을 코앞에 두고 헤맸을 정도로 그 성전은 그가 성전에 대해 가지고 있는 이미지와는 너무 달랐다. 조악한 인쇄물에서 성전이라는 이름으로 불리던 그 건물은 널찍한 풀밭이 딸린 평수를 짐작하기 힘들 만큼 큰 부지를 차지하고 있는 가정집이었다. 높다란 담

벼락에는 곤충의 더듬이처럼 생긴 감시용 카메라 몇 대가 가느다란 모가지를 이리저리 돌리고 있었다. '천사가 강림하는 장면이라도 찍어두려는 걸까?' 귀에 거슬리는 소리를 내는 초인종을 누르자 바로 전날 지이 선배의 원룸에서 봤던 관리인이 똑같은 개를 끌고 나왔다. 확 낚아채고 싶은 마음이 들게 하는 그 별 모자를 그대로 쓰고 말이다.

"지이의 동생이라고 했던가?"

하고 그 늙은 관리인은 스스럼없이 그에게 물어왔다. 우연을 자연스레 받아들이도록 교육받지 못한 조승구는 그 늙은이가 원룸의 관리인이라는 건 혼자만의 억측일 수도 있겠다는 생각을 했다. '쌍둥이일 수도 있는 거잖아.' 하지만 그런 의심을 입 밖에 꺼내지 못하고 고개만 끄덕였다.

"오늘은 안 돼."

"……그 말은 내일은 된다는 뜻인가요?"

그 딴에는 제법 재치 있는 말이라고 생각했던 대답에 슬로비디오에서처럼 느릿느릿 늙은 관리인이 고개를 끄덕였다. 인중이 유난히 길어 보이던 그 늙은 관리인의 말이나 몸짓에는 거역하기 힘든 권위 같은 게 있었다. 지금 생각하면 어이없게도, 조승구는 정중하게 인사를 꾸벅하고는 그 성전을 싹싹하게 물러났다. 돌아오는 길에 그는 그 관리인이 처음부터 지이 선배가 성전에 있다고 알려줬어야 했다는 생각이 들었다. 하지만 한편으로 관리인이 '오늘은 안 돼'라고 말한 게 무슨 뜻인지, 단지 그곳에 들어갈 수 없다는 건지 아니면 지이 선배를 만날 수 없다는 건지 그저 단지 그와 얘기하는 게 오늘은 안 된다는 건지 아무것도 확실한 게 없다는 걸 깨달았다. 그렇게, 깨달음이란 늘 한 박자씩 늦었다, 그에게는.

　다음날 아침 일찍 조승구는 다시는 어리석게 굴지 않겠다고 다짐하며 그 성전을 찾았다. 개가 앞장을 서고 별 모자의 늙은 관리인이 뒤를 따르고 마지막으로 그가 그 기묘한 짝패를 따라 눈부시도록 밝은 성전의 연두색 잔디밭을 가로질렀다. 그는 기다란 복도를 한 번은 오른쪽으로 한 번은 왼쪽으로 두 번 꺾어서 왼쪽 벽에 있는 다섯 번째 문으로 안내되었다. 왠지 헨델처럼 자신의 발자취를 단단히 기억해 두지 않으면 안 될 것 같았다. "여기야."라는 짤막한 말을 남기고 노인과 개는 몸을 돌려 다시 느릿느릿 왔던 길을 되짚어 돌아가기 시작했다. 발목까지 파묻히는 푹신푹신한 녹색 카펫을 쳐다보며 그는 오늘은 뭐가 된다는 건지 늙은 관리인에게 물어보는 걸 잊었다는 걸 그제서야 떠올렸다.

　조승구는 관습적으로 방문을 손등으로 두 번 두드리고는 대답을 기다리지 않고 덜컥 그 방으로 들어갔다. 종교적인 장치라고는 전혀 찾아볼 수 없는 그 방엔 머리를 짧게 깎은 남자 하나가 중앙에 놓인 붉은색 탁자 위에 팔꿈치를 괴고 양손은 마치 기도하는 것처럼 깍지를 낀 채 앉아 있었다. 쌍꺼풀이 유난히 큰 앙상한 체격의 까까머리 남자였다. 지이 선배는 없었다. 붉은색 탁자와 같은 색 의자 두 개를 제외한다면 그 하얀색 방에는 아무런 가구도 없었다. 단지 그 남자의 등 뒤로 아주 커다란 그림 하나가, 백색과 흑색

두 가지 색 물감만을 이용해 그린 듯한 초상화 하나가 벽을 꽉 채우고 있었다. 초상화 속 흑백 남자는 나비넥타이에 레이스가 풍성하게 달린 실크 드레스셔츠를 입고 있었고, 두 손은 마치 '이거야' 하며 엄지와 중지를 튕겨 딱 하는 소리를 내려는 듯한 자세로 허공에 멈춰 있었다.

"뭘 원하지?"

변성기가 채 지나지 않은 듯한 날카로운 목소리가 방 안을 울렸다. 목소리 때문에 더 그런 건지 남자는 꽤 젊어 보였다.

"이름은?"

엉뚱하게 그런 말이 입 밖으로 나와 버렸다.

"막시모 아폰소. 발음이 쉽지 않지? 그게 내 이름이야."

'나와 비슷한 또래일까?' 조승구는 그 남자가 자신에게 자리에 앉으라고 권하지 않았다는 걸 똑똑히 의식하며 약간은 무례한 기세로 의자를 탁자 밑에서 꺼내 그와 마주보고 앉았다. 가까이서 보니 그는 바로 초상화 속 흑백 남자였다. 현실의, 목이 헐렁하게 늘어진 회색 면티 차림의 남자보다는 초상화 속 성장(盛裝)한 남자 쪽이 더 믿음직스러워 보였다. 조승구는 지이의 이름을 대며 그녀를 찾으러 이곳에 왔다고 했다.

"여기는 사람을 찾는 곳이 아니야."

"그럼 뭘 찾지, 여기선?"

자기 집이라고 해서 처음 보는 손님에게 다짜고짜 반말을 해도 된다면 그 역시 그대로 돌려주는 편이 좋겠다고 생각했다.

"나는 한낱 분석가일 뿐이야."

"뭘 분석하는데?"

"사람을. 그게 아니라면 뭘 분석하겠나?"

그렇게 말하고서는 뭐가 부끄러운지 그는 입을 가리고 웃기 시작했다. 눈매가 그 늙은 관리인을 닮은 것 같기도 했다.

"사람들은 여기 와서 내게 자신에 대해 이야기하지. 나는 몇 가지 질문들을 하며 그들의 이야기를 참을성 있게 다 들어주지. 그러고는 분석을 해줘. 그러면 그 대가로 그들이 내게 돈을 내지."

"나는 지불할 돈이 없는걸."

"괜찮아. 너는 젊고 또 귀엽기까지 하니까. 실은 몰려드는 늙은 아주머니들에게 나도 지쳤어."

그 남자의 예기치 못한 제안이 당황스럽기는 했지만, 조승구는 부서지기 직전이었다. 그는 절실히 그의 이야기를 들어줄 사람이 필요했다. 그는 '넌'의 연구소와 지이 선배와 부끄럽게도 매일 밤 지치지도 않고 지이 선배에게 사랑을 고백하던 그의 꿈들과 현실에서의 그의 고백과 그러자 사라져버린 그 악몽과 다시 그의 변덕과 또 선배의 실종과 여주인공이 '넌'으로 바뀐 그의 꿈에 대해 까까머리 남자에게, 난생 처음 보는 막시모 아폰소라는 남자에게, 초상화 속 화려한 복장을 벗고 하얀 방으로 뛰쳐나와 분석가라고 자처하던 그에게 다 말했다. 막시모 아폰소는 가끔 흐응, 오호 같은 뜻 없는 말을 조용히 곁들이며 그의 말을 진지하게 들어주었다.

"아주 재미있는 얘기였어. 특히 그 대목이 맘에 드는군 그래, 지이 선배한테 프러포즈하는 꿈을 나름대로 해석한 부분 말이야. 그러니까 자네는 그게, 좋아 자네가 했던 말을 그대로 옮겨볼게, 그러니까 자신 속에 있는 '진짜' 자신이 지이 선배를 욕망하고 있다, 그렇게 생각했다는 거지?"

"내가 그런 식으로 얘기했던가, 진짜 나라고? 무의식이라고 말하지 않구? 뭐라고 했던 간에 그런 게 바로 무의식이잖아. 당신이 진짜 분석가라면, 뭐 아마 그쪽은 자네가 더 잘 알겠지만."

"분석가인 건 맞지만, 난 무의식이 뭔지 몰라. 솔직히 말하자면 난 내 속에 그런 게 있다는 걸 믿을 수 없어"

그는 여전히 웃는 기색도 없이 그렇게 말했다. 조승구는 그게 농담이라고, 혹은 그의 지적 수준을 시험해 보기 위한 일종의 떠보기라고 생각했다.

"꿈이라는 게 그런 거 아닌가? 현실에서는 표출되지 않은 은밀한 욕망들이 무의식이라는 이름의 방죽을 흐르다가 작은 균열을 타고 새나오는 게 바로 꿈이잖아."

"그건 니 말이지. 내 말이 아니구. 그럼 뭐야? 처음엔 지이 선배를 은밀히 욕망했는데 이제는 니 늙다리 교수를 다시 욕망한다는 건가? 자네의 무의식도 참 유별난 놈이군 그래."

조승구는 놈이 그를 가지고 장난을 치려는 건지 그의 무의식을 모욕하려는 건지 아니면 그를 모욕하려는 건지 종잡을 수가 없었다.

"그게 바로 니가 할 일이잖아. 내가 꿈속에서 지이 선배나 '넌'에게 사랑을 고백한 행동이 무엇을 뜻하는지 해석하는 일 말이야.

나는 도저히 모르겠어, 그게 뭘 뜻하는지."

"나는 꿈의 내용을 해석하고 싶은 마음은 전혀 없어. 할 줄도 모르고 말이야. 하지만 난 꿈이란 놈에 대해서 좀 알지. 꿈이 자네에게 원하는 게 뭔 거 같나?"

"꿈에서 내가 평소에는 전혀 관심도 없던 여자에게 고백을 했다는 건……."

"아니, 다시 말하지만, 난 꿈의 내용에 대해선 전혀 관심이 없어."

까까머리는 면도 자국도 없이 말끔한 턱을 쓰다듬으며 자리에서 일어났다. 그는 매우 키가 큰 남자였다.

"꿈이 원하는 건 아주 간단해, 니가 꿈을 꿔주길 바라는 거야. 꿈을 꿀 수 있을 만큼 충분한 양의 수면을 원하는 거라구. 니가 하두 잠을 자지 않으니까 말도 안 되는 내용을 꿈속에서 틀어주면서 너를 놀라게 해 니 생활 리듬을 한번 흐뜨려 놓아 본 거라구. 그런데 그게 정확히 먹혀 들어간 거야. 한번 틀어줘 보니까 니가 잠을 자기 시작하거든. 그러니까 옳다구나 하구 매일 트는 거지 뭐. 지도 뭐 재미있겠어? 멋대가리 없는 여자들한테 고백하는 게? 그게 먹히니까 계속 하는 거지."

그렇게 간단해서는 안 될 것 같았지만, 밑져야 본전일 것 같았다. 믿어보고 싶었다.

"그럼, 어떻게 해야 하지?"

"다시 예전처럼, 암호 속으로 고개를 들이박고 최대한 잠을 자지 않는 거야. 한 일 주일 정도? 그러면 당연히 꿈을 꾸지 못하겠지. 그 다음에 어느 날 갑자기 8시간씩 자기 시작하는 거야. 이상한 꿈을 꾸지 않았는데도 니가 다시 충분한 시간을 자기 시작하면, 꿈도 그 변태적인 얘기를 니 꿈속에 굳이 틀어야 할 필요가 없다는 걸 깨닫게 될 거야. 다음에 혹시 또 그런 이상한 꿈을 꾸게 되면…… 꿈이 자신에게 좀 관심을 가져달라고 네게 어리광을 부리는 거라고 생각해. 너무 진지하게 받아들이지 말고. 꿈은 그런 놈이야. 그게 다라구.”

그러더니 놈은 양 손을 튕겨 딱 하는 소리를 냈다.

“자, 가봐. 한 번은 공짜지만 다음엔 돈을 내야 해.”

조승구는 눈부시도록 반짝대는 한낮의 연두색 잔디밭을 거슬러 올라가며 막시모 아폰소라는 놈이 지이 선배에게 어떤 얘기를 들려주었을지 궁금했다.

소풍

생이 꿈이라면, 여행은 꿈속의 꿈인 셈이다.

—유성용

나의 유년 시절, 한때 마치 질병처럼 내게 질기게 들러붙었던 꿈.

결코 오지 않을 것을 기다리다 기다리다 그만 지쳐, 돌아가신 아
버지와 마을의 언덕으로 소풍을 갔다. 어렵게 꺼낸 부탁이 너무나
도 간단히 받아들여졌기 때문에 나는, 더는 잘못될래야 잘못될 게
남아 있지 않은 처지에도 불구하고 공연히, 먹구름 잔뜩 낀 초여름
하늘을 닮은 불안을 내 마음속 어두운 다락방에서 은밀히 키웠다.
그러나 다행스럽게도 내 한심스러운 걱정과 달리 소풍날까지 아무
일도 일어나지 않았다. 소풍날은 날씨까지 좋았다. 묘지로 가는 언
덕의 능선에서 내내, 아버지는 아무 말도 없으셨다. 생전에 그러셨
던 것처럼, 잔솔가지 하나 꺾어 입에 비뚜로 물고 내 뒤에서 뒷짐
을 지고 발소리 나지 않게 걸어오셨다. 가끔 너무 조용해 돌아보면

176

흰 허리 한층 더 구부리고 아버지 나를 따라오고 계셨다. 비석 없는 묘지들 위로 햇살의 앙금이 나지막하게 가라앉고 있었다. 두려워하지 않아도 될 것이 두려워져, 허허한 조바심에 바지를 내리고 오줌을 누었다. 묘지가 있는 야트막한 언덕의 비탈에 등을 기대고 누워 낮잠을 잤다. 깨어보니 어둑어둑했다. 너무 어두워 움직일 엄두가 나지 않아 다시 잠을 청했다. 잠은 그렇게 청할 때마다 아무 곤란 없이 찾아와 주었다, 고맙게도. 그렇게, 계속 잤다. 깨어날 때마다 입안이 비릿했고, 깨어 있다는 사실이 기분이 썩 좋지 않아서 다시 잤다. 그렇게, 돌아가신 아버지를 잊고 계속 잤다.

아버지, 그렇게 쉬이 돌아가시지 않던 아버지.

언덕

우리는 자주 우리 자신이 원인을 기다리고 있는 결과들이라는 인상을 준다.

—파스칼 퀴냐르

그 잊혀지지 않는 꿈속에서 나는 언덕의 중간 어디쯤인가에서 사면(斜面)을 향해 구부정하게 허리를 숙이고 서 있었다. 따뜻한 바람이 언덕 아래서부터 위로 불어오고 있었다. 봄인 듯했다. 한눈에 들어오는 언덕의 사면은 온통 초록색 풀밭이었다. 손톱만큼 조그만 하얗고 노란 풀들이 점점이 흩어져 있었다.

그때 한 남자를 보았다. 그 남자는 거의 자기 키만한 둥그런 바윗돌을 굴리면서 언덕 위로 천천히 올라가고 있었다. 허리 위에는 아무것도 걸치지 않은 그 남자는 그다지 힘든 기색이 아니었다. 또 서두르고 있는 것 같지도 않았다. 남자는 저만치서 나와 눈이 한번 마주쳤는데 무슨 말을 하려는 것처럼 입을 벌렸다가는 곧 외면하며 다시 느릿느릿 바윗돌을 굴려 언덕을 올라가기 시작했다.

한참이 지난 후에야 나는 그 남자가 시지프스라는 걸 깨달았다.

그를 도와주어야 한다는 생각이 들었다. 하지만 언덕의 윗부분은 구름으로 가려져 있었고 그와 바윗돌은 벌써 구름 속으로 사라진 후였다. 절박한 마음으로 나는 축축하게 젖은 어린 풀들을 짓밟으며 언덕의 사면을 달려 올랐다.

꽤나 달렸는데도 그는 좀처럼 다시 내 시야에 나타나지 않았다. 나는 달리는 와중에 몇 가지 의문점들을 떠올렸다.

'왜 바위가 굴러 떨어지게 된 걸까? 이 정도 경사라면 그리 큰 힘을 들이지 않고도 손쉽게 바윗돌을 위로 옮길 수 있을 텐데 말이야. 쉬어야 한다면 작은 돌 같은 걸로 받쳐놓을 수도 있는 거고. 아직은 그런 기미가 없지만 올라가면 올라갈수록 경사가 더 급해지는 걸까? 아니면 언뜻 보면 바윗돌을 멈출 만한 편평한 곳이 보여 거기다 잠시 돌을 놓자마자 손쓸 틈도 없이 아래로 굴러내려 간 걸까? 그리고 시지프스의 숙제는 무엇일까? 돌을 언덕의 꼭대기까지 옮기는 것? 하면 언덕의 꼭대기에는 무엇이 있을까? 꼭대기는 뾰족할까? 거기다 돌을 내려놓을 수는 있는 걸까? 아니, 꼭대기란 게 있기는 한 걸까?'

꿈이 아니라면 결코 머릿속에 떠오를 것 같지 않은 두서없는 질문들을 되씹고 있는데 저 멀리 시지프스의 뒷모습이 보였다. 나는 숨을 몇 차례 고르고 빠른 걸음으로 그에게 다가갔다.

"왜 바윗돌이 다시 아래로 굴러 내려가게 된 거죠?"

그는 고개를 숙이고 한숨을 푹 내쉬더니 쌀쌀맞게 내게 되물었다.

"누가 그딴 말을 해요?"

"사람들이⋯⋯."

"그런 말을 믿어요?"

그는 내게 말을 하는 도중에도 발걸음을 멈추지 않았다. 꿈속의 나는 퍽이나 무안했지만 용기를 짜내어 내가 정말 알고 싶었던 것을 다시 물었다.

"저 위엔 뭐가 있죠? 꼭대기가 정말 있나요?"

"그렇게 궁금하면 당신이 올라가 보면 어때요? 바쁜 사람 괴롭히지 말고."

나는 뭐라 대답할 말을 찾지 못하고 발걸음을 멈추었고, 그러거나 말거나 그는 쉬엄쉬엄 바위를 굴리며 점점 짙어지는 안개 속으로 한발 한발 빠져 들어갔다.

'개자식. 이건 도저히 참을 수가 없는 모욕이야. 저딴 자식을 그냥 내버려둘 순 없어.'

그가 안개 속으로 완전히 사라지기 직전 나는 발소리를 죽여 달리기 시작했다.

'놈의 코를 납작하게 해주겠어.'

꿈속의 나는 그제서야 내가 뭘 하려는 건지 알아챘다. 놈을 넘어뜨리고 바윗돌을 언덕 아래로 굴려 보내는 것. 발소리를 들키지 않으려고 나는 필사적이었다.

표절 Ⅸ

모든 부주의는 고의적인 것이고 모든 우연은 미리 약속된 것이고.

—호르헤 루이스 보르헤스

나는 소설가란 직업이 꽤나 특별한 직업이라고 생각했다. 무엇보다 회사원이나 자영업자 혹은 비행기 승무원보다는 수가 훨씬 적을 테니까. 그래서 더더욱 백 년에 한번 날까 말까 한 천재 프로그래머이자 내 친구인 승구에게서 그가 개인적으로 잘 알고 있는 소설가가 나 말고도 또 있다는 얘기를 들었을 때 나는 무척이나 놀랐다. 게다가 승구가 알고 지내는 또 하나의 소설가 친구가 바로 차인형이라니! 이런 우연이라니!

미리 밝혀두지만 나는 '우연'에 대해 알레르기가 있다. 꽃가루나 고양이 털이나 개벼룩이 아니라 우연에 대해 말이다. 해서 나는 그 우연으로 시작하는 승구의 이야기, 또 하나의 소설가 친구 차인형에 대한 이야기가 처음부터 맘에 들지 않았다.

하지만 내 고질적인 알레르기에도 불구하고 승구의 얘기는 참으로 묘하게 사람을 잡아당기는 구석이 있었다. 우연을 믿는 게 유일신을 믿는 것과 다를 바 없는 어리석은 행위란 걸 믿는다고 해도 말이다.

각설하고, 여기 승구가 내게 해주었던 이야기를 그대로 옮겨 본다.

내게는 다양한 직업을 가진 친구들이 있다. 개중에는 글을 써서 입에 풀칠을 하는 자도 몇 있으니, 그중 하나가 바로 소설가 차인형이란 놈이다. (그러니까 승구에게는 두 명의 소설가 친구가 있는 셈이다. 나와 차인형.) 나와 놈은 한 달에 한 번 꼴로 만나 술잔을 기울이고 일 년에 한 번쯤은 계획 없이 훌쩍 여행을 떠나기도 하는 그런 사이다. 소설가야 본래부터 평범치 않은 성질머리를 창자 속에 감추고 나온 족속이라고들 하지만, 놈한테는 유독 별난 구석이 있으니, 자신이 꾼 꿈만을 가지고 소설을 쓴다고 동네방네 떠들고 다니는 거다. 여행을 한 내용만을 가지고 글을 쓴다든가, 머릿속에서 뽑아낸 철학적인 단상만으로 글을 쓴다든가, 철저히 자기가 겪었던 사적인 일들만으로 글을 쓴다고 하면, 뭐 그런가 보다 하고 고개를 끄덕거릴 법도 하지만, 자신이 꿨던 꿈만을 가지고 글을 쓴다니 그야말로 지나가던 뜨내기 국산 문학청년도 걸음을 멈추고 코웃음을 칠 일이 아닐 수 없다.

그런 사정에도 불구하고, 아니 어쩌면 '일관성'이란 개념 없는 말로 포장된 놈의 똥고집 덕택에 놈은 일용할 최소한의 독자를 확보하게 되었다. 도저히 한 작가가 썼다고는 믿겨지지 않는 다양한 형식의 단편들을 한데 묶은 그의 첫 번째 단편집『마루가 꺼진 은신처』는 그 기괴하고 조금은 잔인한 내용들 때문에 나의 눈살을 찌푸리게 만들었지만 평론가들의 별난 후각기관을 자극하는 데는 성공했던 것이다. 게다가 거기에 실린 9개의 단편이 모두 놈의 꿈에서 얻은 모티프로부터 자라난 식물이라는 그의 인터뷰도 신화 없이는 지갑을 열지 않는 사이비-고급 독자들의 구미를 당겼는지 모르겠다. (승구는 모르겠지만 사이비-고급 독자라는 새로운 계급에 속하는 나에게는 그럭저럭 괜찮았다. 물론 자신의 꿈으로만 소설을 썼다는 말은 믿지 않았지만)

『노예, 틈입자, 파괴자』라는 놈의 두 번째 책은 거의 뜻도 통하지 않는 짤막한 꿈들을—가장 긴 꿈, 아니 글이래 봤자 7페이지이고, 나머지는 대부분 2~3페이지에 불과한 극도로 짧은 토막글들인—놈이 세운 알 수 없는 기준에 맞춰 각각 노예, 틈입자, 그리고 파괴자라는 이름의 장(章) 안에 분류해 놓은 역시 평범하지 않은 엽편소설집으로 전작보다 조금 더 많은 통장 잔고를 놈에게 선물했다고 한다.

하지만 나는 놈의 말을, 꿈을 꾼 내용만을 가지고 글을 쓴다는 놈의 말을 곧이곧대로 듣지 않았다. (승구의 이런 점을 나는 높이 평가한다. 친구는 친구고, 친구의 거짓말은 친구의 거짓말인 것이다) 어차피 소설가야 '구라'로 먹고 사는 자들이 아닌가! 하지만 무지한 혹은 순진한 혹은 신화에 굶주렸던 대중들은 놈의 말을 문자 그대로 믿는 것 같았다, 어리석게도. 놈이『눈먼 수영선수』라는 원고지

2000매짜리 장편을, 역시 꿈이 이끄는 대로만 써 나가기로 했다고 영동 할매곱창집에서 내게 말했을 때 나는 막창 기름에 번들거리는 놈의 얼굴에 들고 있던 소주를 확 끼얹어주고 싶은 심정이었다. '적당히 해라, 적당히.'와 같은 적절한 후렴구와 함께. 하지만 놈의 몸무게는 거의 나의 두 배다. 솔직히 내 마누라라도 건드리지 않는 한 폭력에 호소할 생각은 없다. 어쨌든 나는 이번에는 좀 심하다고, 가도 너무 멀리, 삼천포보다도 더 멀리 간 것 같다고 생각했고, 그래서 평론가나 시장의 호응과는 상관없이 놈의 첫 번째 장편인 『눈먼 수영선수』를 읽지 않기로 결심했다.

'꿈으로만 직조된 환상적인 장편'이라는 낯뜨겁고 호들갑스러운 광고 카피가 심심찮게 일간지 하단에 등장할 즈음, 그 사건이 터졌다. 놈의 『눈먼 수영선수』가 중견 소설가 이모씨(李某氏)가 아직은 철저히 무명이던 시절에 발표했던 『Rapid Hope, 急行希望』이라는 소설의 줄거리를 고대로 베꼈다는 의혹이 빵 터진 것이었다. 역시 덩치라면 놈에게 질 생각이 없던 이모씨는 기자회견장에서 연신 안경을 벗고 붉은색 손수건으로 땀을 닦으며 이런 기만적인 행위는 자신은 용서할 수 있어도 독자들로부터는 결코 용서받을 수 없을 거라고 차분한 목소리로 말했다. "이런 개 같은 일이 있나!" TV를 보던 나는 나도 모르게 불끈 쥔 주먹으로 바닥을 내리치며 소리를 질렀다. 그렇지 않아도 『기억의 원점, 키브라』라는 최근작으로 언론의 스포트라이트를 한몸에 받고 있던 잘 나가는 작가 이모씨는 우리에게는 일종의 공적(公敵)이었다. 나도 또 놈도 그 덩치 큰 안경잽이의 작품이 싫었다. 어디가 어떻게 싫은지 설명해 보라면 버벅대지 않고 줄줄 읊을 자신은 없지만, 그의 소설에 달린 보이지 않는 손가락이 가령 우리가 공통적으로 가지고 있는 DNA 염기서열 어딘가에 위치한 '혐오'라는 이름의 스위치를 누르는 것만 같았다. (이런 승구의 표현을 보면 작가질을 해야 할 사람은 나나 차인형이 아니라 승구인 것 같다.) 그런 작가의 작품을 베끼다니, 도저히 있을 수 없는, 믿을 수 없는 일이었다. 하지만 놈을 옹호하는 평론가가 하나도 없는 걸 보면 그 표절 의혹이 사실일 확률은 꽤나 높아 보였다. '자신의 꿈이 아니라 남의 소설을 꿈꾸던 한 거짓말쟁이 이카루스의 추락'이라는 빈정 확 상하는 제목을 월간지 표지에서 보았을 때, 나는 당장 놈을 찾아가 멱살잡이라도 하고 싶은 심정이었다. 하지만 나는 놈을 마주할 용기가 나지 않았고, 그건 놈도 마찬가지인 듯했다.

그렇게 우리 사이의 연락이라는 게 실종된 어느 날, 놈으로부터 편지 한 장이 왔다, 불쑥. 놈이 좋아하는 폰트 8 이하의 작은 글씨가 하얀 종이 위에 빽빽이 인쇄된 그 편지. 나는 쿵쾅거리는 심장을 꿀꺽 삼키며 놈의 편지를 읽기 시작했다.

믿기 힘들 거야 이 모든 걸. 난 알아, 내가 온전히 꿈을 꾼 것만으로 글을 쓴다고 했을 때, 너는 내 말을 믿지 않았지. 이런 사건이 터지고 보니 믿지 않길 잘했구나, 하겠지. 그러고 보니 지독한 배신감에 시달릴지도 모르겠구나. 게다가 하필 그 이모군(李某君)이라니!

그 쎄고 쎈 글쟁이들 중에서 하필 그놈이라니, 그런 생각도 하겠지. 그렇게 입에 거품을 물고 욕을 해댔던 놈의 글을 내 친구 차인형이 베꼈다니. 이런 찢어 죽여도 시원찮을 놈의 새끼가 있나, 그런 심정이겠지.

믿음을 구걸하진 않겠어. 내가 바라는 건, 간단해. 그저 이 편지를 찢지 않고 끝까지 읽어봐 달라는 거. 그 후에 니가 어떤 판단을 내리건 그건 내가 이래라 저래라 할 수 없는 거구. 그냥 한번 더 속는 셈 치고 끝까지 읽어봐 주라.

미안하지만, 나는 아직도 내가 내 꿈에서 보았던 것만 가지고 글을 썼다는 내 주장을 철회할 계획이 없어. 그건 사실이니까. 그럼 표절은 어떻게 된 거냐고? 나는 그 새끼가 『Rapid Hope』인가 뭔가 하는 작품을 썼다는 것도 몰랐어. 신문에 난 걸 보고 하도 기가 막혀서 비로소 찾아 읽어봤지. 맞아, 표절이더라구. 정말 빠져나갈 때가 없더구먼. 미치겠는데, 정말 똑같더라구. 몇 번이나 초판 발행일을 살폈는데, 그건 내가 『눈먼 수영선수』를 쓰기 아주 오래전의 일이었어. TV에서 기자회견장에 나온 그 새낄 봤지. 흥분도 하나도 안 하고, 조근조근 말하는 거 너도 봤겠지. 씨발, 『급행희망』인지 뭔지를 보고 나니까 존경스럽기까지 하더라, 놈의 인내심이. 너도 그 얘길 듣고는 정말 어이가 없었을 거야. 우리가 놈 뒷다마를 좀 많이 깠냐. 니가 그런 말을 했었냐, 내가 그런 말을 했었냐? 예술가란 모름지기 후세에 가서야 비로소 충족될 수 있는 욕구를 창조하는 게 그 사명이라 하겠는데, 그 새끼는 그저 딱 이 더러운 시대가 걸어가는 속도와 맞춰서 걸어간다고. 시대를 앞서가는 일은 졸라 어려운 일이고, 다음으로 시대에 뒤떨어지는 일 역시 비교적 힘든 일이지만, 이 비열한 시대와 발맞춰 가는 건 자신의 흉곽 속에서 콩닥대고 있는 양심을 잠시 꺼두기만 한다면 아무것도 아닌 일이라고. 그런 얘기를 떠올리니 내 얼굴이 다 화끈거리더라. 그래도 어쩌겠니? 나는 기억이 안 나는데. 아무리 머리를 쥐어뜯어도 그런 재수 없는 제목의──그 새끼 꼭 영어나 국적 모를 외래어를 지 소설 제목에 집어넣고 지랄이지. 아이돌 그룹의 노래 제목처럼 말이야──소설을 읽은 기억이 안 나는데. 정말 환장하겠더라.

그러던 어느 날 꿈을 꿨지. 꿈에서 나는 내가 예전에 살았던 A시 외곽 어느 한적한 길을 걷고 있었어. 어느새 아파트가 사라지고 숲이 나왔지. 어둑어둑해지는 숲길을 걸어가다가 나는 몸에 쫙 달라붙는 검정색 전신 수영복을 입고 있는 한 남자를 만났어. 처음 보는 얼굴의 그 남자는 어울리지 않는 수영복 차림으로 나무 그루터기에 쭈그리고 앉아 흙 바닥에 내려놓은 타자기를 열심히 두드리고 있었어. 그때 문득 난 알아챘지, 그 사람이 누군지. 내 꿈, 내 글의 모든 근원인 꿈을 만들어내는 검은 기계공이었어. 쌍욕이 튀어나오려는 걸 가까스로 참고선 놈한테 말을 걸었지.

"뭘 쓰고 있는 거지?"

"뭘 쓰겠나? 니 다음 소설이지."

"니가 뭔 짓을 한지 알고서도 그런 한가한 얘길 씨부리는 거야?"

나는 열불이 터져 화를 버럭 냈지만, 놈은 엉덩이 한 번 들썩하지 않고 나무 그루터기에 앉아 계속 글을 써내려 가더라구.

"잠깐만, 사람이 왔으면 눈이라도 맞추어야 할 게 아니야. 여길 좀 봐, 나하고 얘기 좀 하자."

놈은 느릿느릿 고개를 돌려 나를 한 번 쳐다보더니 다시 타자기 쪽으로 눈길을 돌리더라구. 처음 보는 상판대기였어.

"좋아, 하지만 너도 알다시피 나는 좀 바쁘니까, 빨리 끝내줬으면 좋겠어."

"알아, 알겠다구. 그래 하나만 묻자. 왜 그런 짓을 했지?"

놈은 새 종이를 타자기에 물리면서 심드렁하게 대답했지.

"뭘?"

"표절 말야. 왜 하필 내가 졸라 싫어하는 새끼의 글을 베낀 거지? 왜 내 꿈에서 그딴 짓을 해서 내가 씨발, 그런 글을 쓰게 한 거냐고. 내가 그것 때문에 얼마나 곤란한 지경에 빠졌는지 알기나 해? 너도 대가리라는 게 있으면 생각을 해봐. 내가 여기서 나가서 사람들한테 그걸 베낀 건 내가 아니고, 내 꿈속에 살고 있는 쫄쫄이 수영복을 입은 검은 기계공이 한 짓이오, 하고 말하면 사람들이 아, 그랬구나, 하고 넙죽 믿겠냐고."

"딴 사람들이 어떻게 말하는지는 내 알 바가 아니야…… 너는 어땠는데?"

"뭐가?"

"그 소설 말이야,『눈먼 수영선수』."

나는 갑자기 말문이 막혔어.

"너도 써놓고서 좋아했잖아, 그지? 재밌었지? 괜찮았지? 아직 모르겠나, 내가 왜 그딴 짓을 한 건지? 난 너한테 하나의 사실을 알려주고 싶었을 뿐이야. 잘 들어, 넌 그 작가를 싫어하지 않아. 그 뻔한 사실을 너만 모르더라구. 그래서 알려준 것뿐이야."

그러고는 계속 쓰더라구, 그러면서 한 마디 덧붙였지.

"걱정하지 마, 이건 내, 아니 니 오리지널이니까."

이게 다야. 재미있지? 신기하지? 근데, 이 신기한 얘기는 우리 둘만 알고 지내자구. 나는 이제 다음 소설『귀여운 성난 고양이』를 쓰고 있어. 늘 하던 대로 내 꿈속 검은 기계공이 시키는 대로 충실하게 말이지. 발표할 생각은 없구, 하기는 생각이 있어도 이젠 힘들겠구나. 끝나면 너한텐 보내주마, 니가 괜찮다고만 하면. 잘 지내.

재미있는 깨달음을 꿈속의 검은 기계공으로부터 얻은──애석하게도 조금 늦기는 했지만──너의 불운한 친구로부터.

그리고 나는 지금 차인형의 네 번째 작품인, 아니 검정색 전신수영복 사나이의 네 번째 작품인『귀여운 성난 고양이』를 읽고 있다, 세상의 단 하나뿐인 독자가 되어. (난 승구에게 그 소설을 보여 달라고 했지만 그는 차인형의 허락을 받지 못했다는 이유로 거절했다.) 여전히 간결하게 다물어지지 못하고 대책 없이 확장되고 펼쳐지는 스타일이 내 취향과 거리가 멀기는 하지만, 그래도 놈의 책이 아니면 맛볼 수 없는 독특한 냄새가 배어 있는 흥미로운 작품이다. 별 세 개 정도는 줄 수 있는.

아, 그리고 그전에 차인형의 세 번째 작품 『눈먼 수영선수』를 읽었다. 좀 늦기는 했지만 놈의 편지를 읽고 나니 꼭 봐야겠다는 생각이 들었다.

하하하, 그건 기꺼이 별 네 개 이상을 던질 수 있는, 지금까지 읽었던 놈의 글 중 단연 최고였다. 앞으로는 DNA를 들먹이기 전에 한 번 더 살펴봐야겠다는 생각이 들었다. 하지만 여전히 이모씨의 소설은, 도서관에서 빌려서라도 손에 들고 싶은 맘이 나지 않는다.

기회가 된다면 꼭 한 번 그 검정색 전신 수영복 사나이를 만나보고 싶다.

"그러니까, 그 이모씨가 바로 나란 거네."

"그런 셈이지."

승구가 내게 그 얘기를 들려준 어느 오후 하늘은 온통 옅은 벽돌 빛이었고 우리는 '엔트로피'란 카페의 푹신한 소파에 나란히 앉아 있었다. 승구는 물담배를 피고 있었고 나는 대추야자술을 병째 들고 조금씩 들이키고 있었다. 물론 나는 그 사건을 똑똑히 기억하고 있었다. 차인형의 소설을 출판했던 그쪽 출판사에서 『눈먼 수영선수』를 대대적으로 회수하기 전에 사서 읽기까지 했으니. 그건 내 첫 번째 소설 『Rapid Hope, 急行希望』과 정말 똑같았다. 변명의 여지가 없었다.

"그럼 뭐야, 아직도 내 『기억의 원점, 키브라』를 읽지 않았단 말이야?"

"아니. 그 후에 읽었어. 그랬던 것 같애. 그게 기억상실증자들이 잔뜩 나오는 소설이지?"

"정확히 12인이야."

승구는 소파에 몸을 푹 파묻고서는 다시 한 번 물담배 연기를 뿜어냈다.

"그 다음에 차인형은 어떻게 됐어?"

"비밀."

그렇다. 친구는 친구고 친구의 비밀은 친구의 비밀인 거다.

최후의 도시, 페린치아

옛날옛적에 엄청난 부자가 된 천재 과학자가 있었다. 그는 사람들이 원하는 꿈을 맘대로 꿀 수 있도록 프로그래밍할 수 있는 시스템을 발명하여 하루아침에 어마어마한 돈을 벌었다. 그의 발명은 컴퓨터 공학을 인간의 꿈이라는 미지의 왕국으로 초대한 첫 번째 도전으로 기록되었고, 그 모든 기술의 독점 권리를 획득한 그 또한 꿈의 군주라는 영예로운 별칭을 얻게 되었다.

그는 한 국가의 일 년치 예산에 맞먹는 돈을 번 후에도 꿈에 대한 연구를 게을리하지 않아, 마침내 한 인간이 평생에 걸쳐 꾸었던 꿈을 추출하고 저장하고 더 나아가 재생까지 할 수 있는 획기적인 영상 시스템을 개발하는 데 성공했다. 꿈의 군주가 설립한 '기적의 바퀴'라는 회사의 최고이사회는 이 기술을 세상에 내놓기 전 신체적 혹은 심리적 부작용에 대한 면밀한 임상실험을 진행하기로 결정했는데, 꿈의 군주는 본인이 직접 그것도 혼자서 임상실험을 받겠다고 선언해 주위를 놀라게 했다. 주위 사람들이 모두 입을 모아 말렸지만, 그는 군주답게 자신의 결정을 뒤집으려고 하지 않았다.

DA-II(Dream Abstracter-II)라는 공식적인 명칭 대신 '드라큘라'라는 끔찍한 별명으로 더 자주 불렸던 이 기적적인 기계는 드디어 꿈의 군주가 꾸었던 평생의 꿈을 추출하고 저장하는 데 성공했다. 그 모든 과정은 매우 순조로워서 마침 55번째 생일을 맞게 된 꿈의 군주는 그 추출 과정이 끝나자마자 사람들의 만류에도 불구하고 쌀쌀한 옥외 풀장에 뛰어들어 쉬지 않고 10바퀴를 도는 노익장을 과시하며 그 추출 과정이 자신의 육체에 그 어떤 위해도 끼치지 않았음을 몸소 증명했다.

그렇지만 아직 모든 과정이 끝난 것은 아니었다, '재생'이라는 과정이 남아 있었다. 꿈의 군주의 최측근 심복이자 '기적의 바퀴' 수석연구원이었던 안성철 씨는 개발 초기 단계부터 추출 작업이 '사람이 처음부터 기억하지 못했던 꿈들'을 포함해서는 안 된다고 주장했다.

"처음부터 기억하지 못했던 건 기억하지 못하는 대로 내버려둬야 합니다."

"왜? 드라큘라는 이미 기억의 한계를 넘지 않았는가? 그게 가능하다는 건 자네가 나보다 더 잘 알 텐데."

"가능하냐 가능하지 않냐의 문제를 말씀드리는 게 아닙니다. 자신이 기억하지 못하는 것과 마주친다면…… 어쩌면 인간은……."

그러나 꿈의 군주는 고집을 꺾지 않았다. 일단 자신이 '재생' 과정을 모두 경험해 본 후 만에 하나 그것이 안성철 씨의 우려처럼 나쁜 결과를 낳는다면 추출 범위에 제한을 두도록 시스템을 차후에 손보는 것으로 논란을 마무리 지으려 했다. 꿈의 군주는 온몸을 돛대에 결박한 채 반인반조(伴人半鳥)의 요정 사이렌의 노래를 들었던 오디세이와 자기 자신을 혼동하고 있었다.

꿈의 군주는 그 역사적인 '재생' 실험을 거창하고 화려하게 진행시키고 싶어했다. 그래서 그는 당대를 떠들썩하게 했던 괴짜 건축가 안도 세이지(安藤靑司)를 극비리에 초빙하여 자신에게서 추출한 꿈들을 저장하고 또 재생할 일종의 '꿈의 도서관'을 짓기로 결정했다. 만리장성이라도 다시 지을 수 있을 법한 천문학적인 예산에 천재 건축가 세이지는 까다로운 건축주의 제안을 받아들이기로 결정했다. 꿈의 군주가 자신에게 보낸 열 개의 요구 사항을 검토한 후 세이지는,

"이 십계명만 지키면 내가 어떤 악마를 지상으로 불러와도 괜찮다 이거군."

하고 말했다고도 전해진다. 아래가 세이지가 십계명이라고 불렀던 꿈의 군주의 열 가지 요구 사항이다.

1. 꿈의 도서관을 독립적이고 완전히 분리된 13개의 미니도서관으로 (앞으로 '도시'라고 부른다) 나눈다.
2. 각각의 도시엔 5년 단위로 나눈 내 꿈들을 보관한다.

ㅣ 11개의 도시는 각각 0~5세, 5~10세, 10~15세, ……
50~55세까지 꾸었던 꿈들을 개별적으로 보관한다.

ㅣ 12번째 도시는 아직 꾸지 않은 꿈들을 저장할 일종의 예비 공
간으로 비워둔다.

ㅣ 13번째 최후의 도시는 꿈을 꾼 연령과는 상관없이 내가 처음
부터 전혀 기억하지 못했던 꿈들을 저장하는 공간으로 활용한다.

3. 각각의 도시들은 복도처럼 생긴, 역시 외부로부터 차단된 통로
로 연결되어 있어야 한다. 구체적인 연결 방식이나 통로의 구조, 그
배열이나 한 공간에 연결된 통로의 개수, 길이 등은 건축가의 재량
에 맡긴다.

4. 각각의 도시는 최대한 채광 면적을 줄인 폐쇄적인 공간으로 만
든다.

5. 각각의 도시에는 이탈로 칼비노(Italo Calvino)의 소설 『보이지
않는 도시들(Le citta invisibili)』에 나오는 도시들의 이름 중 하나를
부여하도록 한다. 건축가가 명명(命名)의 권한을 갖되, 도시의 이름
은 각각의 연령대와 상징적으로 잘 어울려야 한다.

6. 각각의 도시는 그 이름에 어울리는 화려한 스테인드글라스로
치장되어 있어야 한다.

7. 각각의 도시 내부에는 꿈의 저장 매체를 보관할 서가와, 책상,
간단한 필기구, 담뱃갑과 재떨이, 침식과 세면, 생리 문제 등을 해결
할 수 있는 최소한의 설비, 그리고 저장 매체를 여하히 재생할 수 있
는 시스템을 갖춘다.

8. 부지의 선정 역시 건축가의 재량에 맡기되, 호수든 강이든 바다든 바다에 물이 깔려 있는 곳이어야 한다.

9. 시작과 끝을 갖느냐 갖지 않느냐는 건축가가 결정한다.

10. 이 밖에 모든 기술되지 않은 내용은 합의된 예산 내에서 건축가가 결정한다.

잊혀진 꿈들만 모아둔 13번째 최후의 도시를 따로 만들자는 아이디어를 낸 건 '처음부터 기억하지 못했던 꿈들'을 본인에게 보여주는 일이 끔찍한 결과를 낳을 수도 있다고 경고했던 수석 연구원 안성철 씨였다. 안성철 씨는 '처음부터 기억하지 못했던 꿈들'을 보고자 한다면, 다른 모든 꿈들을 전부 재생시켜 본 후 마지막에 보는 편이 그나마 안전할 거라고 충고했고, 꿈의 군주도 그 의견을 받아들여 자신의 십계명에 포함시켰다.

6개월의 공사 끝에, 13개의 독립적인 도시로 이루어진 꿈의 도서관이 완공되었다. 안성철 씨와 꿈의 군주는 광대한 자연 늪지 위에 떠 있는 그 거대한 도시들의 위용에 넋을 잃고 말았다. 꿈의 군주는 너무 흡족한 나머지 첫 번째 도시 '조에'로 향하는 모터보트 위에서 어린아이처럼 깡총깡총 뛰어대다가 하마터면 늪지로 빠질 뻔하기도 했다.

각각의 도시는, 그 꼭대기 쪽만 언뜻 보면 중세 시대의 원형 첨탑처럼 보였지만 그 아랫부분은 혁신적이고도 현대적인 디자인으로 중무장하고 있었다. 붉은 뾰족지붕 아래로는 통로를 제외한 외벽의 대부분이 대담하게도 스테인드글라스로 만들어졌으며, 반짝거리는 은회색 금속으로 마감되어 있는 도시의 바닥 부분은 깔때기 혹은 꽃봉오리를 연상시키는 방식으로 점점 좁아지다 늪 위에 세워진 강철 기둥과 이음새 없이 부드럽게 연결되었다. 멀리서 보면 꽃봉오리의 줄기처럼 보이는 은빛 강철 기둥들은 그 높이가 죄 달라서 어떤 도시들은 대략 4~5층 높이에 떠 있는가 하면 어떤 도시는 그 아랫부분이 물에 잠겨 있기도 했다. 그리고 각각의 도시들은 안이 훤히 들여다보이는 투명한 유리 통로로 불규칙하게 연결되어 있었다. 꿈의 군주는 가까스로 입을 열어 자신을 압도하는 광경을 몇 마디로 요약하려 했다.

"이것들은…… 뭐랄까, 이 도시들은…… 마치 늪 위에 떠 있는 키 다른 13개의 꽃봉오리 같군. 그리고 통로들은……. 꿈들 위에 내려앉은 거미줄 같구 말이야."

세이지는 늪지 위로 느닷없이 솟아오른 도시들의 이름을, 『보이지 않는 도시들』에서 유래한 각각의 도시 이름을 일일이 꿈의 군주와 안성철 씨에게 설명해 주었다.

"0세부터 5세까지의 꿈들을 보관하고 있는 도시의 이름은 '조에'입니다. 아무런 기호가 없어서 도시의 각 부분들을 전혀 구분할 수 없는 혼란스러운 도시죠. 기호가 존재하지 않는 0세부터 5세까지의 세상과 꼭 닮았다고 할 수 있겠습니다. 5세부터 10세까지의 꿈들을 보관하고 있는 곳은 '바우치'라는 도시입니다. 13개의 도시들 중 가장 높은 도시로 13미터짜리 기둥 위에 얹혀져 있습니다.

소설 속 바우치는 구름 속으로 사라지는 높은 기둥에 살며 아래로 내려오지 않는, 거기서 지상을 관찰하며 자신의 부재를 즐기는 사람들이 모여 사는 곳으로 묘사되어 있습니다. 이 나이가 되어야 아이들은 비로소 자신의 부재, 자신의 외부에 엄연히 존재하고 있는 독립적인 세상을 인식하게 되죠. 10세부터 15세까지의 꿈들을 보관하고 있는 도시는 '에스메랄다'라고 부릅니다. 여섯 개라는 가장 많은 투명 통로와 연결된 도시로, 소설 속에서도 헤아릴 수 없는 수많은 육로와 수로로 뒤덮인 물의 도시로 소개되어 있습니다. 15세부터 20세까지의 꿈들을 보관하고 있는 도시의 이름은 '조베이데'로, 알몸으로 달리는 아름다운 여자가 나오는 동일한 내용의 꿈을 꾼 사람들이 모여 지은 도시죠. 사람들은 이 도시로 모여와 꿈속에 나온 알몸의 여자가 달아나지 못하도록 더 복잡한 계단과 더 높은 담을 건설합니다. 하얀 달과 벌거벗은 여인의 모습이 돋보이는, 특히나 아름다운 스테인드글라스를 갖고 있는 도시입니다. 라파엘 전파(前派) 풍을 완벽하게 재현해 낸 걸작이라 할 수 있습니다. 20세부터 25세까지의 꿈들을 보관하고 있는 도시의 이름은 '이사우라'입니다. 수천 개의 샘으로 이루어진 도시입니다. 이 도시에 도착한 사람들은 성(性)이란 이름의 샘에서 결코 빠져나오지 못하죠. 보시는 것처럼 이 도시의 아랫부분은 늪에 잠겨 있습니다. 25세부터 30세까지의 꿈들을 보관하고 있는 도시의 이름은 '테클라'입니다. 언제나 파괴가 끊이지 않는 이 도시는 별들의 운행을 청사진으로 해서 도시가 존재하는 동안 내내 공사 중인 한 번도 완성된 적 없는,

그저 파괴를 위해 존재하는 도시입니다. 이상을 머리 위에 지고 파괴를 일삼는 이 도시의 다락방에는 별을 바라볼 수 있도록 작은 채광창과 천체망원경을 설치해 두었습니다. 30세부터 35세까지의 꿈들을 보관하고 있는 도시는 '아나스타시아'라는 이름을 가지고 있습니다. 모든 욕망들이 비로소 여무는, 비로소 완전해지는 시기죠. 나중에 들어가 보시면 아시겠지만 이 도시는 귀하고 화려한 재료로 그 내부가 꾸며져 있습니다. 그중에서도 커다란 줄마노 원석을 통으로 가공해서 만든 욕조는 이 도시의 끝없는 욕망을 상징합니다. 35세부터 40세까지의 꿈들을 보관하고 있는 도시는 '옥타비아'라고 합니다. 낭떠러지 위에 걸려 있는 그물에 매달린 거미집 같은 도시입니다. 이 나이가 되어야 사람들은 자신의 존재가 비로소 얼마나 가느다란 줄에 의지해 왔는지를 알게 됩니다. 동시에 그 가느다란 줄이 얼마나 질긴지도 알게 되죠. 이 도시에는 침대 대신 마닐라 삼을 꼬아 만든 해먹을 설치해 두었습니다. 40세부터 45세까지의 꿈들을 보관하고 있는 도시는 바로 '페도라'입니다.『보이지 않는 도시들』을 보면 이 도시 중앙에 있는 금속 건물의 각 방엔 유리로 된 공이 하나씩 있고 그 안에 바로 그 도시의 모형이 들어 있다고 합니다. 40을 넘어야 사람들은 비로소 자신이 살아온 삶을 반추하고 그걸 하나의 모형으로 바꿀 수 있는 법이죠. 이 도시의 책상 위에는 이 도시의 조감도를 담은 매우 아름다운 지도가 있습니다. 최고의 지도제작자인 한창림이 직접 만든 세상에 단 하나밖에 없는 수제품입니다. 45세부터 50세까지의 꿈들을 보관하고 있는 도시는 '아르지아'입니다. 공기가 있어야 할 자리를 흙이 메우고 있는 반(半)죽음의 도시죠. 이 도시 역시 '이사우라'처럼 진흙탕 속에 반 이상 잠겨 있습니다. 이 도시의 내부는 흙벽으로 되어 있으며 13개의 도시 중 가장 어두운 도시이기도 하죠. 50세부터 55세까지의 꿈들을 보관하고 있는 곳은 '이시도라'라고 하는 도시로 욕망이 추억으로 변해 버린, 욕망이 기억과 더불어 낙엽처럼 스러지기 시작하는 도시입니다. 가장 검소하고 투박한 스테인드글라스를 가지고 있습니다. 그리고 12번째 도시인, 아직 그 어떤 꿈도 보관되어 있지 않은 도시의 이름은 '아델마'라고 합니다. 이 도시들의 가장 외곽에 있으며 '이시도라'와만 연결되어 있는 외톨이 도시입니다. 소설 속에서는 죽은 자들이 떠도는, 죽은 자들만이 갈 수 있는 도시로 나옵니다. 아무래도 거리상 죽음과 가장 가까운 도시라 불경스러울 수도 있는 이름을 붙여 보았습니다. 그리고 마지막으로 13번째 도시, 최후의 도시이자 잊혀진 꿈들의 창고는 '조라'라고 불립니다. 여섯 개의 강과 산맥 너머에 있다고만 알려지는 사람들에게 잊혀진 가장 과묵한 도시로 홀로 잿빛의 지붕을 이고 있습니다. 그리고 스테인드글라스에는 루소(Henri Rousseau)의 대표작 중 하나인 『꿈(Le Rêve)』이 그려져 있습니다. 커다란 짙은 녹색 잎사귀들의 밀림을 배경으로 나부(裸婦)가 밤색 소파에 비스듬히 누워 있는 유명한 그림이지요. 이 그림 속에 등장하는 조연(助演)인 흑인 원주민은 망각을 상징하는 황금빛 나팔을 불고 있습니다."

　그날로 당장 꿈의 군주는 자신의 50세부터 55세까지의 꿈들이 잠자고 있는 도시 '이시도라'로 들어가 꼬박 일주일을 머물렀다. 그 첫 '재생'의 일주일이 지난 후 그는 대단히 만족스러운 얼굴로 이시도라를 나와 '기적의 바퀴'의 연구원들에게 여러 가지 검사를 받았다. 그리고 다시 일주일 후 아무런 부작용도 발견하지 못한 안성철 씨의 임상분석 팀을 뒤로 하고 그는 다음 도시 '아르지아'로 향했다. 그는 그렇게 시간을 역행하는 방향으로, 시간이 점점 어려지는 방향으로 도시들을 순례했다. 그 각각의 도시에 머무르는 동안, 그는 때로 슬펐고 때로는 놀랐고 때로는 즐거웠고 때로는 권태로웠고 때로는 화가 났고 때로는 부끄러웠고 때로는 갑작스러운 환희에 빠졌고 때로는 사색에 빠지기도 했다.

기호들이 없는 도시 '조에'에서의 여행을 마친 후 꿈의 군주는 계획대로 잊혀진 꿈들의 도시, 최후의 도시인 '조라'를 향해 떠나기로 했다.

"꼭 조라를 보셔야겠습니까? 아마도…… 후회하시게 될 겁니다."

"미안하지만 나는 후회할 줄을 모르네. 화를 낼 줄은 알지만."

"그건 저도 잘 알고 있습니다. 한 마디만, 이 한 마디만 꼭 더 하죠. 후회를 할 줄 모르는 게 아니라 후회를 할 겨를이 없을지도 모릅니다, 거기에서라면."

그리고 그날 밤, 안성철 씨의 불길한 경고에 대노한 꿈의 군주가 일정을 앞당겨 '조라'로 들어간 바로 그날 밤, 하얀 별들이 늪 위로 쏟아질 듯 반짝이던 그 밤, 도시들 사이에 걸린 거미줄들 위로 차가운 달빛이 이슬처럼 흐르던 그 밤, 마지막 꽃봉오리 '조라'가 불타올랐다. 순식간에 달려온 관리인들 덕에 스테인드글라스를 그 강한 아귀힘으로 우그러뜨리려던 불길은 금세 잡혔지만, 더 이상 꿈의 군주는 후회할 수도, 화를 낼 수도 없게 되었다. 그의 관자놀이에 뚫린 검고 조그만 구멍이 그의 모든 것을 빼앗아 간 것이었다.

"처음부터 그 이름을 붙이려고 했던 건 아니었어요."

다음날 주인을 잃어버린 도시들 앞에서 세이지가 안성철 씨에게 말했다.

"조라라는 이름도 그럴 듯하기는 했지만…… 예, 말 그대로 그럴듯하기는 했어요. 지나칠 정도로 말이죠. 처음부터 기억하지 못하는 꿈들과 세상으로부터 잊혀진 도시. 예, 딱 맞는 짝처럼 보이죠. 하지만 그보다 더 기억하지 못하는 꿈들에 어울리는 도시가 『보이지 않는 도시들』 속에 있었어요."

세이지와 안성철 씨를 태운 보트가 흉하게 일그러져 검게 변해버린, 이제는 더 이상 나부의 흔적을 찾아보기 힘든 조라 앞에 당도했다.

"페린치아라는 이름을 붙이려고 했죠."

"페린치아라면…… 천문학자들이 모여 황도 12궁과 천체의 운행과 별자리와 월식의 주기와 혜성과…… 그 모든 우주의 운행에 맞춰 도시의 성벽, 우물, 제단 하나하나까지 세심하게 건설했다는 그 도시잖아요. 그게 잊어버린 꿈들과 무슨 상관이라는 거죠?"

"소설 속에서 그 도시가 어떻게 되었는지 기억나세요?"

"아하…… 그런 건가요……."

202

"그 하늘의 조화를 꿰뚫은 도시 페린치아는 천문학자들의 바람과는 반대로 기형아와 괴물들만을 출산하는 고통의 도시로 변했죠. 이 최후의 도시 역시 바이올로지와 컴퓨터공학의 복잡한 원리를 근간으로 정교하게 세워졌지만, 제게는 인간이 참아내기 힘든 괴물만을 만들어낼 것은 뻔해 보였거든요. 하지만 페린치아, 그 이름을 그대로 쓸 순 없었어요, 건축주에 대한 최소한의 예의였다고 할까요…… 그런데 꿈의 군주는 저기서 무엇을 보았던 걸까요?"

"무엇이든…… 그가 참아낼 수 없는 그 어떤 것이었겠죠. 그건 아마도…… 아니요, 상상하지 않는 편이 낫겠어요. 그가 참아낼 수 없었던 그 무언가를 그는 이미 암흑으로 가져가 버렸고 우리는 고인의 뜻대로 그것에 대해 잊어야 할 거예요. 그게 최소한의 예의겠죠."

세이지와 안성철 씨는 녹아버려 검게 물든 스테인드글라스 위 드문드문 빛나던 하얀 얼룩들을, 우주를 닮은 것 같던 조라의 외벽을, 아니 우주의 섭리를 충실히 따르려 했던 페린치아의 끔찍한 외벽 앞을 떠날 줄 몰랐다. 늪 위로 뭔가 썩는 듯한 냄새가 스멀스멀 올라오고 있었다.

연옥

내 아버지 집에는 거할 곳이 많다.

—「요한복음」14장 2절

새로운 소설을 쓰기 시작하면서부터 나는 대체로 규칙적인 생활을 하는 편이다. 될 수 있으면 저녁 10시 전에는 잠이 들고 새벽에 일찍 일어나 성경을 조금 읽은 후 개장 시간에 맞춰 근처 커뮤니티센터로 수영을 하러 간다. 그리고 돌아와서는 간단한 아침을 먹고 오전 내내 아직 제목을 정하지 않은 기억상실증 환자들이 잔뜩 나오는 소설을 쓴다.

사흘 전 새벽 침대 머리맡에 있는 작은 스탠드를 켜고 고린토인들에게 보내는 첫 번째 편지를 읽고 있을 때의 일이었다. 옆에서 자고 있던 아내가 뒤척거리더니 급기야는 흐느끼며 잠꼬대를 하는 게 아닌가. 괴로워하는 것 같아 깨워야겠다고 마음먹으며 책을 덮었다가 도대체 뭐라고 잠꼬대를 하는지 들어보고 싶은 호기심이 생겼다. 숨을 죽이고 가만 귀를 기울여 보니 분명, '깨기 싫어.'라는 말을 수차례 반복하는 것 같았다. 꿈에서 깨어나기 싫다는 뜻인 것 같았다. 잠꼬대를 듣고 나니 더더욱, 아내의 얼굴이 괴로워하는 건지 간절히 애원을 하는 것인지 구분할 수 없게 되었다. 그렇게 헛갈려 하고 있는데, '하아.' 하고 아내가 크게 한숨을 쉬더니 여전히 눈은 감은 채로 '깨버렸어.'라며 기운이 쑥 빠진 소리를 두어 차례 되풀이했다. 아내가 있는 곳이 어디인지 그게 궁금했다.

언덕의 앞면

옛날 옛날 네 마리의 수코양이가 있었다.

—귄터 그라스

옛날 옛날 폴이라는 부자가 살았다. 젊은 날 폴은 그쪽 바닥에서는 흔히 AA라는 약칭으로 통하던 에이전시 앨리스(Agency Alice)를 통해 발튀스의 1980년작 「거울 속의 고양이 I(Cat in the Mirror I)」을 구입했다. 처음부터 부자 폴이 발튀스의 그림을 원했던 건 아니었다. 단지 AA가 참여한 경매에서 폴이 제시한 금액과 가장 근사한 가격에 낙찰을 받을 수 있던 그림들 중 구상화 계열에 속하는 그림은 딱 하나밖에 없었을 뿐이었다. 그 바로 딱 하나. 폴이 유아성도착증 냄새가 폴폴 풍기는 '그 바로 딱 하나'를 진심으로 마음에 들어 했는지 어쨌는지는 알 수 없지만, 적어도 자랑스러워하기는 했던 것 같다. 철저한 비밀주의자였던 폴은 정확히 다섯 명에게만 그 그림을 공개했는데, 그중 하나가 이치은이란 이름의 무명 소설가, 또 하나는 '왕선생'이라고 불리던 아마추어 평론가라는 사실

206

만이 알려져 있다. 그 후 폴에게 또 「거울 속의 고양이 I」에게 어떤 일이 일어났는지 정확히 알려지지는 않았지만 한 가지 확실한 건 폴의 개인소장이었던 그 그림의 행방이 어느 순간 이후로 묘연해졌다는 것이다. 언젠가 폴의 집에서 열린 파티에 초대를 받은 젊은 유대계 첼로리스트가 폴에게 그 그림을 샀다는 소문이 있던데 왜 이렇게 꽁꽁 숨겨두는 거냐고 물었을 때 폴의 얼굴에 떠오른 험악한 표정은 두고두고 회자될 정도였다. 옛날 옛날 젊은 시절 전모가 밝혀지지 않은 기괴한 사건을 겪은 후 더 이상 꿈을 꾸지 않게 된 폴이라는 부자가 살았다. 그 '기괴한' 사건이 구체적으로 어떤 사건인지는 역시 분명치 않으나—그래서 사람들이 폴을 비밀에 쌓인 부자라 하는 게 아니겠는가—그가 구입했던 「거울 속의 고양이 I」과 관련이 있다는 소문만은 무성했다. 꿈을 잃어버린 후 폴은 사진가 가브리엘의 「꿈의 정원—최외곽 주회로를 타고 3시 방향을 향해 시계방향으로 걷다」라는 기다란 이름의 사진을 구입하여, 예전에 「거울 속의 고양이 I」이 걸려 있었던 그 자리에 다시 고대로 걸어두었다. 물론 그렇다고 해서 폴에게 다시 꿈이 돌아온 건 아니었다. 또한 그렇다고 해서 「거울 속의 고양이 I」이 다시 나타난 것도 아니었다. 꿈도 「거울 속의 고양이 I」도 허망하게 분실했던 순진한 부자 폴은 사진가 가브리엘을 자신의 꿈속에 감금하려는 기억의 천재이자 건축가였던 태정의 엄청난 흉계에 자신도 모르게 말려들고 마는데……

옛날 옛날 제 손으로 만든 꿈속의 미로에서 길을 잃어버렸던 가브리엘이라는 사진가가 살았다. 꿈속의 미로에서 길을 잃기 전까지, 즉 현실에서 링거병에 꽂힌 가느다란 플라스틱 튜브에 의지하는 식물인간이 되기 전까지 가브리엘은 전도유망한 사진가였다. 가브리엘은 움직이는 온갖 것들을 배제한, 그러니까 사람이나 자동차나 비둘기 등이 마치 UFO를 타고 내려온 외계인에 의해 죄 샘플로 납치된 것 같은 우울하고 쓸쓸한 풍광을 즐겨 찍는 것으로 유명했다. 가브리엘은 자신의 고객이었던 폴에게서 어느 날 꿈속의 분기점에 대한 흥미로운, 그야말로 독이 발린 사과와 같은 이야기를 들었다. 하지만 가브리엘은 그 이야기를 누구에게서 들었느냐고 폴에게 묻지 않았으며 폴 역시 실수인지 고의인지 그 이야기를 누구에게서 들었는지 가브리엘에게 일러주지 않았다. 태정의 이름을 들었다면 가브리엘은 틀림없이 의심의 더듬이를 곤두세웠을 것이며 따라서 그 독 묻은 사과를 덥석 깨무는 비극도 일어나지 않았을지 모른다. 옛날 옛날 폴이라는 부자에게서 전해 들은 얘기대로 꿈속에다 수많은 분기점을 만드는 바람에 그만 거기서 길을 잃고는 현실로 돌아오지 못했던 가브리엘이라는 불운한 사진가가 살았다. 가브리엘이 의식을 되찾지 못하자 그의 고객이자 절친한 친구이자 또 그의 불행에 어느 정도 책임이 있었던 부자 폴은 최고의 의사들을 동원해 그를 의식불명 상태에서 깨어나게 하려 했지만 그 누구도 가브리엘에게 현실로 이어지는 출구를 제시하지 못했다. 많은 의사들이 짧게는 하루 길게는 두 달 안에 모두 원인을 알 수 없다며 고개를 설레설레 젓고는 또 어색한 미소를 황급히 달고는 돌아갔지만, 하지만 단 한 명, 그의 연인이었던 플로랑스만은 포기할 줄을 몰랐는데……

　옛날 옛날 포기를 몰랐던 플로랑스라는 고문서 복원가가 살았다. 몇몇 고문서의 인용을 통해 그 존재가 전설처럼 전해 내려오던 「유다 복음」의 콥트어 필사본이 포함되어 있다 해서 더더욱 세계적인 관심을 불러일으켰던 차코스 사본 복원 프로젝트에 참여했던 플로랑스는 이 프로젝트 도중 석연치 않은 이유로 갑작스레 계약을 파기하고 팀을 떠났다. 팀원과의 불화가 그 원인이라는 설도 있었지만 나중에 그녀가 가브리엘을 만나게 된 것 역시 그 세기적인 복원 사업에 함께 참여했던 이탈리아 사진작가 론도를 통해서라는 걸 상기해 볼 때, 플로랑스가 갑자기 팀을 떠난 데에는 아무래도 다른 이유가 있지 않은가 싶다. 하여간 그 당시 세계적인 고문서 복원가로 이름을 날리고 있던 플로랑스는 그 프로젝트를 끝으로 고문서 복원가이기를 그만두었다. 옛날 옛날 세계적인 고문서 복원가였다가 어느 날 뚜렷하지 않은 이유로 갑자기 고문서 복원가이기를 그만둔 플로랑스라는 한 여자가 살았다. 플로랑스는 고문서 복원가이길 그만둔 후 여러 가지 직업을 전전했지만—환경운동가와 여행 잡지 편집자와 특수차량 운전사도 그녀가 스쳐갔던 직업들의 리스트에 들어 있었다—어디에서도 채 1년을 버티지 못했고 나중에는 만성 우울증 때문에 어떤 일도 한 시간 이상 지속

할 수 없는 불쌍한 처지가 되고 말았다. 그 후 플로랑스는 의사의 권유대로 북유럽을 여행하던 도중 스톡홀름에서 차코스 사본 복원 사업의 동료였던 사진작가 론도를 우연히 만나게 되었고 마침 론도와 동행이던 사진작가 가브리엘과 운명과도 같은 사랑에 빠졌다. 하지만 동지 정오의 온화한 햇살 같던 사랑도 잠시, 가브리엘은 기억의 천재 태정의 계략에 휘말려 자신이 손수 세운 꿈속의 미로에서 헤어나지 못하게 되었고 플로랑스는 그를 꿈속에서 구해낼 방도를 찾아 백방을 수소문하던 중 가브리엘의 친구이자 소설가인 이치은을 만나게 되었다. 그리고 플로랑스는 이치은으로부터 그가 꿈속에서 얻었다는 깨달음을 듣게 되는데······

옛날 옛날 『Rapid Hope, 急行希望』라는 선뜻 납득하기 힘든 제목의 작품으로 자신의 작가 생활을 힘겹게 시작했던 이치은이라는 소설가가 있었다. 그에게는 폴과 가브리엘이라는 친구가 있었는데 그 두 친구들은 시장의 철저한 외면에도 아랑곳 않고 처음부터 이치은의 첫 번째 작품을 높이 평가하며 그가 계속해서 글을 쓸 수 있도록 유형무형의 격려를 아끼지 않았다. 나중에 이치은이 12인의 기억상실증 환자가 나오는 『기억의 원점, 키브라』로 하루아침에 유명해진 뒤에도 그 세 명이 만든 우정의 삼각형은 변하지 않았다. 그들의 견고한 우정에 균열이 생긴 건 가브리엘이 몇 가지 이유로 해서 그와 무척 사이가 좋지 않았던 건축가 태정의 간교에 빠져 제 꿈속에 갇히고 난 뒤였다. 이치은은 몇 차례 자신의 꿈속에서 여전히 현실에서는 식물인간 신세를 벗어나지 못하고 있던 가브리엘을 찾아 헤매었으나 어느 꿈에서인가 자신의 꿈과 가브리엘의 꿈은 엄연히 별개의 영역이라는 당연한 깨달음에 도달하게 되었고 그 후로는 더 이상 가브리엘에 대한 꿈을 꾸지 않게 되었다. 옛날 옛날 자신의 꿈과 타인의 꿈은 한 은하와 다른 은하 사이만큼이나 멀다는 그닥 새롭지도 별로 낭만적이지도 않은 깨달음을 꿈속에서 얻었던 이치은이라는 소설가가 살았다. 이치은은 낙담하고 있던 플로랑스에게 위로를 할 겸 그녀의 연인이 나왔던 자신의 꿈 얘기를 해주다가 별 뜻 없이 그가 꿈속에서 얻었던 깨달음을 들려주었는데 그건 그의 의도와는 달리 오히려 플로랑스에게 무슨 일이 있어도 가브리엘의 꿈속으로—그러니까 다른 은하로—그를 찾아가 보고야 말겠다는 엉뚱한 생각을 품게 하는 계기가 되고 말았다. 그 후 이치은은 중학교 동창으로 오랫동안 통 왕래가 없다가 이상한 꿈을 꾸었다며 자신을 찾아온 '기적의 바퀴'의 수석 프로그래머 조승구에게 지푸라기라도 잡는 심정으로 타인의 꿈속으로 들어갈 방법이 있는지 물어보게 되는데……

옛날 옛날 자신의 중학교 동창 이치은에게 이상한 꿈을 꾸었다며 편지를 써 보낸 조승구라는 천재 프로그래머가 살았다. 조승구에게는 꿈에서 본 것만을 가지고 글을 쓴다는 차인형이라는 괴짜 소설가 친구가 있었는데, 어느 날 그 친구는 자신의 첫 번째 장편소설 『눈먼 수영선수』가 그의 주장대로 그의 꿈이 아니라 이치은

211

의 『Rapid Hope, 急行希望』을 원전으로 삼았다는 사실이 밝혀지자 잠적하고 말았다. 그 사건이 빌미가 되어 조승구는 차인형과 함께 뚜렷한 이유도 없이 그토록 싫어했던 이치은의 소설을 다시 한 번 읽어보게 되었고 그러고 나서야 실은 그가 이치은의 소설을 그다지 싫어하지 않는다는 걸, 오히려 자신이 가장 좋아할 만한 글들을 그가 꾸준히 써왔다는 걸 깨닫게 되었다. 조승구는 한참 동안 연락이 없었던 이치은과 만나기 위해 그가 꾸지도 않았던 꿈 이야기를 연필로 적어—그래야만 자신의 가짜 꿈 이야기가 조금이라도 더 진짜처럼 보일 거라고 거의 무의식적으로 그는 그렇게 생각했고, 어쨌건 결과적으로 그의 가짜 편지는 통했다—이치은에게 보냈다. 옛날 옛날 꾸지도 않은 거짓 꿈 이야기를 중학교 동창인 소설가 이치은에게 연필로 적어 보냈던 조승구라는 '기적의 바퀴'의 수석 프로그래머가 살았다. 이치은은 가공의 꿈을 만들어 사람들 머릿속에 이식하는 기술을 세계 최초로 개발한 '기적의 바퀴'라는 회사에 다니는 조승구에게 혹시 타인의 꿈으로 들어갈 수 있는 기술도 미래에는 개발할 수 있는 것 아니냐고 진지하게 물어보았고, 그 예상치 못한 질문에 조승구는 깊이 생각해 보지도 않고 이론상으로 그건 불가능하다고 딱 잘라 말했다. 하지만 조승구는 '기적의 바퀴'의 수석연구원인 안성철 씨와 회장인 꿈의 군주와 함께하는 분기 회의 자리에서 타인의 꿈으로 들어갈 수 있는 기술을 검토해 보는 게 어떻겠냐는 제안을 하게 되는데⋯⋯

옛날 옛날 '기적의 바퀴'를 설립했던, 하도 오랫동안 자신의 이름 대신 꿈의 군주라고 불리는 바람에 아무도 그 원래 이름을 기억하지 못하게 된 한 남자가 살았다. 부지런함이 이마에 패인 주름살처럼 몸에 박혀버린 꿈의 군주는 '드라큘라'라고 불리던 한 인간이 평생에 걸쳐 꾸었던 꿈을 추출 재생하는 시스템의 임상 실험을 하는 동안에도 틈틈이 회사 일 보는 것을 게을리하지 않았다. 그래서 5세부터 10세 사이의 꿈을 저장한 작은 도서관 '바우치'에서 나와 면밀한 역학 검사를 받던 도중에도 분기마다 한 번씩 열리는 연구소의 중역들, 안성철, 조승구, 스탠 케인 등과 함께 하는 '개발최고회의'에 참석하는 일도 빼먹지 않았다. 이 개발최고회의에서 꿈의 군주로부터는 총애를, 동료들로부터는 질시를 한몸에 받던 조승구 수석 프로그래머는 타인의 꿈으로 침투할 수 있는 시스템을 검토해 보는 게 어떻겠냐는 제안을 했고 꿈의 군주는 잘만 되면 그 기술이 본인에게 '0'이 하나 더 붙을지도 모를 막대한 부를 선사할 거라는 걸 본능적으로 알아차렸다. 하지만 꿈의 군주는 그 기술의 검토를 위한 인원 및 예산 배정을 최종적으로 승인할 시간이 없었으니, 그보다 더 일찍 검붉은 38구경 총탄이 그의 머리를 꿰뚫고 말았다. 옛날 옛날 조라, 아니 페린치아라는 이름의 도서관에서 자신의 잊혀진 꿈들을 재생시켜 보다가 스스로 생을 마감했던 꿈의 군주라는 남자가 살았다. 그 스테인드글라스로 둘러싸인 호사스러운 작은 도서관에서 꿈의 군주는 아득한 언젠가 자신의 기억에서 감쪽같이 지워진 한 소녀가 나오는 꿈을 보았다. 미란다, 그 소녀의 이름은 미란다였다. 그 미란다를, 자신의 잊혀진 꿈속에서 보자마자, 지워졌던, 돌아오지 않아도 좋았을 기억이 돌아오고야 말았다. 스무 살이 되기 전에 알았던 소녀, 전쟁의 참화를 피하기 위해 가족들과 숨어 들었던 산에서 만났던 소녀, 그 혼자만이 수컷이었던 그 산 속에서 끊임없이 그의 주위를 배회했던 그 소녀, 군대에 끌려가고 싶지 않아 거짓으로 마비되었다고 꾸며댔던 두 다리덕분에 더더욱 떳떳하게 그 앞에 설 수 없었던 그 소녀. 그리고 결정적으로 꿈의 군주의 비밀을 알아차리고는—대체 어떻게 자신이걸을 수 있다는 걸 알아챘는지 그건 그의 관자놀이가 차가운 총구를 느끼던 그 순간까지도 여전히 미스터리였다—끔찍한 제안을, '여길 만져주면 입을 다물지도 모르지.', 아니 달콤한 협박을 해왔던 그 소녀. 그때, 아주 오래전 그 산속에서 꿈의 군주는 느닷없는배신감에 몸을 떨며 엉겁결에 주위에 있던 커다란 돌로 상반신은이미 벌거벗은 거나 다름없던 미란다의 뒤통수를 내리치고 말았다. 그러고는 눈에 띄지 않는 깊은 구덩이에 던져넣고 나뭇가지와흙으로 덮어버렸다. 그 후 누군가의 밀고로 젊은 꿈의 군주는 비록오랫동안 사용하지 않았지만 그럭저럭 멀쩡했던 두 다리로 전쟁터에 끌려가게 되었고 혹독한 포로 생활 끝에 귀국하여 다시 대학을다니게 되는데…… 그 전장의 포연 속에서 생사의 아슬아슬한 외줄타기를 몇 번이나 겪는 동안 놀랍게도 그의 미란다에 대한 기억은 깨끗이 지워지고 말았다, 마치 기적처럼. 그러나 천벌이라 해야할까? 거기 조라 아니 페린치아에서 그 감쪽같이 지워졌던 기억이 되살아나는 바람에 그는 기어이 차가운 방아쇠를 당기고 말았다. 하지만 미란다는 그 꿈의 군주의 되살아난 기억과는 달리 그가 내리쳤던 돌에 맞아 죽은 것이 아니었으니……

　옛날 옛날 존이라는 흑인 마약 상인이 살았다. 사팔뜨기에다 어린 시절 앓았던 심각한 충치 때문에 앞니를 금니로 좍 박아넣은 이 괴상한 외모의 소유자 존은 신중한 일처리와 무거운 입으로 마약 시장에서 '지퍼 존'이라고 불리며 명성보다 더 높은 부를 쌓았다. 어느 날 그는 'Nice Dream'이라는 별칭이 붙은 320만 불짜리 개인 헬기를 홀로 몰고 산을 넘다가 불시에 폭풍우를 만나 비상착륙을 하였는데, 우연히 그 주변에서 머리에 상처를 입은 채 구덩이에 빠져 있던 미란다를 발견하고 구해 주게 되었다. 악당의 본분을 잊지 않았던 지퍼 존은 지퍼를 내리고 구덩이에서 방금 건져낸 미란다를 강간한 후—물론 존은 강간하기 전에 피강간자의 이름을 묻는 버릇 따위는 없었으므로, 당연히 자신이 강간하고 있는 여자애의 이름은 몰랐다. 단지 전시에 숫처녀가 있다는 게 신기할 따름이었다—그녀를 버리고 가려 했으나 미란다가 기어코 자신을 데려가 달라고 데리고 가면 뭐든지 시키는 대로 다 하겠노라 한사코 매달리는 바람에 또 가만 생각해 보니 집에 두고 심심할 때마다 바닥에 눕히면 딱이겠다 싶어 그녀를 헬기에 태우고 자신의 집으로, 고향의 이름을 따 '다르푸르'라고 부르던 자신의 집으로 데리고 왔다. 중요한 부분에 털이 없는 여자를 집안으로 들이면 안 된다는 금기

215

를 떠올리지 않았던 건 아니었지만 그건 이미 Nice dream이 이룩한 후였다. 다르푸르라는 커다란 저택 한 구석 조그만 오각형 창문이 있는 작은 다락방에 미란다를 집어넣고 무거운 자물쇠를 채우며 존은 흐뭇한 웃음을 지었는데……

옛날 옛날 젊은 시절의 꿈의 군주에게 머리를 두드려 맞고는 구덩이에 던져졌다가 다시 존이라는 마약 상인에게 강간을 당했던 기구한 운명의 미란다라는 소녀가 살았다. 이 무모증(無毛症)의 소녀 미란다에게는 누구에게도 말하지 않은 초자연적인 능력이 있었으니 타인의 꿈으로 몰래 들어갈 수 있는 능력이었다. 첫 생리와 함께 찾아온 이 능력으로 그녀는 산속에 피난해 와 있던 어린 시절 꿈의 군주를 마음껏 농락했다. 그거야말로 누워서 떡먹기였다. 소년의 꿈으로 몰래 들어가 짐짓 모른 척 옷을 벗는다든가 가까이 다가가 슬쩍 몸을 부비면서 기절하는 척하는 것만으로도 소년은 기꺼이 미란다의 노예가 되고 말았다. 하지만 그건 꿈속에서만이었다. 소년은 꿈속의 미란다와 실제의 미란다 사이에 자기만의 보이지 않는 선을 그어둔 듯했다. 꿈속에서는 보자마자 시도 때도 없이 그녀의 옷을 잡아 찢던 소년이었지만 현실에서는 언제 그랬냐는 듯 늘 본 척 만 척이었다. 그래도 잠시 더 참았어야 했는데, 현실의 소년이 행동으로 옮길 때까지 조금 더 기다려줬어야 했는데, 미란다는 성급하게도 소년의 비밀을 무기로 현실에서 그에게 협박을 하는 치명적인 실수를 저지르고 말았다. 옛날 옛날 치명적인 실수로 죽을 뻔한 고비에 빠졌던, 하지만 그 교훈으로 기다리는 법을 터득하게 된 미란다라는 소녀가 살았다. 일 년 정도 다르푸르의 사막처럼 건조한 다락방 생활을 하면서 미란다는 우연찮은 기회에 존이 주술에 빠져 있다는 걸 알게 되었다. 때가 무르익었다는 걸 깨달은 미란다는 어느 날 존의 꿈으로 몰래 침입, 커다란 바위 뒤에 몸을 숨긴 채 다시 한 번 미란다와 관계를 가지면 니 성기가 썩게 될 거라는 무시무시한 경고를 남겼다. 그 경고를 무시하고 존이 계속 자신과 관계를 가지려 하자 미란다는 계획대로 다시 존의 꿈으로 들어가 재차 몸을 숨긴 채 자신의 경고를 듣지 않았으니 니가 아끼는 앵무새의 목이 잘릴 것이라고, 그 다음은 새가 아니라 니 성기 차례라고 예언했다. 다음날 아침 자리에서 일어난 존은 목이 잘린 새장 속 앵무새를 보고 기절할 듯 놀랐다. 물론 앵무새를 죽인 건 꿈속의 진노한 신이 아니라 미란다와 비밀스레 관계를 맺기 시작했던 포르투갈계 소년 시종 이칼다의 짓이었다. 그런 사정을 알 리 없던 존은 미란다를 예전처럼 다루지 못하게 되었고 한편 미란다는 심심하면 나타나는 꿈속의 끔찍한 목소리를 이용해 존을 꼭두각시처럼 부리게 되었다. 급기야 존의 조카라는 지위를 획득하고는 시 외곽 부유층만이 다닌다는 귀족학교에 다니게 된 미란다는 불미스러운 사건으로 학교에서 쫓겨나기도 하는 등 곡절이 끊이지 않는 젊은 날을 보냈지만 결국에는 유학차 체류하게 된 K국 어느 대학 도서관에서 마주친 훗날 세계적인 공업 디자이너가 되는 젊은 멋쟁이 미술학도 김동근에게 첫눈에 반해 다시 한 번 그

녀의 마술적인 능력을―그 능력을 모르는 자에게는 우연이라고밖
에는 볼 수 없는 수많은 일들이 모자 속에서 끊임없이 튀어나오는
―발휘하여 결혼에 성공하게 되는데……

　옛날 옛날 젊은 시절 품었던 화가와 미술평론가의 꿈을 차례로
포기해야 했던 야빈이라는 이름의 디자이너가 살았다. 40대의 야
빈은 비록 소니의 디자인센터에서 일하는 평범한 중견사원이었
지만 젊은 시절에는 화가의 꿈을 불태우던 야심만만한 청년이었
다. 야빈은 대학 시절 회화와 미술비평을 둘 다 손댈 기회가 있었
는데 아쉽게도 그 둘 다 마무리를 짓지는 못했다. 특히 미술비평은
『20세기 현대 미술 개관』이라는 기념비적인 저작으로 유명한 Y교
수 밑에서 사사를 받았는데 잘 알려지지 않은 이유로 졸업을 눈앞
에 두고 학교를 그만두고 말았다. 대학 시절 야빈은 이탈리아 화가
키리코에 빠져 그의 화집을 못 견디게 갖고 싶어했지만 전시의 피
폐한 상황은 화집 한 권의 사치도 그에게 허락하지 않았다. 그러던
어느 날 야빈은 K국 타마라 거리에 있는 '미래의 거짓말'이라는 헌
책방에서 모딜리아니(Amedeo Modigliani) 그림을 쏙 빼닮은 미지
의 여인에게 그토록 갖고 싶어했던 화집 『출발하지 못한 기차들』
을 눈앞에서 빼앗기는 꿈을 꾸었다. 옛날 옛날 꿈에서조차 그토록
갖고 싶어했던 화집 『출발하지 못한 기차들』을 손에 넣지 못한 야
빈이라는 디자이너가 살았다. 야빈은 자신이 일하는 소니 디자인
센터에서 스카우트한 김동근이라는 디자이너가 그의 집에서 연 파

티에서 뜻밖에도 잊을 수 없는 꿈속의 여인, 헌책방 '미래의 거짓말'에서 『출발하지 못한 기차들』을 바로 눈앞에서 채어간 그 여인을 만나게 되었다. 하지만 나중에 이름을 알게 된 김동근의 부인, 미란다는 야빈을 전혀 알아보는 기색이 없었다. 그 며칠 뒤 야빈은 부자 폴로부터 들었던 기이한 얘기, 꿈속에 갇히고 말았다는 사진가 가브리엘에 대한 얘기와 꿈속에서 현실로 튀어나온 여인, 미란다를 연결해 보았다. 자신의 꿈에 똑똑히 나타났었던, 하지만 분명 현실 세계에서는 그전에 한번도 만난 적이 없는 그 여자, 미란다가 어쩌면 가브리엘을 꿈속에서 구해 내는 데 도움을 줄 수 있을지도 모르겠다고 생각했기 때문이었다. 하지만 야빈은 그 생각의 엉킨 실타래를 끝끝내 풀지 못하게 되는데, 그건 그가 미란다를 만난 후 일주일 뒤 휴가를 내고 찾은 K국 타마라 거리에서 일어났던 한 비극적인 사건 때문이었다. 미란다를 만난 후 야빈은 젊은 시절 그가 꾸었던 그 잊을 수 없는 꿈에 다시 한 번 불가사의한 매력을 느끼게 되었고 그리하여 즉흥적으로 난생 처음 K국으로 향하는 비행기에 몸을 실었다. K국으로 떠나기 전 폴에게 전화를 걸어 자신이 겪었던 얘기를 간단히 해주며 K국에 다녀와서 혹시나 가브리엘을 구하는 데 도움이 될지도 모르는 그 여자에 대해 자세히 얘기해 주마고 약속했다. 드디어 20년이 지나 이번에는 꿈속이 아니라 현실에서의 K국 타마라 거리에 도착한 야빈은 놀랍게도 그가 젊은 날 꿈속에서 보았던 것과 똑같은 이름 똑같은 모양의 '미래의 거짓말'이라는 헌책방을 마주하고는 극심한 두려움에 거짓말처럼 순식간에

219

그 벽돌 빛처럼 붉던 머리가 하얗게 새고 말았다. 온몸을 쿡쿡 쑤시는 공포를 눌러 밟고 하얘진 머리카락을 무시로 잡아당기며 들어간 '미래의 거짓말'에서 야빈은 금빛 시곗줄을 찬 뚱뚱한 가게 주인을 만나게 되는데……

옛날 옛날 야빈의 스승이자 『20세기 현대 미술 개관』이라는 베스트셀러를 썼던 Y라는 교수가 살았다. Y교수는 야빈의 졸업 논문 「20세기 초 초현실주의 화가들의 그림 속에 등장하는 기차의 이미지로부터 유추되는 출발-도착의 그 불길한 불편함」이 그가 K국에서의 유학 시절 알고 지냈던 미술 비평가 백현진의 비평 「성급한 시작─서투른 죽음」과 비슷하다는 차원을 넘어 표절에 가깝다는 걸 발견했다. 물론, 야빈이 백현진의 비평을 구해 읽었을 거라고는 도저히 상상하기 힘든 시절이었다. 하지만 Y교수의 의혹과 분노는 그의 이성을 앞질렀으며 그는 야빈에게 미리 연유를 물어보지도 않은 채 '재심 요청'이라는 사실상 '졸업 불가' 결정과 다를 바 없는 선고를 내리고 말았다. 한편으로 Y교수는 야빈이 자초지종을 ─혹은 거센 항변이라도─자신에게 들고 올 거라고 기대를 했지만 그런 일은 일어나지 않았다. 옛날 옛날 Y 교수라는 아주 오랫동안 살았던, 그렇지 않아도 하늘이 정한 수명이 얼마 남지 않았던 한 남자가 살았다. 늘그막에 본 손자의 집을 방문하러 기차역에서 기차를 기다리던 Y교수는 최근 불의의 사고를 당했던 오래전 자신의 제자 야빈을 추억하다가─그 즈음 그에게는 추억만 하면서 보내기에도 시간이 턱없이 부족했다─우연히 두 젊은이의 얘기를 엿듣게 되었는데……

　옛날 옛날 언뜻 봐서는 그 나이를 가늠하기 힘든, 누군가로부터는 20대 초반으로 또 다른 누군가로부터는 40대 중반으로 여겨지고는 했던 종잡을 수 없는 얼굴의 주인공, 한창림이라는 남자가 살았다. 어릴 적 그에게는 이유를 알 수 없는 불운이 연달아 닥쳤으니 고위공무원이었던 아버지가 수뢰 혐의로 돌연 감옥에 갇혔고, 곧이어 집안을 풍비박산을 냈던 아버지의 자살 소식이 청천벽력처럼 날아들었고, 그 다음으로 그 자신이 기면증이라는 해괴한 질병에 걸리고 만다. 하지만 그런 모진 시련들을 어렵게 헤쳐나온 한창림은 이르게는 10대 후반부터 최고의 수제 지도 제작자로 명성을 날리게 되었다. 한창림은 작은 종이 안에 아주 복잡한 도형을 여러 가지 예쁜 색깔의 가느다란 펜으로 그려넣는 기술이 탁월했으며 특히 그의 조감도는 건물과 지형을 가장 아름다운 각도에서 잡아내는 것으로 유명했다. 게다가 발품과 눈매만으로 잡아낸 그야말로 땅에서 제작한 그의 조감도가 현대의 하이 테크놀로지인 헬기와 초대형 렌즈와 레이저 프린터가 만들어낸 조감도와 비교했을 때 한 올의 구조적인 차이도 보이지 않는다는 건, 신기(神技)라고밖에는 설명할 도리가 없었다. 옛날 옛날 꿈의 군주가 자신의 평생 꿈을 모아놓을 꿈의 도서관을 짓는 프로젝트에 참여했던 한창림이라는 지도 제작자가 살았다. 안도 세이지의 부탁을 받아 40세부터

45세까지의 꿈을 저장할 작은 도서관 페도라에 비치할 꿈의 도서관 전체의 조감도를 제작하기도 했던 한창림은 어느 날 고지도를 취급하는 헌책방들이 모여 있는 곳으로 유명한 K국 타마라 거리를 방문했다. 처음 보는 '미래의 거짓말'이라는 헌책방에서 한창림은 어떤 명성이나 어떤 재물보다도 더 가지고 싶어했던 몇 권의 아름다운 고지도를 발견하고는 뛸 듯이 기뻤지만 뚱보 가게 주인이 불렀던 터무니없는 가격에 분노하여 빈손으로 그 헌책방을 나오고 말았다. 다음 날 한창림은 암시장에서 구한 다섯 발의 총탄이 든 권총을 점퍼 안에 집어넣고 아침 일찍 문을 여는 시간에 맞춰 다시 '미래의 거짓말'을 찾았다. 미리 준비해 온 'CLOSED'라는 팻말을 걸어놓고 '미래의 거짓말'로 들어선 한창림은 뚱보 가게 주인의 배에 한 발, 그리고 단 한 명의 오전 손님이던 삐쩍 마른 백발 남자의 관자놀이에 한 발을 쏴주었다. 그리고 거기서 한창림은 일곱 권의 아름다운 고지도를 골라서는, 자신이 생각하는 적정 가격을 프런트 위에 올려놓고 '미래의 거짓말'을 빠져나왔다. 하지만 쏟아지던 장대비 때문에 그는 자신의 차를 올바로 찾지 못했고 자신의 차인 줄 착각하고 올라탄 차에 앉아 있던 쌍꺼풀이 유난히 짙던 처음 보는 남자에게도 역시 한 발의 총을 선사했다. 잘못 올라탄 차에서 내리려다 말고 한창림은 그 죽어가고 있던 낯선 사내에게 자신의 총을 건네주는 친절함까지 발휘한다. 옛날 옛날 헌책방 '미래의 거짓말'에서 두 명의 남자를 사살했던 한창림이라는 고지도 제작자이자 수집가가 살았다. 어느 날 한창림은 기차역에서 북쪽 해안을 향해 무전여행을 떠나는 중이라던 처음 보는 어린아이와 꿈에 대해 또 서로의 못 말릴 수집벽에 대해 이야기하고 있었다. 이야기에 빠져 자신도 모르게 남에게 이야기하지 말았어야 할 기면증과 또 '미래의 헌책방'에서 구입했던—한창림은 그것이 정당한 구입이라 여기고 있었다—고지도에 대해 이야기하는 도중 등 뒤의 늙은이가 둘 사이의 대화를 엿듣고 있다는 걸 눈치 챘다. 한창림은 미행당하고 있다는 걸 알면서도 짐짓 모르는 척 노인을 기차로 끌어들여 기차와 기차를 연결하는 텅 빈 연결칸에서 노인의 앞에 불쑥 나타났다. "니가 내 소중한 제자 야빈을 죽인 거지." 잠시 놀라는 바람에 멍해 있던 노인은 어디서 그런 용기가 났는지 벼락 같은 소리를 지르며 들고 있던 지팡이로 한창림을 내리치려 했다. 한창림은 가볍게 피하고는 열린 문으로 간단히 노인을 밀쳐냈다. 노인의 몸이 기차 밖으로, 별다른 소리도 없이 눈 깜짝할 사이에 저 멀리 뒤로 사라졌다. 밖으로 고개를 내밀고 방금 전 노인을 꿀꺽 삼켜버렸던 뒤를 향해 시원하게 침을 한 번 탁 뱉고는 한창림은 소리쳤다. "잘 들어둬. 이건 니 기차가 아니라구."

언덕의 뒷면

신은 가혹한가 아니면 잔인한가?
―차인형

　옛날 옛날 태정이라는 건축가가 살았다. 자신의 의사와는 상관 없이 아버지의 뜻대로 법과 대학에 진학해야 했던 태정은 졸업을 몇 개월 앞두고 바다낚시를 나가셨던 아버지가 갑작스러운 폭풍에 휘말려 물고기 밥이 되자 비로소 학교를 그만두고 K국으로 건너가 건축학도의 길을 차근차근 밟아가게 되었고 서른셋의 나이에 중동의 한 국가에서 나라의 명운을 걸고 주최한 신국제공항 건축공모 전에 일등으로 당선되며 비로소 월말마다 몰려드는 청구서 걱정에서 벗어나게 되었다. 무일푼이었는데다가 어머니의 원조도 확실치 않던 상황에서 감행한 그야말로 무모한 도전이었던 K국으로의 유학이 처참한 실패로 끝나지 않았던 건, 물론 그의 강철 같은 의지 력과 놀라운 기억력에 기인한 바 크지만 유학생으로 같은 대학을 다녔던 비교적 유복한 가정 출신이던 평생의 친구 Y교수의 도움

224

도 무시할 수는 없었다. 옛날 옛날 자신이 설계한 건축물들을 퍽이나 마음에 안 드는 구도와 색감으로 사진을 찍어 이름을 팔던 젊은 사진가 가브리엘을 증오했던 태정이라는 건축가가 살았다. 태정은 자신이 가진 온갖 네트워크를 동원해 자신의 건물을 찍은 가브리엘의 사진이 자신의 허락 없이 공공장소에 버젓이 걸리는 걸 막아보려 애썼지만, 모두 무위로 돌아가고 말았다. 그러던 중 가브리엘이 유난히 꿈에 관심이 많다는 걸 알아낸 태정은 꿈속에 분기점을 만들 수 있다는 솔깃한 얘기를 가브리엘의 귀에 들어가도록 꾸며 그를 꿈속에 가두는 데 성공했다! 하지만 가브리엘을 꿈이라는 감옥에 가두었다 해서 태정의 모든 불행이 요(窯) 속에서 불살라진 건 아니었다. 어느 날 태정의 외딴 별장을 가브리엘의 연인이었던 플로랑스라는 여자가 불시에 찾아왔는데……

"얘기해, 어떻게 그이를 거기서 꺼낼 수 있는지 얘기해. 한 번 더 너니 두 눈깔로 내일이라는 걸 보고 싶다면 말이야."

플로랑스는 뻣뻣하게 누워 있는 노인의 가슴팍을 오토바이 타는 자세로 깔고 앉아 있었다. 태정의 입에서는 가쁜 숨소리와 함께 썩은 우유에서 나는 악취가 새어나왔다.

"나도…… 헥…… 나도…… 나도…… 그건 몰라…… 꿈으로 들어가는 것도…… 헥…… 꿈에서 나오는 것도…… 헥…… 다 스스로의 몫…… 누구도 거기에…… 헥…… 끼어들 순 없어."

플로랑스는 오른손 백핸드로 태정의 오른 뺨을 후려 갈겼다. 플로랑스의 손등에 태정의 콧물인지 침인지 말갛고 끈적한 체액이 묻었다. **더러워, 너무.**

"이 개새끼. 그걸 말이라고 하는 거야."

"미안해…… 너한테도…… 헤엑…… 가브리엘한테도……."

플로랑스는 쫙 펼친 양손을 느릿느릿 태정의 목으로 가져갔다. 타인의 살갗에서 느껴지던 섬뜩한 이물감. 그건 마치 사람이 아니라 낯선 동물의 목을 조르는 기분이었다. 태정은 목에 손을 대자마자 쌍꺼풀이 축 늘어진 두 눈을 질끈 감아버렸다. **왜? 도대체 왜? 안 돼, 눈을 뜨고 나를 봐, 이 불쌍한 여자를 보라구.** 플로랑스가 상체로 중심을 옮기며 체중을 실어 태정의 목을 누르자 태정의 얼굴이 카펫 속으로 서서히 가라앉는 듯한 느낌이 들었다. **같이 가는 거야, 지하로, 잠도 꿈도 없는 지옥으로.**

그때 누군가 자신의 이름을 부르는 듯한 소리가 들렸다. **그럴 리가 없는데. 여기가 벌써 지옥인가, 내 아버지 진즉 가 계실?** 지진이라도 난 것처럼 플로랑스의 엉덩이 아래가 떨리기 시작했다. 한 번 더 그 귀에 거슬리는 목소리가 등 뒤에서 들린 듯했다, 조금 더 크게. **그럴 리가. 우리는 이미 지옥으로 가라앉았는데.**

"플로랑스."

플로랑스는 바닥에 쓰러졌다. 지하로 가라앉기 전이었다. 등이 아팠다.

"안 돼, 이러면 안 돼. 이러는 건 아무에게도 도움이 안 된다구."

그리고 태정의 기침소리가 들렸다. 고개를 돌리자 커다란 덩치의 폴이 서 있었다. 선생님에게 꾸중이라도 들은 것처럼 플로랑스의 눈에 눈물이 그렁그렁 맺혔다.

"어떻게 알았어, 내가 여기 있단 걸?"

폴은 대답하지 않고 고개를 돌려 동화책 표지에 나오는 인어처럼 상반신을 반쯤 일으키고 옆으로 누워 있는 태정을 쳐다보고 있었다. **죽지 않았어, 다행히도.** 플로랑스는 침을 꼴깍 삼키며 방금 전 그녀와 태정을 삼키려 했던 카펫을 밟고 일어났다. 약간 어지러웠지만 용케 쓰러지지는 않았다. 책상 위에 펼쳐진 커다란 하드커버 책 옆 덩그러니 놓여 있는 푸른색 모래시계가 눈에 띄는 순간, 벼락처럼 분노가 다시 플로랑스를 두들겼다.

"거짓말."

플로랑스는 푸른색 모래시계를 현관 입구에 걸린 거울을 향해 힘껏 내던졌다. 인어가 된 태정과 그녀를 쳐다보고 싶어하지 않던 폴이 멍청한 관객들처럼 거울로 고개를 돌렸다. 요란한 소리가 났지만 거울은 부서지지 않았다. **맘대로 되는 건 하나도 없군.** 대신 푸른 모래가 눈처럼 하얀 카펫 위로 점점이 흩뿌려졌다. 거울 이편과 저편 양쪽에.

"두고 봐, 거기서 내가 그일 꺼낼 거야. 꼭 꺼낼 거야. 그리고 넌……."

플로랑스는 말을 끝맺을 수 없었다. 어느 틈엔가 열린 현관으로 기어 들어온 붉은 태양빛이 폴의 등을 피라냐처럼 물어뜯고 있었다. 플로랑스는 만신창이가 된 폴을 지나쳐 석류 빛으로 물든 호수로 걸어갔다.

작은 비즈니스 호텔 바닥에 반쯤 망가진 기내용 가방을 거칠게 던져놓고 플로랑스는 그다지 깨끗해 보이지 않는 침대 위에 엉덩이를 올렸다. 두 가지 언어로 쓰인 호텔 안내서를 집어들었지만 그녀는 둘 다 읽을 수 없었다. 휴우. 플로랑스는 한숨을 쉬며 투명한 생수병의 흰 플라스틱 마개를 비틀어 땄다.

아주 가느다란 선. 공중에 드리운, 햇빛이 비치는 각도에 따라 보이기도 하고 보이지 않기도 하는 아주 가느다란 선, 그걸 따라 플로랑스는 K국의 낯선 호텔까지 달려온 것이었다. **이 나라의 글자는 너무 둥글둥글해서 바람을 불면 훅 날아가 버릴 것 같아.** 가브리엘은 그렇게 말했었다. K국을 유난히 좋아했던 그는 플로랑스에게 시간이 나면 꼭 한 번 K국에 함께 오자 했었다. **엉터리, 둥글둥글과 바람에 날아가버리는 게 무슨 상관이람.** 플로랑스는 마른 눈을 괜시리 비비며 자리에서 일어나 까마득한 유리창 아래를 내려다보았다. 타마라 거리. 플로랑스는 이마를 18층 작은 객실 유리창에 붙이고 저 아래 작은 타일들처럼 다닥다닥 붙어 있는 네모난 옥상들을 바라보았다.

폴의 얘기에는 불확실한 구석이 너무 많았다. **기다리는 게 낫다니까, 딱 일 주일만.** 일 주일이면 그가 돌아온다고 했다. 하지만 플로랑스는 기다릴 수 없었다. 불확실한 구석이 너무 많았지만, 아니 너무 많았기 때문에 더더욱 기다릴 수가 없었다. 그래서 한 번도 만나보지 못한 야빈이라는 남자를 찾아, 그 보였다 보이지 않았다를 반복하는 가는 선을 따라 여기 타마라 거리까지 플로랑스는 흘러왔다. 밖에는 비가 내리고 있었다. 저 아래 교차로에서는 색색의 우산들이 마술처럼 한데 섞이고 있었다. 플로랑스는 지갑에 들어 있던 사진을 꺼냈다. 어딘지 알아 볼 수 없는 바닷가를 배경으로 왼쪽에서부터 가브리엘, 그 다음에 폴, 그리고 처음 보는 키 작은 남자 하나, 그리고 가장 오른쪽에 상반신을 벗고 있는 깡마른 남자까지 네 명의 남자가 유쾌한 웃음을 터뜨리고 있었다. 가장 오른쪽에 있는 붉은 머리의 남자가 야빈이라고 했다. **이 남자를 만나면 알아볼 수 있을까?** 남자는 한 팔은 처음 보는 남자의 어깨에 걸치고 다른 손에는 맥주 캔을 들고서는 정면을 향해 환하게 웃고 있었다. 머리 색깔을 닮은 유난히 선명한 붉은 젖꼭지가 눈에 띄었다.

별안간 플로랑스는 자신의 결정이 너무 무모했다는 걸 깨달았다. 그랬지만, 그걸 똑똑히 알았지만, 그래도 어쩔 수 없었다. 이제 플로랑스의 세상에는 안다고 해도 달라지는 건 아무것도 없었다. 세상이라 하면, 하기는 거기는 더 이상 플로랑스의 관심사가 아니었다. 가브리엘이 모든 것을 챙겨 들고 가버린 그의 꿈속, 그곳만이 그녀에게 중요했다.

'미래의 거짓말'. 그것이 폴에게서 들은 헌책방의 이름이었다. **이상한 이름이지, 그치.** 붉은 머리의 야빈이라는, 전엔 한번도 만나본 적 없는 남자가 찾아가기로 한 곳. 가브리엘의 꿈속으로부터 시작된 아주 가느다란 끈이 향하는 곳. 플로랑스는 자신과 가브리엘의 역할이 신화와는 정반대라는 걸 깨달았다. 원래대로라면 실타래를 들고 있어야 할 역이 플로랑스, 가느다란 실을 따라 미궁에서 들어가고 또 빠져나와야 할 역이 가브리엘이어야 할 터였다. **테세우스라니, 싫잖아.** 플로랑스는 실타래를 들고서 자신의 연인이 미궁에서 돌아오길 기다리던 공주의 이름을 떠올리려 했지만 잘 생각이 나지 않았다.

잇몸에 박힌 가시 같던 실종된 공주 이름을 간신히 단념하고 플로랑스는 기내가방에서 검푸른 배낭을 꺼내 분주히 지도와 생수병과 작은 노트 등을 챙겨 넣고 떠날 채비를 마쳤다. 비가 내리는, 오후가 얼마 남지 않은 K국이었다. **야빈을 만난다면 알아보는 건 그다지 어렵지 않을 거야. 붉은 머리 사내란, K국에서도 그리 흔치 않을 테니깐.** 운동화의 끈을 졸라매며 플로랑스는 다시 한 번 자신이 해야 할 일을 되새김질했다. '미래의 거짓말'에서 야빈이라는 흰 머리의 남자를 만날 것. **그러고는…… 그러고는?** 플로랑스는 고개를 숙이고 운동화 끈을 매느라 피가 잔뜩 몰려 있던 조그만 고개를 절레절레 흔들었다. **테세우스라면 아무것도 묻지 않았을 거야, 그저 실을 따라갔을 뿐일 거야.** 플로랑스는 벽에 붙어 있는 카드 홀더에서 플라스틱 카드를 뽑았다. 실내의 불이 꺼지자 퍼뜩 생각이 났다. **아리아드네, 그런 이름이었어. 그게 바론 공주의 이름이었지 아마.**

어제를 잊지 않겠다는 듯 비가 내리고 있었다. 아주 오래전에 시작된 첫 번째 빗소리의 화석이 유리로 만든 통조림에 갇힌 채 공중에 전시되어 있었다. 대략 플로랑스의 발목께를 낮은 포복으로 지나가던 그 소리. 3단 박쥐우산 아래 플로랑스는 비의 반투명 커튼 뒤에서 끊임없이 흔들리던 아직 열리지 않은 '미래의 거짓말'을 고집스럽게 바라보고 있었다. 어제, 오후가 얼마 남지 않은 '미래의 거짓말'에는 손님이 그녀밖에 없었다. 가게 주인은 행동이 굼뜬 뚱뚱한 남자였다. 다행히 백화점에서처럼 플로랑스에게 다가와 찾는 게 뭐냐는 둥 귀찮게 굴지는 않았다. 그저 멀찍이서 뒷짐을 지고 천천히 발걸음을 떼놓았을 뿐이었다. 플로랑스는 그 얼마 남지 않은 오후 동안 수많은 책 속 점점 익숙해져 가던 동글동글한 글자들을 노려보았다, 입구에 매달린 물고기 모양의 종이 울리길 기다리며. 하지만 플로랑스가 그 물고기의 맑은 울음소리를 들을 수 있었던 건 딱 두 번뿐이었다. 그녀가 그곳으로 들어갈 때와 다시 그곳에서 나올 때. 5시가 좀 넘자 뚱보 주인은 육중한 배를 횡단하는 금빛 시곗줄을 만지작거리며 플로랑스에게 다가오더니 한마디 말도 없이 서까래에 걸린 시계를 가만히 기다란 손가락으로 가리켰다. **정말 주인을 닮아 밉상스럽기 짝이 없는 시계로군. 어쩌면 저렇게 어리석고 바보 같은 인상을 주는 걸까?** 그리고 변명처럼 짧게 딸랑 하던, 주인 대신 플로랑스에게 인사하던 물고기.

그때 그녀가 서 있던 작은 골목을 유선형의 승용차가 속도를 늦추지 않고 지나갔다. 그 바람에 플로랑스의 허리까지 빗방울의 파도가 튀었다. 어느 샌가 빗방울이 올라탄 손목시계는 10시를 알려주고 있는데 아직 그 뚱보 주인은 나타나지 않았다. 플로랑스는

'미래의 거짓말' 발치에서 제 몸을 맹렬히 부서뜨리는 빗방울들을 관찰하고 있었다. 각각의 빗방울들에게도 아이덴티티라는 게 있을 까라는 생각을 하고 있는데 거짓말처럼 불쑥 빗방울의 스크린 속으로 침입한 주인이 순식간에 자물쇠를 열고 안으로 사라졌다. 빗방울에 묻혀 종소리는 들리지 않았다. **따라 들어갈까 아니면 여기서 이대로.** 잠시 망설이던 플로랑스는 그냥 거기서 빗소리와 함께 야빈을 기다리기로 했다. 뜻도 통하지 않는, 하지만 분명 뜻이라는 게 있을 글자들보다는 빗방울 쪽이 기다림의 동무로 훨 나을 것 같았다.

11시가 되기 직전 하반신이 비에 함빡 젖은 두 명의 손님이 차례로 '미래의 거짓말'로 들어갔다. 첫 번째 남자는 우산을 쓰고 길을 건너왔는데 처음에는 붉은 머리인 것처럼 보였다. **야빈인가?** 하지만 '미래의 거짓말' 앞에서 무언가에 놀란 듯 우산을 땅바닥에 내려놓는 첫 번째 남자의 머리는 분명 눈이 내린 것처럼 하얀 백발이었다. **미쳤나 봐 내가. 헛것이 다 보이는 걸 보니.** 그리고 두 번째 남자는 검은 머리의 남자였다. 플로랑스에게는 이제 머리색만이 중요했다. 검은 머리 남자는 '미래의 거짓말'에 들어가기 전 문패 같은 것을 문고리에 걸었는데 플로랑스가 서 있는 곳에서는 잘 보이지 않았다. 잠시 후 빗속을 뚫고 천둥 같기도 하고 자동차의 급브레이크 소리 같기도 한 요란한 굉음이 두어 차례 들렸다. 플로랑스는 깜짝 놀라 입술을 깨물었다. 곧 검은 머리 남자가 비틀대며 '미래의 거짓말'을 날듯이 뛰쳐 나왔다. 검은 머리 남자는 비를 맞으며 큰 걸음으로 차도를 건너 길가에 세워놓은 차를 향해 달려갔다. **우산은 어디로 간 걸까?** 본능적으로 플로랑스는 뭔가 일어났다는 걸 알았다. 빗방울의 무덤 위에 돋아난 어린 파문들을 무참히 짓밟으며 플로랑스는 '미래의 거짓말'로 뛰어갔다.

검은 머리 남자가 걸어놓은 문패에는 'CLOSED'라고 쓰여 있었다. **그 검은 머리의 남자가 이곳의 진짜 주인인가? 그 뚱보 아저씨가 아니라?** 우산을 황급히 접으며 문을 여닫자 요란하던 빗소리가 거짓말처럼 뚝 그쳤다. 대신 속을 뒤집어 놓는 역겨운 냄새. 어제는 없었던 그 냄새는 플로랑스가 지독히 싫어하는 정어리의 검푸른 비늘에서 나는 냄새와 비슷했다. 모든 것이 재빨리 뚜렷해졌다. 뚱보 가게 주인이 입구에서 5미터도 떨어지지 않은 좁은 통로에 괴로운 표정을 하고 비스듬히 누워 있었다. 배에서 흘러나온 붉은 액체는 누런 티셔츠 위에서 조금씩 영토를 넓혀가고 있었다. 플로랑스는 밉상이던 어제의 시계를 보았다. 10시 55분. 그리고 카운터 바로 앞 바닥에는 두 짝의 구두가 묵직한 서가 뒤에서 비죽 튀어나와 있었다. 플로랑스는 뚱보 주인의 시체를 훌렁 뛰어넘어 달려갔다. 예상했던 것처럼 발의 주인은 백발의 남자였다. 백발의 남자는 관자놀이 쪽에 구멍을 갖고 있었다. 거기서 그 악취의 참된 근원인 암적색 액체가 흘러나와 하얀 머리를 적시고 있었다. 구역질을 참으며 돌아 나오려는데, 플로랑스는 그 백발의 남자 얼굴이 이상하게 낯익다는 걸 깨달았다. **그럴 리가.** 플로랑스는 지갑에서 폴이 주었던 사진을 꺼냈다. **이 남자야, 가장 오른쪽 남자.** 머리 색깔만이 붉은색이 아니라 흰색일 뿐이었다. **붉은색 머리를 흰색으로 염색한 건가? 하기는 흰색으로 염색하면 안 된다는 법이 있는 것도 아니니.**

"야빈, 당신이 바로 야빈이죠?"

그러자 공포영화에서처럼 그 관자놀이에 구멍을 가지고 있던 남자가 눈을 번쩍 떴다. 플로랑스는 죽기보다 무서웠지만 죽어가는 남자에게 말을 걸었다, 안녕하세요, 같은 의례적인 인사도 없이.

"폴한테 제 얘기는 들었죠? 당신을 찾아왔어요. 그 여자에 대해 알려주세요. 당신의 꿈속에서 튀어나온 여자에 대해서, 네?"

붉은 머리 남자, 아니 야빈은 배터리가 다 된 사이보그처럼 고개를 어색하게 끄덕이고는 집게손가락으로 자신의 바지주머니를 가리켰다.

"여기요?"

그게 끝이었다. 까닥거리던 집게손가락, 그게 야빈의 끝이었다. 플로랑스는 지체 없이 야빈의 바지주머니, 그 좁은 틈 속으로 손을 밀어넣었다. 아직 야빈의 몸은 따뜻했지만, 그래도 시체는 시체였다. 당장이라도 야빈이, 아니 야빈의 시체가 벌떡 일어나서는 깔깔대고 웃으며 간지럽다고 발광을 할까 봐 플로랑스는 무서웠다. **플로랑스, 정신 차려, 정신. 죽었어, 죽었다구. 이건 시체야. 뭘 어쩔 수 있겠어?** 그랬지만, 너무 무서웠지만, 그래도 어쩔 수 없었다. 그냥 돌아갈 수는 없었다. 그냥 손을 빼고 '미래의 거짓말'의 말 그대로 거짓말 같던 그 오전을 빈손으로 떠날 수는 없었다. 플로랑스의 손 끝에 작은 종이 한 장이 걸렸다. 찢어지지 않도록 또 야빈이 깨어나지 않도록 플로랑스는 최대한 조심하면서 종이를 꺼냈다. 한 시간도 넘게 걸린 것 같던, 근육의 움직임 하나하나를 다 기억할 수 있을 것 같던 기나긴 시간이었다. 땀방울인지 빗방울인지 플로랑스의 이마에서 떨어진 액체가 야빈의 바지 위에 포도송이 모양의 얼룩을 남겼다. 그건 종이가 아니라 사진이었다. 왠지 억지스럽게 느껴지는 미소를 분장용 수염처럼 달고 있는 여자의 얼굴이 담긴 컬러 사진 한 장. **미안해요.** 플로랑스는 사진을 지갑 속에 구겨지지 않도록 집어넣으며 그렇게 말했다. 하지만 남자는 대답하지 않았다. **근데 왜 그 검은머리 남자가 당신을 쏜 거죠?** 역시 남자는 대답하지 않았다. 자신이 좋아하는 일에 푹 빠져 다른 사람이 하는 말에는 전혀 신경을 쓰지 않는 남자의 전형적인 얼굴이었다. 옛날 옛날 가브리엘이 인화가 끝나길 기다리며 암실 앞 의자에 앉아 다리를 달달 떨며 손톱을 씹고 있을 때 딱 바로 그때의 표정 같았다. 플로랑스가 도저히 좋아할 수 없었던 그 50만 광년 너머의 표정. **자, 플로랑스, 다시 빗소리를 들으러 나가야 할 시간이야.**

뜻밖에도 빗소리의 제국 속에 그 차가 그대로 있었다. 딱정벌레를 닮은 그 차, 총소리가 난 후 비틀대며 무방비 상태로 빗소리의 제국으로 튀어 나온 검은 머리 남자가 문을 거칠게 잡아당기던 그 차. 우산 위로 후드득 빗방울들이 주먹질을 해댔다. 그리고 빗방울의 주먹질보다 더 빠른 속도로 플로랑스의 심장이 뛰었다. 생각해 내지 말았어야 했던 단어 하나가 마치 트래시 메탈의 속주 드러머처럼 그녀의 심장을 두들기고 있었다. 살인자. **살인자가 저기 있을 지도 몰라.** 하지만 멈출 수 없었다. 운동화가 다 젖어 발은 천근만 근이었지만 멈춰지질 않았다. **왜 도망가지 않는 거지, 넌?** 함정일지 모른다는 생각도 들었지만 멈출 수가 없었다. **난 테세우스잖아, 가 브리엘로부터 검과 실을 받은. 할 수 있어. 겁먹지 마. 살인자가 뭔 일 이냐고 물어보면 주차 딱지를 떼러 왔다고 천연덕스럽게 말하는 거야. 할 수 있어, 그렇지, 플로랑스?** 플로랑스는 마침내 아령처럼 무거워 진 주먹을 힘겹게 들어 올려 딱정벌레를 두들겼다. 하지만 아무 대 답도 없었다. 그날 하루 종일 도무지 대답이 없던 남자들. 플로랑 스는 빗방울에 질세라 다시 더 요란하게 차창을 두들겼다.

빗방울이 벌떼처럼 자꾸 달라붙은 바람에 아무것도 보이지 않 는 차창 안에서는 여전히 아무런 기척도 없었다. 우산을 쥐지 않 은 손, 플로랑스의 왼손이 딱정벌레의 운전석 손잡이를 잡았다. **죽 으면 안 돼. 죽지 않을 거야, 그렇지?** 딸깍, 하는 마치 김빠진 맥주 병을 따는 듯한 감촉이 왼손에 느껴지는가 싶더니 문이 왈칵 밀렸 다. 당황한 플로랑스는 등에 힘을 주고 열리는 문을 몸으로 막으려 다 미끄러지는 바람에 물웅덩이에 엉덩방아를 찧고 말았다. 잠자 코 누워 있던 물들이 일제히 하늘로 도약했고 들고 있던 우산은 그 녀의 손에서 빠져나가 안테나처럼 발라당 속을 내보이며 뒤집어졌 다. 이제 거침없이 퍼붓는 비로부터 플로랑스를 막아줄 건 아무것 도 없었다. 채 10초가 지나기도 전에 플로랑스는 속옷까지 흠뻑 젖 었다. 하지만 문은 열리지 않았다. 그렇다고 완전히 닫힌 것도 아니었다. 플로랑스는 등과 어깨와 그리고 옆얼굴로 비에 젖어 차가운 딱정벌레의 문을, 한사코 열리려던 그 문을 밀어붙이고 있었다. **이렇게 문을 열어두면 차 안이 금세 젖고 말 텐데.** 퍼붓는 비 때문에 플로랑스는 눈을 뜨기가 힘들 정도였다. 짙은 청색이었다고 기억되는 우산은 바닥에서 잘게 부서지는 하얀 포말의 파편들에 뒤덮여 은빛으로 보였다. 플로랑스는 손바닥으로 얼굴을 훑고 고개를 숙였다.

플로랑스는 바닥을 짚고 있는 오른손 근처가 붉게 물들어가고 있는 걸 보았다. **아름다운 색이구나.** 열린 문 사이에서 붉은 물줄기가 흘러나오고 있었다. **딱정벌레가 피를 흘리고 있구나.** 플로랑스는 해산하는 임산부처럼 괴성을 지르며 물웅덩이에서 일어나면서 초인적인 힘으로 딱정벌레의 상처를 닫아버렸다. 안쪽에 물이 고이는 바람에 대가 하늘을 향해 꼿꼿이 서 있는 우산을 가지러 갈까 망설이다 단념하고는 딱정벌레의 조수석 쪽으로 달려갔다. 이번에는 망설이지 않고 문을 열었다. 처음 보는 남자가 붉은 액체를 뒤집어쓰고 운전석 차창 쪽으로 부자연스럽게 몸을 기대고 누워 있었다. 플로랑스는 얼른 안으로 들어가 문을 닫았다. **나쁜 예감은 틀리지 않는 법이야.** 운전석 차창은 마치 가까이에서 누군가 무른 토마토라도 던진 것처럼 크고 작은 붉은 점들이 잔뜩 튀어 있었다. **왜 오늘 내가 만난 남자들은 하나같이 머리에 구멍을 갖고 있는 거지?** 백발의 야빈은 관자놀이 구멍이 뚫린 채 '미래의 거짓말' 카운터 앞에 누워 있었고, 처음 보는 이 남자 역시 검은 머리에다 냄새

나는 붉은 액체를 끼얹은 채 딱정벌레 안에 누워 있었고. 다른 점
이 있다면 검은 머리 남자는 검은 권총을 쥔 채라는 거였다. 하지
만 그 남자가 아까 '미래의 거짓말'에서 튀어 나오던 남자라고 플
로랑스는 확신할 수 없었다. 남자는 눈을 뜨고 있었다. 쌍꺼풀이
유난히 짙은 남자의 시선을 피해 가며 플로랑스는 남자의 손에서
권총을 뜯어내 물에 젖어 푸성귀처럼 늘어진 배낭 속에 집어넣었
다. **이젠, 하나도 무섭지 않아. 시체들이란 다 똑같잖아. 개성 같은 건
눈곱만큼도 가지고 있지 않은 놈들이지.** 플로랑스는 차례로 남자의
윗주머니부터 바지주머니까지 주머니란 주머니에는 모두 손을 넣
어 살펴보았다. **아무것도 아니야, 정말 이쯤은.** 지갑은 왼편 뒷주머
니에 있었다. **막시모 아폰소, 좋은 이름이군요.** 남자가 신분증에 찍
힌 이름만큼이나 멋진 마지막을 맞이하지는 못했다는 생각이 들었
다. 왠지 자살 같은 걸 할 이름은 아닌 것 같았다. **막시모 아폰소, 이
남자 말고 하나가 더 있는 건 아닐까? 진짜 살인자가?** 남자의 권총
과 남자의 지갑과 남자의 신분증이 든 시든 푸성귀 같은 배낭을 품
에 꼭 안고 플로랑스는 다시 빗소리의 제국으로 나왔다. 은빛 우산
은 이제 아무데도 보이지 않았다. 넘어지지 않도록 조심하면서 플
로랑스는 달리기 시작했다. 그녀가 발을 디딜 때마다 피어난 세피
아빛 동심원에 빗방울의 화살들이 요란하게 꽂혔다.

"총이 없었다고 하던데."
"나는 모르는 일이야."

플로랑스는 하마터면 신문에도 나지 않은 걸 니가 어떻게 알아? 하고 물어볼 뻔했다. 푸성귀 속에 담아 왔던 그 검은 총. 손잡이에 묻어 있던 붉은 피가 잘 지워지지 않아 구두를 닦을 때 쓰는 칫솔로 박박 문질러야 했던 그 검은 총. **잊지 마, 폴은 상상을 초월하는 부자라고. 모르는 게 없지, 남의 꿈으로 들어가는 법을 빼고는 말이야.**

"너는 검은 머리 남자가 자살을 한 거라며. 그래, 경찰도 정황으로 봐선 그런 것 같대. 총알의 입사각도 딱 맞아 떨어지구. 그런데 왜 총이 없는 거야? 그게 어디로 갔지?"

"그걸 왜 나한테 묻는 거지?"

"니가 들어갔다며 거기에. 그리고 그 남자의 차를 니 지문으로 떡칠을 해놓은 거 아니야. 들어간 건 맞지, 그렇잖아? 그러니까 인터폴에 용의자로 지명수배가 된 거구."

"응."

어제 폴이 직접 운전을 해서 플로랑스의 집으로 찾아왔었다. 폴이 직접 운전하는 걸 본 건 그게 처음이었다. **운전사는 해고했니? 쓸데없는 소리 마. 그런 농담이나 하고 있을 기분이 아냐. 12시간이 지나면 너한테 수배령이 떨어질 거야. 난 믿을 수가 없어. 대체 거기서 뭘 한 거야?** 폴의 목소리는 가늘게 떨렸었다.

"그런데, 지문만 잔뜩 남겨두고 총은 안 가지고 나왔다구?"

"응."

"너답지 않구나."

폴은 한숨을 쉬었다. 어제도 그랬다. 플로랑스의 얘기를 듣더니 아주 기다란 한숨을 쉬었다. 그러고는 두 개의 열쇠와 핸드폰을 플로랑스에게 건넸다. **한마디도 하지 말고 닥치고 내일 낮까지만 여기가 숨어 있어. 전화도 인터넷도 안 돼. 전화는 오는 때만 받는 거야. 내 말대로 안 하면 너뿐 아니라 나까지 위험해질 거야. 이건 부탁이 아니야, 명령이라구.**

"경찰에 가야 해. 솔직히 나 역시 널 믿지 못하겠지만, 그래도 경찰에 가야 해. 그래야 문제가 안 커져, 니가…… 니가 만약……."

"범인이 아니라면 말이지?"

"아니, 그런 건 상관없어. 니가 범인이라도…… 너는 똑똑하니까 내가 납득할 만한 이유를 꾸며댈 수 있겠지, 뭐. 범인이라 해서 꼭 감옥에 가야 하는 건 아니니까."

시 외곽에 밀집한 공동주택 단지에 있는 16평짜리 허름한 집이었다. 며칠 전까지 누군가 살면서 살림을 꾸려왔던 것 같았다. 확실히 오래 비워둔 집은 아닌 듯했다. **누굴까? 나처럼 또 일급살인 용의자로 몰려 인터폴에 쫓기는 친구가 폴에게 또 있는 걸까?**

"똑똑한 변호사 한 놈 붙여줄게, 경찰서로 가자."

"싫어. 지금은 싫어."

"왜? 왜 싫다는 거지?"

"해야 할 일이 있어. 그 일부터 하구."

낡은 소파에 엉덩이 끝만 살짝 걸치고 있던 폴이 용수철처럼 벌떡 일어났다.

"넌 날 잘 알지. 아빠는 내가 싫다고 했을 때 다시 말하는 법이 없었어. 나 역시 누군가 내 제안이 싫다고 하면 다시 말하지 않아. 좋다고 말할 사람은 널려 있으니까. 이거 하나만큼은 변하지 않더라구, 사람을 설득하는 것보단 사람을 바꾸는 편이 훨씬 간단해. 하지만 이번엔 예외를 둬야겠다. 정말 경찰서에 가지 않겠니?"

"······미안해."

폴에게 그렇게 대답했지만, 플로랑스는 그 '미안하다'라는 감정이 어떤 것이었는지 잘 기억나지 않았다. 마치 어떤 냄새를 맡았는데, 그 냄새가 분명 낯선 것은 아닌데 무슨 냄새인지 도저히 떠올릴 수 없을 때처럼 기분이 찝찝했다. **나, 잠깐 동안 너무 많은 걸 잃어버렸지. 미안하다, 좋아한다, 슬프다, 부럽다, 무섭다, 지겹다······ 다들 어디로 간 걸까?······ 거기에······ 가브리엘의 꿈속에 다 고대로 잘 보관되어 있는 걸까? 거기에는 정말 그것들이 다 있을까?**

"정말 남의 꿈속으로 들어갈 수 있다고 믿는 거야?"

"믿는 건지 아닌지는 모르겠어. 하지만 그걸 해볼 수 없다면 지금 당장 여기서 죽는 게 나을 것 같애."

"좋아, 누가 말리겠니. 가보고 싶다면 또 해보고 싶다면 해봐야지······ 그런데, 가브리엘의 꿈에 들어가기 위해 어떻게 해야 하는지, 뭐부터 시작해야 하는 건진 알고 있는 거야?"

"응."

"확실히 해두자. 그 사람들, 야빈을 포함해서 말이야, 니가 죽이지 않았다는 건 믿어두 좋은 거지?"

"응"

"거기서 뭘 봤니?"

"이거."

플로랑스는 마치 그 사진이 폴의 손에 들어가면 다시는 영원히 돌아오지 못할 것처럼 사진 속 여자와 오래오래 눈을 맞춘 뒤 폴에게 넘겨주었다. 다시 봐도 여전히 기분 나쁜, 다른 사람들에게 미소를 전염시키기보다는 왠지 모를 오싹함에 등 뒤를 한번 돌아보게 만드는 그런 미소.

"이게 야빈이 나한테 말했던 그 여자라구? 꿈속에서 야빈이 갖고 싶어했던 책을 가로챘다던 그 여자가 바로 이 여자라구? 이건 말도 안 돼."

사진을 든 폴의 오른손이 떨리고 있었다. 적잖이 놀란 듯했다. 플로랑스는 자연스레 폴이 예전에 했던 말을 떠올렸다. **부자들은 잘 놀라지 않아. 타고난 습성이 잘 놀라지 않는다기보다는 놀랄 필요가 없는 거지.**

"그, 그 여자애야."

"아는 사람이니?"

"응, 내가 샀던 애야. 달아나 버렸지만."

플로랑스는 얼굴을 찌푸렸다.

"아니, 그런 게 아니야. 이상한 상상은 하지 말아줘. 말해 줘도 잘 안 믿겠지만…… 너두 소문은 들었는지 모르겠구나. 내가 샀던 「거울 속의 고양이 I」에서 사라진, 어느 날 눈 떠보니 내 그림에서 도망친 그 여자애하고 똑같이 생겼어. 미쳤다구 할까 봐 아무한테도 얘기하지 못했는데. 실종 신고는──아니 분실 신고라고 해야 하나?──더더욱 꿈도 못 꿨구 말이야. 정신병원이라면 딱 질색이니까. 한데, 어떻게 이럴 수가 있는 거지?"

폴은 한 손에는 사진을 쥔 채로 주머니 속 담배를 빼 물었다.

"야빈한테서 이 여자애에 대해 뭘 들은 거야?"

"아무것도. 그 사람한텐 그럴 시간이 없었거든."

폴은 얼마나 담배를 빨리 태우는지 시합이라도 하는 사람처럼 급하게 담배를 빨아댔다. 플로랑스는 붉은 머리 남자의 까닥이던 집게손가락을 떠올렸다.

"야빈이 그랬어. 이 여자, 김동근인가 그 유명한 디자이너의 부인이라구…… 혹시 니가 말했던 해야 할 일이라는 게 그거니? 이 여자를 찾아가는 거?"

플로랑스는 담배연기에 감싸인 남자에게 고개를 끄덕였다.

"그건 니가 하지 않아도 돼. 내가 손을 쓰면……."

"아니 내가 할 거야. 고맙지만 이건 내 일이야. 니가 도와줬으면 하는 일은 따로 있어. 막시모 아폰소에 대해 조사해 봐줘. 왜 그 남자가 니 친구 야빈을 왜 죽였는지, 난 그게 궁금해."

"그건 벌써 시작했어."

또 잊어먹었군, 폴이 얼마나 부자인지. 이 멍텅구리 같으니라구.

"그리고 할 수 있다면 또 다른 가능성도 조사해 봤으면 좋겠어. 야빈을 죽인 게 막시모 아폰소가 아닐 수도 있어. 다른 남자가, 머리가 검은 남자가 하나 더 거기에 있었는지도 모르겠어."

"왜 그렇게 생각하는 거지?"

폴은 헛기침을 하면서도 손에 붙들린 짧은 담배를 버리려 들지 않았다.

"야빈을 죽인 남자가 차에 타는 건 봤는데, 잠시 '미래의 거짓말'에 들어갔다 오느라 자리를 비웠었거든. 그럴싸하게 들리진 않지만, 야빈을 죽인 남자가 차에 타서 또 다른 남자를 죽인 걸 수도 있는 거잖아. 확실치는 않지만 왠지 차에 뛰어들던 남자와 나중에 내가 차에서 발견한 죽은 남자가 다른 사람인 것 같기도 해서 말이야."

"알았어, 그쪽도 알아볼게 한번…… 근데 플로랑스, 너의 친구로서 또 가브리엘의 친구로서 이 말만은 꼭 해둬야겠어. 너도 잘 알다시피 난 언제나 세상을 긍정적으로 살아왔고 어떤 놀라운 일이든 일어날 수 있다고 믿는 편이야. 예수의 놀라운 이야기조차 내게는 꽤 그럴듯하게 들리니 말이야. 하지만…… 하지만 니가 내 불운한 친구 가브리엘의 꿈에 들어갈 수 있다는 얘기는…… 지독한 헛소리로밖엔 들리지 않아, 나한테도. 나는 니가 그런 일에 네 안위를 내맡기는 걸 찬성할 수가 없어."

아니, 그림 속에서 여자애가 튀어 나왔다는 니 얘기와 내 계획이 뭐가 다른지 난 모르겠는걸. 하지만 플로랑스가 해줄 수 있는 말은 그 말밖에 없었다.

"고마워…… 하지만 난 그걸 꼭 해야 돼."

풀과 우유를 한데 넣고 믹서로 간 듯한 연초록색 딱정벌레. 곧

충강 딱정벌레목 딱정벌레과에 속하는 곤충의 총칭. **이건······ 싫은 데.** 폴에게 대놓고 말할 처지는 아니었지만 막연히 딱정벌레만은 아니었으면 했다, 아닐 거라고 설마 그럴 리 있겠냐고 생각했었다. 그랬는데, 어김없이 딱정벌레였다. **이거라면 어디서도 눈에 띌 걱정 은 없어.** 폴 또한 그닥 맘에 들지 않는 선물을 아들에게 마지못해 건네는 아버지 같은 표정이었다. **고마워.** 고마웠지만, 기댈 데 없는 자신을 도와주는 폴이 말로 다 못할 만큼 고마웠지만, 아무리 맑은 날이라도 딱정벌레에 올라타면 플로랑스는 미친 듯 비가 쏟아지 던, 남자들은 또 죄 머리에 구멍이 뚫린 채 대답이 없던 그날이 떠 올라 괴로웠다. 그 지긋지긋하게 내리쬐던 빗소리.

미란다. 그게 그 여자의 이름이었다. 야빈의 꿈에 나타났다던 여자, 또 폴의 그림에서 달아났다던 여자. **둘 중의 한 명이, 아니 둘 다 사람을 잘못 본 게 아닐까? 세상에는 그런 사람도 많잖아, 처음 만난 사람에게서 늘 '예전에 우리 어디선가 한번 만난 적이 없나요? 너무 낯이 익어서요.'와 같은 말을 듣는 사람이.** 생각하면 생각할수록 그 럴 가능성이 다분해 보였다. 하지만 그녀의 연인이 자신의 꿈속에 갇히고 난 후 플로랑스의 세상에서는 모든 확률이 고장 난 시계처 럼 망가지고 말았다. 백분의 구십구와 천분의 일 중 어느 것이 더 큰 숫자냐는 질문이 '엄마가 좋니, 아빠가 좋니?'같이 정답이 존재 할 수 없는 철 지난 농담으로 변해 버렸다. 플로랑스는 엄마가 더 좋았는지 아빠가 더 좋았는지 생각하면서 능숙하게 시립도서관으 로 올라가는 언덕길 밴과 선팅이 짙던 경차 사이에 딱정벌레를 주차시켰다. 폴은 전지전능했다. **그 여자를 만나고 싶다면 매주 화요일 오전에 시립도서관에 가봐.**

미란다. 예쁜 이름이었다, 딸을 낳는다면 이름으로 붙이고 싶을 만큼. **나도 언젠가 딸을 가질 수 있을까?** 지난주 화요일 시립도서관에서 플로랑스는 세 권의 책을 들고 있던 그 여자 뒤에 줄을 섰다, '새로 구입한 책' 코너에서 닥치는 대로 손에 잡히던 두 권의 책을 들고서. 『49일 만에 성공하는 재테크』와 『붉은 벽보의 세월』. **넌 몇 살이니? 스물둘 아니면 서른둘?** 미란다는 어린이들을 위한 그림책 두 권과 『미로의 역사』라는 책을 사서 앞에 내려놓고는 딴청이었다. 플로랑스는 무심코 그녀의 도서대출증을 훔쳐보았다. 언제 찍은 건지는 알 수 없지만 갈래머리를 땋아 유난히 어려 보이던 사진과 '미란다'라는 이름이 박혀 있던 도서대출증. **손님 대출카드를 주셔야죠.** 처음부터 그런 게 있을 리가 없었다. 수배자가 도서대출증 같은 걸 만들 여유가 있을 리 없었다. 물론 49일 안에 돈을 버는 법 같은 걸 알고 싶은 마음도 없었고. 플로랑스는 지갑을 뒤지는 시늉을 하고는 멋적은 웃음을 주근깨가 잔뜩 난 사서에게 지어 보였다. **아, 내 정신 좀 봐. 깜박 잊고 집에다 놓고 왔나 봐요. 다음에 빌려야겠네요. 꼭 보고 싶은 책이었는데.** 플로랑스는 자신의 거짓말이 점점 길어지는 게 맘에 들지 않았다. 대출증을 뚱뚱한 남자 사서에게 돌려받으며 미란다는 플로랑스를 쳐다보며 웃었다. 사진 속의 미소와는 전혀 다른, 한 줌의 악의도 비춰 보이지 않던 웃음. 마치, 나도 벌써 몇 번이나 똑같은 실수를 저질렀답니다, 라며 처음 보는 사람을, 실수를 저질러 당황해하는 사람을 안심시키려는 듯한 웃음.

화요일 오전 11시 37분의 한가로운 도서관 앞. 게으른 볕이 언덕 꼭대기서 데굴데굴 굴러 내려오는 도서관 앞 언덕길 축대 밑 딱정벌레 속에서 플로랑스는 미란다를 기다리고 있었다. 지난주에 빌린 세 권의 책을 가슴에 끌어안고 딱정벌레를 지나친 게 10시 10분이었으니, 이제 거의 1시간 반이 지난 셈이었다. 세 권의 책을 돌려주고 또 세 권의 책을 빌리기에는 충분한 시간이었다. **그림책이나 보면서 아까운 시간을 낭비하고 있다니.** 플로랑스는 다시 세 권의 책을 가슴에 품고 언덕길을 내려올 미란다의 모습을 상상해 보았다. 사진과 달리 밉지 않은 웃음을 지을 줄 알던 여자. **하지만 그 분홍색 하이힐은 정말이지 맘에 들지 않았어.** 10미터, 5미터, 3미터, 그때 플로랑스는 딱정벌레의 문을 홱 열고 미란다의 그림자가 흘러내리고 있는 언덕길로 나설 것이다. 태양을 등진 미란다의 당황한 모습. 안녕하세요? 안녕하세요?와 같은 대화는 결코 오가지 않으리라. 플로랑스는 조수석 시트에 대각선 방향으로 묵직하게 누워 있는 검은 총에 눈길을 던졌다. **첫 번째 인사로는 그게 좋겠어.** '운전할 줄 아세요?'

"미친 건지 미친 척하는 건지 모르겠어요."

"왜?"

"당신은 당신의 말을 다른 사람이 믿을 거라고 생각하세요?"

대략 두 시간 전 놀란 모습의 미란다는 도서관 앞 가파른 고갯길에서 고개를 끄덕이며 네라고 대답했고 플로랑스는 그럼 여기 타라고 차갑게 말했다. 그리고 미란다는 딱정벌레의 핸들을 쥐게 되었다, 플로랑스는 조수석에 앉아 권총을 쥐게 되었고. 운전하는 내내 미란다는 총구를 바라보지 않았다.

"아니, 믿을 거라고 생각하지 않아. 하지만 총을 보면 생각이 달라지는 사람도 종종 있다구 들었어."

"……."

"생각을 바꾸지 않다가 빨리 간 사람도 있다던데."

"……."

미란다는 운전을 잘했다. **운전만큼이나 가브리엘의 꿈에 날 들어가게 하는 일도 능숙하면 좋으련만.** 폴의 안가(安家)까지 오는 동안 미란다는 한 마디도 하지 않았다. 플로랑스가 시키는 대로 운전만 할 뿐이었다.

"너한테 시간을 많이 줄 거라 기대하진 마. 시간이 얼마 남지 않았어, 죽거나 말하거나 둘 중의 하날 니가 고를 시간이 말이야."

"도대체 무슨 얘긴지 전 하나도 모르겠어요."

"그것 참 안됐군."

플로랑스는 권총의 안전장치를 풀었다. **죽일 수 있어. 난 죽일 수 있어. 그 늙은이도 죽일 뻔했잖아.** 이 정도쯤이야. 벽에 달린 커다란 거울이 권총을 들고 있는 자신의 모습을 반사하고 있었다. 플로랑스는 자신의 모습이 아름답다고 생각했다. **거울 속 권총 안에도 총**

알이 들어 있을까?

"잠깐만요……."

"아까 얘기했지, 난 시간이 없어. 아니, 시간이 없는 건 너지. 쓸데없는 소리 집어치우고, 자, 이 사진을 봐."

플로랑스는 사진을 바닥에 집어던졌고 미란다는 대관식에 나온 공주처럼 우아한 자세로 무릎을 꿇었다. 플로랑스는 왕관 대신 그녀의 정수리에 총신을 들이댔다.

"잘 생각하고 대답해. 내 맘에 들지 않는 대답을 한다면 더 이상 대답 같은 걸 할 기회는 없을 테니까. 무슨 말인지 알아들어?"

미란다는 사진을 잡은 채 고개를 끄덕였다.

"제일 오른쪽에 서 있는 붉은 머리 남자를 아니?"

시간이 좀 걸렸지만 미란다는 다시 고개를 끄덕거렸다.

"안심하지 마. 한 번이라도 내 맘에 들지 않는 대답을 하면 그걸로 끝이니까. 그리고 재수 없게 고개만 까닥거리지 말고 이제부턴 대답을 하도록 해. 그 사진 속 남자의 꿈속에 들어간 적이 있지?"

"……네."

"일어나."

"나도 남의 꿈에 들어갈 수 있니?"

딸꾹. **참 기가 막히는 타이밍이군 그래.** 권총도 따라 쿨럭, 잦은 기침을 하는 노인처럼 고개를 까닥거렸다.

"있기는 하지만……."

"있기는 하지만, 뭐?"

"당신 같은 보통 사람이 남의 꿈에 들어가게 되면 우선…… 그다음엔 더 이상 꿈을 꿀 수 없게 된대요, 그렇게 들었어요."

"꿈 같은 걸 못 꾸는 게…… 정말 문제가 된다고 생각해?"

딸꾹. 여전히 미란다는 총신을 바라볼 용기가 나지 않는 것 같았다. 고개를 약간 수그리고 플로랑스의 무릎께에 시선을 고정시키고 있었다.

"그럴 수도 있겠죠, 어떤 사람에게는. 하지만 그것 말고도 더 큰 문제가 있어요."

"뭔데?"

"남에 꿈에 한번 들어갔다 오면 기억을 잃어버리게 된다는 거예요. 다 잊어버리게 된다구요. 자신이 누군지도 모르게 되는 거예요, 기억상실증에 걸린 것처럼."

기억을 잃어버린다구? 플로랑스는 거울을 쳐다보았다. 딸꾹. 거기에 권총을 들고 어깨를 구부정하게 숙이고 있는 짧은 머리의 여자가 보였다. **내가 나를 알아보지 못하게 된다구? ……그게 뭐? …… 그다지 예쁘지도 않은 얼굴이잖아? 그게 무슨 상관이람.** 거울 속 플로랑스의 입 꼬리가 올라가는 순간, 어금니의 치통처럼 관자놀이를 후비는 깨달음이 있었다. **하지만, 하지만…….**

"그럼 꿈속에서는 어떻게 되는 거지? 기억을 잃는다고 했지? 언제 잃는 거지? 꿈속에서부터 기억을 잃는 거야, 아니면 꿈에서 깨어난 후에 잃는 거야?"

하지만, 하지만…… 만약에 내가 가브리엘의 꿈속에 들어갔는데, 거

기까지는 성공했는데, 정작 거기서 내가 그를 알아보지 못한다면…….

"그건…… 저도 몰라요. 꿈에서부터 기억을 잃는 건지, 아니면 나온 다음에 잃는 건지. 제가 본 건 남의 꿈에 들어갔다가 깬 사람들은 모두 기억을 잃는다는 거예요. 어느 시점에서 기억을 잃은 건지는 저도 몰라요."

50%의 확률이라 말이군. 가브리엘의 꿈에 들어간다 해도 내가 그를 알아볼 확률이 50, 그를 알아보지 못할 확률이 50. 하지만, 그는 날 알아보겠지? 그렇겠지? 딸꾹. 내가 그를 알아보지 못하면 그는 슬플까? 슬프겠지? 하지만 난 슬프지도 못하겠지? 하지만 50%잖아? 질문이 꼬리의 꼬리를 물고 플로랑스를 둘러싼 채 손수건 놀이를 하고 있는데 구름을 뚫고 저 멀리 아득히서 질문이 내려왔다.

"그런데 누구의 꿈에 들어가려는 거죠?"

"그건 알아서 뭣 하게?"

"그 사람이 있어야 하니까요. 바로 곁에 있어야 꿈에 들어갈 수 있거든요. 혹시 아주 멀리 사는 사람은 아니죠? 아이슬랜드라든가 서사하라라든가…… 그런 데 사는 사람은 아니죠?"

내가 그를 알아보지 못한다 해도 그가 나를 알아볼 거야. 그거면 된 게 아닐까? 새벽의 병원은 추웠다. 폴이 말했던 대로 새벽 2시 25분 병원 서쪽 입구에는 흰 가운을 입은 의사 한 명이 나와 있었다. 플로랑스와 미란다가 다가가자 담배꽁초를 멀리 내던졌다.

"노파심에서 말씀드리는 거지만 병동에서 소란을 피웠다간 저

도 모가집니다. 도대체 이 밤중에 무슨 종교 의식을 하시겠다는 건
진 모르겠지만…….."

붉은 얼굴의 지칠 대로 지친 듯한 표정을 짓고 있는 의사, 그 뒤
로 분홍색 트레이닝복 차림의 미란다, 그리고 마지막으로 굳은 얼
굴의 플로랑스가 드문드문 켜져 있는 형광등 아래 얼룩덜룩한 어
둠이 점령한 복도를 줄지어 걷고 있었다. 의사는 연신 기침을 해대
면서 잘 알아들을 수 없는 혼잣말을 중얼거리고 있었다. **언제든지
내가 널 죽일 수 있다는 건 잊지 마. 하지만 니가 날 그 사람의 꿈속으
로 들어가게만 해준다면, 넌 당장 집으로 돌아갈 수 있어.** 점퍼 주머
니에 든 권총을 만지작거리며 플로랑스는 커다란 거울이 달린 거
실에서 가만히 고개를 끄덕이던 미란다의 차분한 얼굴을 떠올렸
다. 그녀는 플로랑스에게 남은 단 하나의 희망, 주머니 속 마지막
동전 같은 존재였다. **이제 얼마 남지 않았어.** 거머리처럼 끈덕지게
머리에 달라붙는 온갖 불길한 상상들을 떨쳐버리려 플로랑스는 세
명의 기이한 행렬이 만드는 여섯 짝의 발소리에 정신을 집중하고
있었다. 플로랑스가 그 서로 다른 여섯 개의 음표가 그리는 불규칙
한 엇박자 속에서 나름의 규칙을 발견할 즈음, 그들은 목적지에 도
착했다.

"여깁니다."

의사는 영 맘에 내키지 않는다는 듯 혹은 더 남은 할 말이 있는
듯 두 사람을 향해 돌아서서 마지막으로 인상을 구기더니 의외로
싹싹하게 말도 없이 돌아서 버렸다.

"들어가."

미란다, 플로랑스의 마지막 동전이 일인 입원실의 문을 열자 감금되어 있던 어둠이 후다닥 밖으로 뛰쳐나왔다.

"불을 켜진 말고."

"가브리엘…… 바로 그게 여기에 누워 있는 남자의 이름이군요."

어둠 속에서 미란다의 목소리는 왠지 으스스한 데가 있었다. 문을 닫고 플로랑스는 가져온 손전등을 켜서 침대 옆 탁자 위에 문 쪽을 비추도록 올려놓았다.

"왜? 다른 이름이어야 하나?"

"아니요, 그럴 리가…… 애인인가요?"

"그래."

딱히 숨겨야 할 이유가 없었으므로 플로랑스는 순순히 인정했다. 문에 부딪쳐 부서지며 방을 어슴프레 데우는 손전등의 오렌지 빛 박명 속에서 남자는 한 달 전 그 모습 그대로 잠들어 있었다. **가브리엘, 나야. 플로랑스. 이제 곧 널 보러 갈 거야.**

"이 사람…… 어떻게 된 거죠?"

"꿈속에 갇혔어."

"꿈속에 갇혔다구요?"

미란다의 얼굴 위로 알 수 없는 표정이 재빨리 지나갔다. 그 재빨리 지나가던 표정이 남겨놓은 그림자를 따라 플로랑스의 머릿속에서 불길한 생각이 장거리 트랙의 출발선을 박찼다.

"왜, 꿈속에 갇혀 있는 남자의 꿈에는 들어갈 수가 없는 거야?"

"아니요. 그런 건 아니지만……."

"하나만 물어보자. 너, 내가 잠들고 나면, 막시모 아폰소를 보내 야빈하고 뚱보 주인을 죽였던 것처럼 나하고 가브리엘을 죽일 거니?"

"하하하. 굉장히 많은 걸 아시고 계시네요. 비록 전부는 아니지만. 제가 막시모 아폰소를 보낸 건 맞아요. 그리고 야빈을 죽이려고 했던 것도 맞아요. 그는 너무 많은 걸 알고 있었거든요. 하지만 거기서 일어난 일들은 그이가, 막시모 아폰소가 한 일이 절대 아니에요. 그는 프로예요. 다른 사람까지 죽여가며 소란을 피우는 일 따위는 안 해요. 더더욱 자살을 할 이유도 없구요. 누군가가 거기 있었어요, 순식간에 세 명을 해치운 누군가가. 그 새끼, 막시모 아폰소를 죽인 그 새낀, 제가 처리할 거예요. 제 손으로 직접 말이에요."

너무 많은 걸 알고 있었다, 라고? 나 역시 너무 많은 걸 알고 있잖아.

"무슨 생각 하는지 알겠어요. 당신도 나에 대해 너무 알고 있다 이거죠. 하지만 당신은 곧 기억을 잃을 거잖아요. 그러니 당신은 저에게 전혀 위험하지 않은 존재예요. 게다가 또……."

그렇게 말하다가 미란다는 입술을 깨물면서 말을 멈췄다.

"내가 널 믿을 거라고 생각해?"

"예…… 아니오…… 잘 모르겠네요. 하지만 믿건 믿지 않건 당신이 제가 시킨 대로 할 거라는 것만큼은 알아요. 아무리 확률이 낮은 말이라도 당신은 이번 레이스에 전 재산을 걸 거예요. 이게 마지막 레이스니까. 그렇죠?"

"빙고."

플로랑스는 주먹을 꼭 쥐었다. 짧게 깎은 손톱이 손바닥을 꾹 눌렀다.

"꿈속에서 내가 정말 그를 알아볼 수 있을까, 정말?"

"……이 사람, 꿈에 갇혔다고 했죠? 혹시 그쪽은, 꿈의 미로에 대해, 그러니까 꿈의 분기점이 어떻게 생기는지에 대해 들어본 적 있어요?"

"아니."

미란다는 진절머리가 난다는 듯 고개를 몇 차례 설레설레 저었다.

"몰라요. 저도 몰라요. 들어가서 어떻게 될진 정말 모르겠어요…… 다시 한 번 말하지만 내가 아는 건 이게 오늘의 마지막 레이스라는 게 다예요…… 할 건지 말 건지 결정해요, 얼른."

가브리엘, 거기는 따뜻하니? 먹을 건 충분하고? 배고플 일은 없는 거니? 잘 알잖아, 나 딴 건 다 참아도 배고픈 건 못 참는 거. 한 가지만 부탁할게. 내가 혹시 널…… 그러니까 내가…… 내게 좀 문제가 생겨서 널 알아보지 못해도 나한테 화내진 말아줘. 가브리엘, 넌 내게 한 번도 화낸 적이 없잖아. 그걸 알아줬으면 좋겠어. 내가 널 못 알아보더라도, 그건 틀림없는 나야. 기억을 잃어버려도 그게 나란 사실은 변하지 않아. 다시 시작하는 게 많이 힘들겠지만 예전처럼 날 좋아해 줘. 예전처럼 날 사랑해 줘. 그리고…… 기억을 못해도 어쩌다 한 번씩 내가 좋아하는 중국식 볶음국수를 사주기다. 거기에도 기막힌 솜씨로 프라이팬을 휘두를 요리사 한 명쯤은 있겠지? 그렇게, 정말로 그렇게 될 수 있으면 좋겠다. 아니, 곧 될 거야, 틀림없이. 가브리엘, 우리 그냥 거기서 살까? 걱정해 주는 사람이 많은 건 알지만…… 니가 그러고 싶다면 난 상관없어. 나쁘지 않을 것 같애. 하기는 다…….

"할 거예요, 말 거예요?"

"해. 한번 해봐."

돌아서기에는 너무 늦은 거야, 라고 입술을 뜯으며 플로랑스는 생각했다.

아주 오랫동안 달려온 듯한 기분이었다. 좁고 어둡고 자주 날카롭게 꼬부라지고 때론 또 문득 막다른 길이던 그런 골목을 오래오래 달려 막 빠져나온 듯한 느낌. 하지만 그건 어쩌면 그저 느낌뿐인지도 몰랐다. 플로랑스는 환하게 빛나는 탁 트인 정원 한가운데 있는 작은 연못을 가로지르는 초승달 모양으로 휘어진 나무다리 앞에 서 있었다. **여기는 너무 밝구나.** 플로랑스는 갑자기 거기가 처음 와보는 곳이란 걸 깨달았다. 하지만 예전처럼 그 낯선 광경이 딱히 불편하지는 않았다. 오히려 차분하게 가라앉는 느낌이랄까, 그런 묘한 느낌이 풍경 속에 숨어 있었다. **예전처럼?**

불투명한 짙은 초록색 연못 속 희멀건 물고기들은 수면 가까이 올라올 때나 한 번씩 그 게으른 움직임을 내비치고는 했다. 그리고 다리 난간을 두 손으로 꼭 붙든 어느 처음 보는 여자의 얼굴. **예전처럼?…… 예전?…… 그게 뭐였지?** 청동거울처럼 반들거리는 연못의 거죽에서 한 여자가 손을 흔들었다. 왼손이었다.

"안녕, 왼손잡이 아가씨. 넌 이름이 뭐니?"

플로랑스가 말하는 동안에도 그 성미 급한 아가씨는 그녀의 말이 끝나길 기다리지 않고 함께 재잘거렸다. 하지만 그녀의 목소리는 연못 밖으로 뛰쳐나오지 못했다.

"이런 말 해서 그렇지만, 참 못생긴 얼굴이구나. 머리를 기르는 편이 너한텐 좀 더 어울릴 것 같은데."

플로랑스는 다리를 건너 연못 가운데에 떠 있는 조그만 인공 섬 위 낡은 정자를 향해 걸어갔다. **뭐, 니가 누군지 모른다 해도 문제가 되는 건 아니야. 옛날엔 그랬을지 몰라도……** 지금은 달라. 암, 그렇구말구. 시대가 변했잖아, 시대가.

정자 위에는 두꺼운 책 한 권이 곤히 잠들어 있는 타원형 앉은뱅이 책상 하나와 그리고…… 그리고 그 곁에 또 한 명의 남자가 있었다. 마치 책보다 더 깊이 잠드는 게 일생일대의 목표라도 되는 양팔을 가슴에 모으고 옆으로 누워 잠든 남자. 잘생긴 얼굴이라고 생각하자 플로랑스의 얼굴이 붉게 달아올랐다.

정말 꽤나 깊이 잠든 모양이었다. 남자의 턱과 뺨에는 곱슬거리는 수염이 길게 자라나 있었다. **어머, 수염을 깔끔하게 깎지 않은 남자라니, 질색이야.** 하지만 혼잣말과는 달리 플로랑스는 남자와 책이 잠들어 있는 그 정자를 떠나고 싶지 않았다. 플로랑스는, 아니 자신의 이름을 떠올리지 못했던 오른손잡이 아가씨는 앉은뱅이 책상 위에 쓰러져 있던 책을 집어들었다. 보기보다 꽤 무거운 책이었다. 제목은 '출발하지 못한 기차들'이었다. 가슴에 꼭 껴안아 보았더니 이상하게도 따뜻했다. **멍청한 제목이잖아. 그래도 꽤 따뜻한걸.**

추울 때 좋겠어. 아, 멋진 생각이 났다!

"이 책을 좀 빌려가도 될까요?"

플로랑스는 남자에게 말을 걸 구실이 생긴 게 기뻤지만 수염을 기른 남자는 여전히 대답하지 않았다. **무례한 사람 같으니라구. 무례한 사람에게는 똑같이 돌려줘야 하는 법이지.** 플로랑스는 잠든 남자 곁에 누웠다. 가까이서 보니 처음 받았던 인상보다 10년은 더 늙어 보였다. 플로랑스는 하늘을 보고 누워『출발하지 못한 기차들』을 두 손으로 높이 들어올렸다. 표지를 넘기자 거의 투명에 가까운 푸른 잉크로 또박또박 쓰인 '에브라르(Evrard)'라는 서명이 눈에 띄었다. **이 남자의 이름이 '에브라르'인가? 쿡.** 플로랑스는 조그맣게 웃음을 터뜨렸다. **웃긴 이름이잖아. 아니, 웃기지는 않지만⋯⋯ 하여간 어울리지는 않아.** 플로랑스는『출발하지 못한 기차들』의 책장을 후루룩 넘겼다. 죄 백지였다. **이게 뭐야. 글자들은 하나도 없는데, 페이지는 왜 이렇게 또 많담.**

플로랑스는 실망하며『출발하지 못한 기차들』을 책상 위로 돌려놓고 다시 어쩌면 이름이 '에브라르'일지도 모르는 남자 옆에 누웠다, 남자를 마주 보고 옆으로. 그러자 유성들처럼 잠이 쏟아졌다. 잠도 전염되는 건지 몰라, 그런 생각을 더듬으며 플로랑스는, 자신의 이름을 기억하지 못했던 아가씨는 그만 꿈도 없는 깊은 잠에 빠지고 말았다.

눈을 떴다. 그대로였다. 그 남자. '에브라르'일지도 모를 남자가 플로랑스의 눈앞에 누워 있었다. 몸을 일으켰다. 새벽이었다. 공기가 차가워 플로랑스는 얼른『출발하지 못한 기차들』을 꼭 껴안았다.

"이 책을 좀 빌려가도 될까요?"

소리를 질렀지만 남자는 반응이 없었다. 처음에는 조심스레 나중에는 하마터면 거의 정자 밖으로 굴러 떨어질 만큼 세게 밀어도 보았지만 남자는 여전히 대답하지 않았다. **더 이상은 무리야.**

플로랑스는『출발하지 못한 기차들』을 가슴에 꼭 품고 정자에서 일어났다. 동쪽으로, 그러니까 연못 너머 그리고 갈색 짧은 풀들이 바람에 흔들리고 있는 평원 너머 해가 뜨고 있는 곳으로 걸어가겠다고 플로랑스는 마음먹었다. **헌데 이 남자 영영 일어나지 않을 모양이네.** 도대체 이 남자는 무슨 꿈을 꾸고 있는 걸까?

지도제작자동맹의 비밀

> 그것은 사람이 꿈을 선택하는 것이 아니라 꿈이 사람을 선택하기 때문이지.
>
> ─주제 사라마구

미란다가 발견한, 야빈과 '미래의 거짓말'의 뚱보 주인과 또 막시모 아폰소를 거의 10분 안팎에 살해한 한창림의 책상 서랍 안에 잠들어 있던 메모 한 장.

사람들이 우리 지도제작자들을 나름대로 사회에 기여는 하고 있지만 왠지 다른 사람들과 잘 어울리지 못하는 물 위에 뜬 기름 같은 존재로 인식하고 있다는 걸 우리도 잘 알고 있다. 지도제작자 치고 '맡긴 일은 곧잘 하는데 사회성이 떨어진다.'라는 말을 한번쯤 들어보지 않은 사람이 있을까? 최근에는 소위 '사회성'이 개선된 지도제작자들도 더러 있다고들 한다. 하지만 나는 그리고 우리들은 손으로 직접 지도를 그리지 않는 그 같은 부류들을 '지도제작자'로 인정하지 않는다. 당연히 그들은 지도제작자동맹에 속해 있지 않다. 그뿐더러 아마도 그들에게는 이런 동맹이 있다는 사실마저 금시초문일 것이다.

우리 지도제작자동맹은 우리가 다른 사람들과 조금 다르다는 걸 안다. 그렇지만 우리는 그 다르다는 사실을 폐쇄적인 방식으로 즐기거나, 그 사실을 대중 앞에서 공공연히 강조하여 우리 동맹의 정치적인 입지를 강화하려는 의도가 전혀 없다. 우리는 다른 이들과 조금 다르지만 되도록이면 그걸 숨기며 살고 싶고, 부득이 그 다름이 노출되는 경우라도 타인이 이해하고 받아들여 주었으면 하고 소극적으로 바랄 뿐이다.

어쨌건 그 '다름', 그 독특한 정신적 형질이 우리가 땅 위에 새겨진 갖가지 주름들을 세밀하게 그리는 데 크나큰 도움을 주는 건 사실이다. 우리 모두는 이 땅을, 이 땅 위에 있는 모든 것들을, 까마득히 먼 곳에서 내려다본 이 땅 위에 있는 모든 것들을 손으로 직접 그리는 데 비상한 재주를 가지고 있다. 하지만 우리는 세밀화가나 초상화가 혹은 풍경화가 등과는 확연히 달라서, 그들이 눈에 보이는 것들을 종이나 캔버스 위에 재현하는 일을 그 업(業)으로 삼고 있다면, 우리는 보이지 않는 것, 너무 작아서가 아니라 반대로 너무 거대하고 또 명백하기 때문에 우리에게 보이지 않는 것들을 종이나 동판 위로 옮기는 데 일평생을 보내는 것이다.

왜냐고? 왜 기껏해야 어린아이 스케치북만 한 종이 위에 전혀 예술적이지 못한 도형들을 그려 넣는 데 평생을 바치는 거냐고? 어째서 다른 가치 있는 일들도 많은데 조그만 종이 위에 고작 산맥

261

을 그리고 강을 그리고 도시를 표시하고 호수를 칠하고 기찻길을
그려 넣고 위도와 경도를 긋고 축척을 그려 넣는 그런 하찮은 일에
평생을 소진시키고 있냐고? 우리들은 하나같이 그 대답을 알고 있
다. 하지만 당신들이 기대하는 그런 식의 답은 아니다. 우리가 무
슨 거창한 직업의식이나 완성된 지도를 보는 희열이나 기술의 희
소성에서 오는 그 상업적인 가치 때문에 이 일을 하고 있다고는 생
각지 말아 달라. 그것들은 죄 결과일 뿐이다, 원인이 아니라. 지도
제작자 동맹에 속한 우리 모두는 세습된 자들이다. 우리가 몸소 이
직업을 선택한 것이 아니다. 우리는 우리의 의지와 상관없이 죄 세
습당했다. 우리는 어린 시절 어느 날 불쑥 그걸 알게 되었다.

우리를 속박하고 있는 이 세습은 가업이나 유산이나 육체적인
형질 같은 세습과는 또 다르다. 우리의 세습은 DNA나 인간관계를
매개로 이루어지지 않는다. 거듭 말하지만 우리 지도제작자동맹의
구성원은 DNA에 의한 근친성을 전혀 공유하고 있지 않다. DNA
는 고작해야 눈의 색깔이나 숟가락을 쥐는 손 발가락의 길이, 머리
카락이 꼬이는 정도, 수명이나 혈관 내벽에 쌓이는 기름층의 두께
나 특정 바이러스에 대한 내성 유무 따위를 부모에게서 자식으로
옮길 뿐이다. 현대 과학의 요란한 과장과는 달리 DNA는 쓸데없는
것을 지나치게 좁은 범위의 수신인들에게만 배달하는 편협한 배달
원일 뿐이다.

우리에게 세습되는 건 하나의 꿈이다. 지금으로부터 550년 전
벨기에의 메르카토르가 꾸었던 꿈을, 나 역시, 그리고 우리 지도제

작자동맹의 구성원 모두가 꾸었던 것이다. 하나의 꿈. 우리들에게 주어진 동일한 하나의 꿈. 낡은 책상에 앉아 백지 위에 날카로운 펜으로 그림을 그리려는 '나'로부터 시작되는 꿈. 그림이 뜻대로 그려지지 않아 책상머리에서 궁싯대고만 있는데 갑자기 몸이 가벼워지면서 지붕을 뚫고 날아오르는 꿈. 그래서 평소엔 볼 수 없었던 아주 커다란 것들을 저 높은 하늘에서 내려다보는 꿈. 어느새 돌아보면 펜을 잡고 있는 내 손과 팔이 붉은 깃털 덮인 날개로 변해 있는 꿈. 새로 변신하는 꿈. 이 꿈이 어느 날 갑자기 우리의 어깨 위에 올라탄, 세습된 꿈이다.

이것이 지도제작자동맹이 공유하고 있는 유일한 비밀이다.

인류는 똑같은 꿈을 꾼다

이치은의 세 번째 장편소설 『비밀 경기자』의 초고와 출판본 사이에는 상당한 차이가 있다. 작가의 초고에서 상당한 단편들이 편집되었는가 하면, 단편의 순서들이 재배열되었다. 그리고 단편들 사이의 연쇄에 고리를 만드는 장치(예를 들면 인물 이름의 일치)를 만들었다. 이 작품을 통해 작가는 또다시 문학적 실험을 했는데, '옛날에 ~~가 살았다'로 시작하는 단편 서사를 죽 이어붙인 연작소설의 형식으로 완성하였다. 이를 문학평론가 이수형 씨는 "꿈의 단편들이 모여 하나의 거대한 꿈-만다라를 형성해 간다."고 평하였다.

작가는 또 이 작품에서 나중 작품의 모티프나 주제를 작품 안에 안내해 놓는다. 그러고 보면, 『노예 틈입자 파괴자』나 『키브라, 기억의 원점』 그리고 『보르헤스에 대한 알려지지 않은 논쟁』에 이르는 최근 작품 경향이, 이 작품 『비밀 경기자』 내에서 잉태되었거나 예정돼 있었다고 볼 수 있다.

2003년 전작 『유 대리는 어디에서, 어디로 사라졌는가?』와도 사뭇 다른 경향의 이 소설을 쓰면서 어떤 '생각'을 가졌는지를 중심으로 질문을 해보았다.

알렙 氏 이 작품을 쓰시면서, 무척 신나 하셨을 것 같습니다. 연작소설의 형태를 나중에 고려하여 그렇게 편성했지만, 기본적으로는 단편이잖아요? 짧든 다소 길든, 한 편 한 편 완결을 짓는 재미가 있잖아요? 이 소설을 쓰면서, 처음으로 카프카나 보르헤스 식의 단편을 써야겠다는 생각을 하신 거죠?

이치은 맞아요, 다른 소설들을 쓰는 과정이 재미없었던 건 아니지만, 이 소설에서 처음으로 짧은 글들을 써 내려가는 동안 그 전에는 잘 몰랐던 짧은 글 쓰는 재미에 흠뻑 젖어 있었어요. 네, 카프카와, 특히 보르헤스에게서 큰 영향을 받은 게 사실이구요. 짧은 이야기 안에 완결적인 혹은 모호하게 끝내는 느낌을 부여하는 작업이 참으로 즐겁더군요.

알렙 氏 그리고 나중에 편집자의 주제 넘은 조언을 받아들여, 단편들 중 몇 편을 편집해 냅니다. 또 스토리 흐름을 이어지게 재배열하고 인물들의 이름을 일치시키죠. 그 외에 더 세부사항이 있습니다만, 어쨌든 초고의 의도하고는 다르게 출판되었습니다. 지금 다시 재출간하는 즈음에, 이 점에 대해 어떻게 생각하시는지요?

이치은 간단히 설명은 해주셨지만, 설명을 다시 요약해 보면, 저는 매우 파편적이고, 연결될 수 없는 짤막짤막하게 부스러지는-단절적인 이야기를 썼고, 편집자와 상의하여 그것들을 연결해서 하나의 긴 이야기를 만들려는 (하지만 아귀가 너무 자연스레 연결되는 방식이라기보다는 엉성하게, 혹은 짧고 독립적인 이야기를 만들려는 욕망과, 모든 것이 연결되는 거대한 서사를 만들려는 욕망이 날이 선 채 충돌하는 방식으로) 시도를 했다, 라고 줄일 수 있겠네요, 사실, 이 짧은 소설들을 써 나가는 동안에도, 처음부터 묶어내고 싶다는 커다란 욕망이 있었어요. 아무래도 처음으로 짧은 글들을 쓰려니까, 긴 글을 쓰는 버릇을 쉽게 버리지 못하겠더라구요. 저는 그렇게 이야기들을 굳이 묶어내려는 욕망-욕구를 '연환계'라고 이름 붙였습니다. 네, 『삼국지』의 적벽대전에 나오는 유명한 이야기지요. 그렇게 묶다가는 동남풍에 한 방에 훅 갈 수 있다는 메시지를 내게 선언처럼 던져주고 싶었던 거구요. 그래서, 실은 초고에는 '유혹 I'이라는 제목으로 『삼국지』의 적벽대전을 배경으로 한 연환계에 얽힌 짧은 이야기도 넣었던 거구요. 다시 말하자면, 그건 '절대로 묶지 말자'는 다짐 같은 거였는데, 그런 다짐을 가지고 쓰다 보니, 결국 다 쓰고 나니, 너무 파편적이어서 다시 묶는 건 그 당시에는 불가능해 보이더군요. 근데, 편집자가 다시 묶자고 하더군요. 그렇게 불가능해 보이는 제안을 듣고 나니, 오히려 그 제안이 매력적으로 보이더군요. 그 상황에서 짧은 이야기들을 묶으려고 하면, 짧은 이야기와 큰 이야기 사이의 갈등이-긴장이 매우 첨예하게 보일 것 같았고, 그것도 그 나름대로 참 재미있겠다, 는 생각이 들어서 선뜻 동의했습니다.

알렙 氏 이 소설에는 세 가지 정도의 설정이 있습니다. 이 세계에서 "인류는 똑같은 꿈을 꾼다"라는 도발적 명제, "남의 꿈에 들어가는 것이 가능하다"라는 (우화와 같은) 가상의 설정, 그렇다면 남의 꿈들을 모아 "꿈의 도서관을 짓는 것이 가능하다"라는 상상력이 그것입니다. 그런데, 실제에서는 가능하지 않은 이런 말도 안 되는 설정이나 상상력은 모두 전거가 있지요? 예를 들면, "한 사람의 꿈은 모든 사람이 가지고 있는 기억의 한 부분이다."라는 보르헤스의 명제도 있지 않습니까? 또, 주제 사라마구의 『눈먼 자들의 도시』를 보면, 한 사람만 남겨두고 모두 눈을 멀게 만들어버리는 설정도 나옵니다. 그러니까, 현실에서는 말도 안 되는 이 설정은, 소설에서는 말이 되는 설정으로, 즉 그럴듯한 거짓말로 구축됩니다. 만일 그럴듯하지 않으면, 이는 실패한 것이 되는 것이죠. 이것이 성공했느냐 실패했느냐는 독자의 몫으로 남겨두고요. 이러한 설정을 잡은 이유나 배경 등에 대해서 얘기 나누시지요.

이치은 타인의 꿈으로 들어가는 설정은 『노예, 틈입자, 파괴자』를 쓸 때'밝힌 적 있지만, 제 큰애가 아주 어렸을 때 악몽을 너무 자주 꾸는 바람에 무섭다며 저한테 자신의 꿈으로 와달라고 부탁한 적이 있었습니다. 그 순간, 남의 꿈으로 들어가는 존재에 대한, 제가 아주 막연히 갖고 있던 생각들이 순식간에 뚜렷해졌습니다. 집필 순서를 보자면 『마루가 꺼진 은신처』, 『비밀 경기자』, 그리고 『노예, 틈입자, 파괴자』까지가 제가 꿈에 대해 한창 글을 쓰던 기간인데요. 뭐랄까요, 생이 너무 얄팍해서 그랬던 걸까요, 저는 그때 정말 꿈에 대해 푹 빠져 있었습니다. 새로운 소통 방식에 대한 욕심이었을까요? 그래서 남의 꿈에 들어갈 수 있는 존재가 저에게는 매우 매력적으로 보였습니다.

알렙 氏 소설에서 '꿈의 도서관'을 짓고자 하는 꿈의 군주가 나오죠. 조승구라는 천재 프로그래머에게서 타인의 꿈으로 침투할 수 있는 시스템 제안을 듣고 꿈의 군주는 '꿈의 도서관'을 만들려고 합니다. 그런데 꿈의 군주는 자신의 잊혀진 꿈들을 재생시켜 보다가 스스로 생을 마감하죠. 왜냐하면, 돌아오지 않았어야 할 기억이 돌아오고 만 것입니다. 이것은 나중에 『보르헤스에 대해 알려지지 않은 논쟁』에 수록된 「죄책감의 확률」과 유사합니다. 일시적 기억상실에 걸린 연쇄살인마가 기억이 서서히 돌아오면서 자신이 했던 그 죄악 행위를 알게 되자, 확 끼쳐오는 죄책감 때문에 자살한다는 내용이죠. 그러고 보면, 꿈-무의식은 기억이라는 작용과 연관이 있는 것 같습니다.

이치은 꿈이란 무의식이 만든 창작품 중의 극히 일부만 독자에게 (혹은 무의식의 숙주에게) 공개-출판된 부분이거든요, 즉, 우리는 무의식이 쓴 작품 중에 아주 일부의 작품만을—그것도 무의식이 아주 섬세하고 조심스럽게 고른 컬렉션만을 볼 수 있는 거거든요, 잘은 모르지만, 그런 섬세한 검열은 무의식의 숙주에 대한 살뜰한 배려가 아닐까요? 그것들이 적절한 필터 없이 숙주에게 다 공개된다면, 결코 숙주에게 유쾌한 일은 아닐 것 같다는 상상력에서 나온 이야기라 보시면 될 것 같습니다.

알렙 氏 여기서, 꿈에 관한 작가의 이야기를 하나 더 해보죠. 장자가 나비가 된 꿈을 꾼 이래로, 꿈은 '나'는 누구인가라는 존재에 대한 고민을 던져왔습니다. 꿈꾸는 나와 그 꿈속의 나 중에 누가 진짜 '나'인가라는. 그리고 작가는 꿈이 무한증식하는 '분기점'을 갖는다라는 도발적 명제를 던지죠. 보르헤스는 '사람들이 모두 똑같은 꿈을 꾼다'고 했는데, 밀란 쿤데라의 생각에는, 60억이 넘는 인구 안에서 '나'만의 고유한 꿈을 꾼다는 것 또한 부정적이라는 결론입니다. 작가가 꿈에 대해 사유하는 방식을 좀 더 구체적으로 이야기해 보실까요? 꿈은 찌꺼기입니까, 예지입니까?

이치은 꿈은 찌꺼기라고 생각해요. 나중에는 바이오-테크놀러지로 꿈들을 조정-조작하고, 타인의 꿈들 사이에 소통을 할 수 있는 기술이 개발될 수도 있겠지만, 오늘 현재로는 개개인의 Hortus

Conclusus, 닫힌 정원인 거죠. 주인의 의지와는 아무 상관 없이 타인에게는 결코 개방할 수 없는 닫힌 정원. 주인도, 그 내부의 풍경을 완전히 다 알지 못하는. 그리고, 이 꿈은 결국, 무의식의 산물, 철저히, 낮에 있었던 경험-기억의 부산물인 거죠, 발효와 증류를 거친 기괴한 모습의 부산물. 그렇게 본다면 이 소설에서 집요하게 남의 꿈에 들어가는 존재가 나온 것은 결국, 이런 타인의 (혹은 나의) 닫힌 정원을 엿보고 싶다는 욕망에서 나온 거죠. 멋쩍지만, 벤야민의 말을 옮겨볼게요. "예로부터 예술의 가장 중요한 과업 중의 하나는 후에 가서야만 비로소 충족될 수 있는 요구를 창조해 내는 것이었다." 저는 언젠가 테크놀러지가 꿈들을 어떤 식으로든 낱낱이 파헤칠 거라 생각해요. 언젠가 충족될 요구라는 거죠.

알렙 氏 이 소설에서는 또 하나의 특이한 방식의 이야기체가 나옵니다. 앞서 말씀드렸듯이, "옛날옛날에 ~~가 살았다"로 시작되는 서사체인데요. 마치 대서사의 요약인 듯하고 시놉시스인 듯합니다. 혹시 이 단편이 시놉시스이고, 이를 토대로 장편소설을 구상하고 있었던 것은 아닐까도 싶었죠. 문학적 고안력이 뛰어나다는 평을 많이 들으시는데, 공학도 출신이기도 하니까요. 소설을 구상할 때에 뭔가 큰 설계도면을 갖고서 쓰시는 것 같아요. 이 서사체-내러티브의 방식을 쓰신 이유가 무엇인가요? 여기에 덧붙이자면, 이치은 소설에서는 많은 소설 작법 혹은 기법들이 한 작품에서도 여럿 사용되는데요, 어찌 보면 작품 몰입도에 지장을 초래할 만큼 현란하고 복잡하기도 합니다. 소설이 아닌 논픽션을 읽는 느낌, 소설이 아닌 리포르타주를 읽는 느낌도 주죠. 이렇게 소설 속에 새롭거나 다양한 실험을 계속 하시는 것에 대한 장단점도 말씀해 주세요.

이치은 다른 소설에서 다른 방식-문체를 채용하고 싶은 욕망, 그리고 한 소설에서도 다른 문체들을 집어넣어서, 이야기 안에서 다른 문체-부분들 사이의 첨예한 긴장을 불어넣고 싶다는 욕망은 제 고질병 같은 거죠, 일종의. 어떤 소설에서는 이를테면 『키브라, 기억의 원점』 같은 경우에는, 일기라는 형식을 집어넣어 그런 문체의 변화를 최소화하려 하기도 했구요. "옛날옛날에 ~~가 살았다"라는 부분은, 그러니까, 자, 이제 파편화된 이야기를 모아서 하나의 긴 얘기로 만들 시간, 이라는 일종의 신호탄 같은 문장이죠. 그러면서 앞 이야기들을 숨가쁘게 요약할 수 있기도 하구요. 속도감 있게 달려가는 부분이 재미있기도 하구요. 실은 귄터 그라스의 『양철북』에서 이런 식의 장치를 본 게 방아쇠가 되었어요. 앞으로도 필요하면 종종 쓰고 싶은 방식입니다.

알렙 氏 이 작품은 두 번째 장편 『유 대리』가 출판된 후 5년 만에 집필을 끝냈고, 출판되었습니다. 그런데 앞의 전작들이 최소한 2쇄 이상을 찍고 어느 정도 판매고를 올렸다면, 이 작품은 판매가 상당히 저조했습니다. 사실 그때에 담당자인 제가 회사를 옮기는 바람에, 출간 이후 프로모션이라든가 판매를 위한 활동에 극히 불리한 상황이었죠. (이제는 옮길 수 없는 직장을 갖고 있으니, 괜찮은 상황입니다만.)

이 질문을 드리려 하는데요. 첫 권 『권태』의 작가소개는 "1971년 서울에서 출생하여 서울대학교 공과대학을 졸업했다."였고, 둘째 권 『유 대리』의 작가소개는 거기에 한 문장만 추가되어 "1971년 서울에서 출생하여 서울대학교 공과대학을 졸업했다. 1998년 『권태로운 자들, 소파 씨의 아파트에 모이다』로 제22회 오늘의 작가상을 수상했다."였습니다. 세 번째 장편인 『비밀 경기자』에서 비로소 작가는 좀 더 자신을 드러내죠. "'인생은 금물'이라는 가르침을 듣지 않고 1971년 서울 출생. 서울대학교 공업화학과 졸업. 같은 곳에서 석사학위 취득. 1998년 『권태로운 자들, 소파 씨의 아파트에 모이다』로 제22회 오늘의 작가상 수상. 그리고 2003년 『유 대리는 어디에서, 어디로 사라졌는가?』 발표. 그 후 그닥 별스런 꿈 때문에 새벽잠을 설치는 일도 없이 아직 마루가 꺼지지 않은 은신처에서 가족들과 함께 '정신은 그 어떤 결심에 의지하지 않았을 때 비로소 자유로울 수 있다'라는 엉터리 선인의 말만을 붙들고 오늘도 하루하루 별일 없이 산다."입니다. 그리고 처음으로 이 책에서 작가의 사진을 공개하죠.

이치은 작가를 전작을 통해서 알고 있었던 독자라면, 상당한 파격이자 드러냄이라고 볼 것입니다. 이 시기에 어떠한 심경(?)의 변화가 있었나요? 은둔형 작가에서 벗어나 세상과 잘 소통하고 조

화해 보려는? 아니면, 편집자의 조언에 수동적으로 따른 것인지요?^^

이치은 철저하게 수동적으로 따른 겁니다.^^ 조금 더 노출이 된다고 해서 뭐 어차피 유명세를 타거나, 엄청나게 많은 양의 소통을 요구받을 것도 아니라면, 뭐 조금 노출해서 안 될 건 또 뭐람, 하는 마음이었습니다.

알렙 氏 긴 시간 내주셔서 감사합니다. 『유 대리』부터 『비밀 경기자』까지, 그리고 덧붙여 다른 모든 작품들까지 전반적으로 훑어보고 소개해 보는 시간이었습니다. 끝으로, 독자들께 하는 관례적이지만 충실한 인사를 부탁드립니다.

이치은 몇 년 만에 다시 이 책을 읽어보려 해도, 여전히 기억이 남아 있어서, 저는 여전히 이 책을 온전히 읽을 수 없었습니다. 해서, 제가 이 책을 여러분에게 열렬히 권할 수 있는 책들의 목록에 넣을 수 있는지 없는지 저는 여전히 확신할 수 없습니다 (제가 만약 기억상실증에 걸린다면, 이치은이라는 작가의 작품부터 제일 먼저 읽도록 하겠습니다!) 하지만, 어떤 이유에서든 이 책을 잡은 독자라면, 이 짧은 글들의 모임이, 그저 단지 하나의 거대한 서사를 위한 그냥 레고 블록의 낱낱의 부품만은 아니라는 것, 해서, 그저 처음에는 이 이야기들이 어떻게 나중에 커다란 이야기로 연결될지 그런

273

고민 없이 단편이 주는 (혹은 주어야 하는, 혹은 주어야 하는데 주지 못하는) 재미에 집중해 주시고, 나중에 연결되기 시작할 때는 차분히 작가의 어설픈 마술을 지켜봐 달라고 말씀드리고 싶네요.

작가의 말

카프카는 익사하기 직전 자신의 일기에서 이렇게 썼다.

나는 다른 사람들과 마찬가지로 헤엄칠 줄을 안다. 다만 나는 다른 사람들보다는 기억력이 좋다. 그래서 나는 전에 헤엄칠 줄을 몰랐었다는 사실을 잊을 수가 없다. 그렇기 때문에 내가 헤엄을 칠 줄을 안다는 것은 나에게 아무 소용이 안 된다.

나는 왜 기억력이 좋은데도 불구하고 글쓰기 전을 기억할 수 없는 걸까?

*

내게 작은 소망이 남아 있다면 꿈 속에서 내 글을 읽어 보는 거다.

비밀 경기자

1판 1쇄 발행 2018년 12월 1일

지음 | 이치은
펴낸이 | 조영남
펴낸곳 | 알렙

출판등록 | 2009년 11월 19일 제313-2010-132호
주소 | 경기도 고양시 일산서구 중앙로 1455 대우시티프라자 715호

전자우편 | alephbook@naver.com
전화 | 031-913-2018, 팩스 | 02-913-2019

ISBN 979-11-89333-10-2 03810